岁末的秋天

李 因◎著

黑龙江人民出版社

图书在版编目（CIP）数据

岁末的秋天 / 李因著. -- 哈尔滨 : 黑龙江人民出版社, 2024. 9. -- ISBN 978-7-207-13390-8

Ⅰ. I247.7

中国国家版本馆CIP数据核字第2024CR9946号

责任编辑：**杨子萱**

封面设计：**太空人视觉设计　欣鲲鹏**

岁末的秋天

SUIMO DE QIUTIAN

李　因　著

出版发行　黑龙江人民出版社

地　　址　哈尔滨市南岗区宣庆小区1号楼

印　　刷　哈尔滨久利印刷有限公司

开　　本　880×1230　1/32

印　　张　9

字　　数　230千字

版　　次　2024年9月第1版

印　　次　2025年9月第1次印刷

书　　号　ISBN 978-7-207-13390-8

定　　价　49.80元

　　举报电话：0451-82308054

目录

归还的钥匙

The Returned Key

A国M市某公寓楼下 晚上九点整

李因和狄清刚从超市采购完物资，乘坐电车回到公寓楼下。他们所租的公寓坐落在与M市市中心相邻的海港区，虽不在市中心范围内，但这里也可以搭乘市中心的免费电车到达。

相比市中心区域，此处人口密度较低，同时可坐享港口海景，也算是对得起每月支付的高昂房租。从窗边向港口望去，靠近岸边的位置，可以看到停放着许多小型游艇，远处的水面上，飘着几艘零散的船只，似乎在向更宽阔的水域驶去。

公寓建筑是由一座不规则弧形的裙楼与两栋塔楼组合而成，外表皮是紫色的玻璃幕墙。

李因和狄清是合租的室友，不过在合租前就已经认识了。他们都在距离不远的地方上学，学校不同，不过都在市中心附近。李因正在读硕士研究生，狄清则读的本科，都是学业的最后一年。

电车站距离公寓入口需要步行大概三分钟。

"啊，好累啊，东西好沉。"两人刚走进G层大堂，狄清就抱怨起来。

"你刷一下门禁卡。"李因说。

"我没有门禁卡啊，我只带了那把单独的钥匙出来。"说着，他用另一只没有拎东西的手，晃了晃手上没有串上钥匙串的单独银色钥匙。

狄清的门禁卡是一张银行卡大小的白色卡片，因为他觉得挂在钥匙上很不方便，于是就把它拆下来单独保管。李因的门禁卡是一个蓝色的卡扣,大概硬币大小,携带也比较方便。当初两人分配钥匙的时候,李因自己先选择了便携的卡扣门禁,将剩下的白色卡片给了狄清。两人一起出门时,狄清都不会带门禁卡(公寓的各个入口以及使用电梯、楼梯,都需要用到门禁卡)。

"拿我的吧,给。"李因将门禁卡扣递给狄清。

"你自己怎么不开……"狄清虽然抱怨,但仍然接过门禁卡扣。

"嘀……"狄清刷了一下门禁读卡器。

"欸?打不开。"狄清说。

"现在几点了,过八点了?"

"过了,刚出超市的时候我看了一眼手机,那时候已经八点半了。"

"去侧门吧.前段时间开始,晚上八点之后到第二天早上六点之前,只有管理员座位旁边那个门可以进出。"

"哦,对,这样好麻烦啊。"

"是啊,很不方便,可能是最近发生了什么事,楼内的管理更严了。不过,每天都要管理员通宵值守,对于他们来讲也有点强人所难了,估计工资一定不低。"

"非常规时间应该是双倍吧……其实也不用做什么,就是巡视一下。别看我们这个楼看起来还挺现代,其实是二十年前的建筑,而且监控系统也一直都没有更新,整个楼只有几个出入口处安装了监控摄像头,让人感觉很不安全啊。"

"上次我跟一个在我们这工作过一年的管理员闲聊,他晚上需要做的就是检查一下公共区域,主要是健身房和游泳池,再加上两个塔楼,每一层巡视一下。之后如果没有住户联系他的话,他就坐在座位上管理出入口就可以了。物业公司不愿意花钱加强监控系统,就只能这样通过劳动力来解决了。”

“嗯,管理员工作好像很清闲呢。”

“怎么,你毕业以后也想做?”

“呃,没这个打算。你也马上毕业了吧?你打算去干什么啊?”狄清挠挠头。

“暂时没什么打算,不用上学,可能会搬去郊区吧,那清静点。”

“哦,我可能还要继续在附近上学,不过我可以随时过去找你玩,不会让你太寂寞的。”

“谢谢,偶尔就行……”

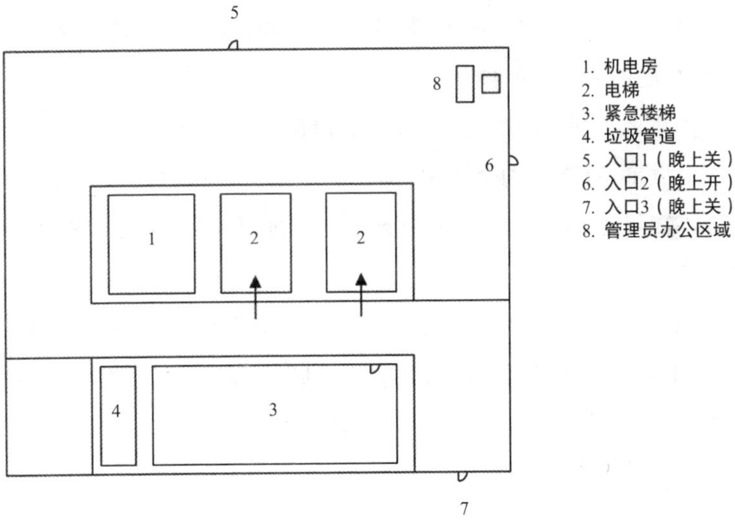

图一:公寓 G 层平面图

“呼,终于进来了。”狄清说。

“管理员不在座位上啊,估计去巡视了吧。”

李因和狄清沿着走廊向电梯方向走着,转过一个U形角,来到了北塔的电梯区域。

“欸,那不是管理员吗?”狄清看着前面。

两人刚转过拐角,便看见距离他们较远处的电梯旁,李因提到过的那个管理员一边用手机打字,一边缓慢地向他们这边走来。距离更近后,管理员发现了他们并抬起头,露出微笑。

狄清和管理员寒暄了几句,李因只是点头微笑。

李因趁他们开始说话的时候,按下电梯按钮,他感觉很累,想快点坐电梯回去,于是看了看电梯楼层显示屏幕,期望电梯可以快点来,左侧的电梯显示在五层,右侧的电梯显示在二十七层,看来需要等一下了。这时,狄清刚和管理员交谈结束,管理员已经从他们走过来的方向离开了。

“怎么了,听你叹了一口气。”狄清问。

“没事,感叹下两个电梯,都不在G层。”

“知足吧,要赶上平常下班时间,你还要排队呢。这不是来了!”

左侧的电梯已经从五楼下来了,李因和狄清走进电梯,狄清用刚才从李因那里拿来的门禁卡扣,刷了电梯楼层按钮下面的门禁读卡器,然后按下了“9”,电梯按钮并没有亮。

“按错了……”

“啊,手滑了。”

说着李因自己按下了“8”,电梯楼层按钮板发出了“哔”的一声,刚按下的按钮变成了红色。

“给你吧!”狄清又把门禁还给李因。

李因把门禁卡扣放回了之前装着钥匙的那个口袋里。

“一会儿不是还要开门吗?”

“那用我自己的就行了,先还给你,免得到时候你找不到又怪我。”

“好吧……”

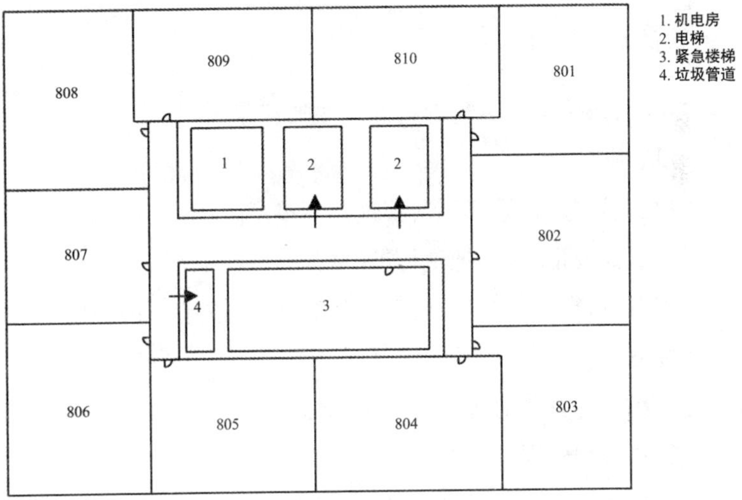

图二:公寓北塔八层平面图

到了八层,两人走出电梯,连续两次右转之后走到尽头,便来到了他们所住的“809”房间门前,狄清拿出钥匙,竖着插进银色钥匙孔,拧了一周,打开房门后,又反方向旋转回原位将门锁上。

打开门后,狄清先走进屋子,放下东西,换上拖鞋。李因拿着东西跟着走进来,把刚才采购的食材放到了冰箱旁边。径直走进自己的房间,拿出之前没看完的小说,坐在椅子上,没有关门。

“我说兄弟,你就这么跑了啊,东西放冰箱里啊。”狄清站在李因房间门口。

“交给你了，谢谢，下次我来。”李因继续看书，没有抬头。

“明早要几点起床啊？不是要去隔壁镇玩吗？”

“六点出发吧，毕竟就明天一天，早点去，车租好了没？”

“网上预约过了，明早直接过去取就行了。”

“OK，今天早点睡觉吧。”

公寓房间门口，早上五点五十

“走吧，没落下什么需要带的东西吧？”李因问。

“没有吧！”

“护照、钱包、钥匙、驾照，我这差不多了。”

“钥匙我没带，带一把就行了吧。”

“带着，这次也算比较远，万一我的丢了，还有一个备用的。”

“好吧。”

狄清说着，去拿钥匙。

“欸？我钥匙呢？”

“我怎么知道？我没碰过，你仔细找找，你那个钥匙没有挂别的东西，比较小。”

“没有欸。”

“那你最后一次看见它是什么时候？”

“嗯……应该是昨天进门的时候吧，我用我的钥匙开的门。”

“那说明不可能掉在路上，之后我们也没有再出去过，所以肯定在这个屋里。”

“理论上是这样的吧……”

“那你开门之后把它放哪了？”

“不记得了。”

“你昨天穿的是这条裤子吗?”

“不是。”

“那你去看看昨天那条裤子兜里有没有啊,愣着干什么?”

“好主意,我这就去!”

“还是没有啊。”狄清挠了挠头。

“嗯……算了,至少肯定在屋子里,晚上回来再找吧。”

“欸,等等,我好想知道在哪了,因为我好像并没有……”

狄清说着,打开公寓房间门,从外面的钥匙孔中拔出钥匙。

“昨天把钥匙拔出来的记忆。”

“这……”李因表情有点无奈。

“哈哈,小事。”

两人锁好房门,乘电梯来到G层。

走出公寓,清晨的空气十分清新,树木和泥土的气息混杂着海风的咸味,天空因为乌云密布显得有些灰暗。

路上除了他们两人一个人也没有。昨天是星期六,很多人会在晚上出去玩到很晚,星期日早上很少有人起早,一般过四五个小时后,人才会开始慢慢多起来。

“你说,我们的房间不会有危险吧。”

“啊?”

“那个钥匙啊,昨天插在钥匙孔里一整夜啊,想想就让人很害怕,后背发凉。”

“你怎么不想想是谁干的……”

“你说什么?”

“没事,不会有事的,钥匙不是还在吗?又没有被人拿走。”

“会不会有人拿去配了一把钥匙,然后再把钥匙还回来。”

“你脑洞真大，晚上去哪找地方配钥匙啊？”

“昨天周六啊，市中心那边到了后半夜也很热闹，很多生意都会开到很晚，我上次晚上十点多还看到中国城一个修鞋的小店还开着呢。”

“从理论上讲，确实有可能。”

“那怎么办，我们会不会有危险？”

“如果真的那么不幸，按照你说的，我们的钥匙已经被复制过了，抢劫和危险倒是不会，偷窃倒是有可能。”

“为什么？”

“因为如果犯人……嗯……假设他是 X 吧。X 要抢劫或者对我们不利的话，昨天晚上直接进来就可以了，没必要浪费时间去配钥匙。配钥匙的目的就是趁屋里没人的时候偷偷潜入，进行偷窃。”

“对哦，那会不会晚上我们回来，屋里就一片狼藉了？”

“我们也没什么可以偷的吧？钱包也带走了，屋里除了几个硬币也没什么，难道还能把电脑抱走？”

“我的电脑可不能丢！”

李因没有再说话。

（30 秒后）

“嗯……如果晚上或者以后哪一天回来屋子真的被盗了，那就直接去找隔壁‘808’问好了。”

“啊？”

“如果门锁没有破坏的痕迹，你我的钥匙也没有发生过别的问题，换句话说，如果发生的偷窃，是这次钥匙忘在外面一整夜所导致的，那么犯人 X 一定和‘808’有关。”

“哈？为什么？就因为人家在我们旁边，离我们最近？这个逻辑不对吧？”

“正好相反，这也是通过现有信息以及逻辑得出的结论，不过，我还没来得及细想，脑袋里只有大概的想法，给我点时间，先别跟我说话，一会儿一边开车一边讨论。”

“好吧……”

李因没有再说过话，一直紧皱着眉头，办租车手续也是狄清办理的。六点半，两人已经坐上了租好的汽车准备出发。坐在汽车右侧驾驶位置的狄清准备发动汽车。

李因脸上，之前紧锁的眉头渐渐舒展开，天空的乌云也都已经消失不见，只有蓝色的天空和耀眼的太阳。他突然轻声笑了一下。

“来，我们开始吧。”李因说。

* *

正在行驶的车上，早上七点整

“啊？开始什么？”

“钥匙的事情啊，不是你提出来的吗？”

“啊，我都快忘了，你说吧，问题是什么来着？”

“那开始之前，我来完整地解释一下我们要讨论的问题，我们现在要讨论的问题是：如果你的钥匙已于昨晚被复制，那么 X 一定和我们的邻居‘808’有关。请注意，X 指的是复制钥匙的犯人，不一定是偷窃的犯人。”

“还没开始我就有点乱了，有区别吗？”

“有，举个例子，如果以后某天，我们的房间被盗了。并且，门锁完好无损,那么,一定是昨天晚上钥匙被复制导致的吗?要证明这一点,就要考虑你我的钥匙有没有发生过别的事件,比如忘在哪之类的,即,有没有别的被复制的机会,或者偷盗犯有没有采取更高超的技术手段打开房门。只有排除这些假设,才可以说,偷盗犯就是这次复制钥匙的X。而且,昨天晚上并不一定真的发生了复制钥匙的事情,所以,我们现在的讨论要证明的是,如果昨天晚上你的钥匙已经被复制,那么,一定与'808'住户有关。这是最准确的表述。"

"好吧,算是听懂了,但是,你这属于没有证据想当然吧?"

"我从来不想当然,听我慢慢说。"

"嗯。"

"那么,我开始了。"

"首先,如果我们把人分成两种。"

"好人和坏人?"

"不是!你听我说,就我们这个问题来讲,可以暂时分类为:属于我们公寓的人和不属于的人。"

"嗯嗯,听起来像没说一样。"

"首先,我们可以排除掉,不属于公寓的人。"李因自顾自地说起来。

"同意,因为他们没办法进入公寓嘛,但是,也有例外吧,比如外卖员啊、维修工啊,都是有机会进去的吧。"

"没错,非公寓的人,能合理进入的只有外卖员、维修工这一部分服务类人员。但是,要想发现,并且拿走我们的钥匙,时间上来讲,一定是在我们昨天进门,也就是九点以后,到第二天早上六点前的这段时间。维修员、快递员等不可能在晚上九点到第二天早上六点之间上门，这个时间只有外卖员是可能的，毕竟半夜点外卖的人不在少数。

“但是，也不会是外卖员，你刚才说，我排除不属于公寓的人的原因，他们无法进入公寓，这其实是对的，但只对了一半，可以排除他们的真正原因是他们无法第二次进入公寓。”

“啊？”

“你别忘了，这是复制钥匙，不是偷走钥匙，X 需要在复制钥匙之后，将钥匙归还。不然，你也不会在钥匙孔里找到你的钥匙了，但是，假设 X 是因为送外卖进入公寓，他没有办法第二次进入公寓来归还你的钥匙。”

“对啊。”

“要进入我们的楼层，需要使用两次门禁卡，大楼入口一次，电梯门禁一次。大楼入口可以等待时机，跟随别人一起进来，但是，电梯门禁可没有那么容易。

“你想想，南塔、北塔楼不算 G 层都是二十七层，跟着别人进来能到达目标楼层的概率是二十七分之一。站在 X 的角度来思考，他也并不是一次次尝试，直到达成目的这么简单就可以了，如果日后打算行窃，他一定会将此次行为被人注意到的可能性降到最低。

“那如果 X 跟着别人进入电梯，发现对方按下的不是自己想去的楼层，他怎么办，走出电梯？还是跟着电梯一起上去然后再下来？那对方发现 X 没有按电梯楼层按钮，而且还没有跟自己在同一楼层出电梯，不会感觉到很奇怪吗？

“或者，是在对方按下按钮的时候就离开电梯？无论哪种情况对方不产生怀疑都是不可能的。更何况，X 这种行为要进行多次才有可能成功。所以,外卖员 X 不可能通过这种行为第二次进入公寓来归还钥匙。顺便提一下,X 日后犯罪时需要第三次进入公寓,不过第三次相比于第二次要轻松得多,第三次可以等待时机,甚至可以在放学和下班时间,电梯人多的情况下行动,有人按目标楼层的概率会大很多,并且不容易被怀疑。

“但第二次不同,他必须在夜晚,在使用电梯的人数又不多的时间内归还钥匙,否则,一旦咱们出过门,就会意识到有人来还过钥匙。那样的话,还钥匙没有任何意义,还不如不还,消失的物品会比改变或者多出来的物品更不容易被怀疑。

“那么,X 有没有可能通过给之前送外卖的住户打电话,编造借口上去,趁机还钥匙呢?答案是不能,X 能想到的理由无非是,给刚送外卖的住户打电话说,刚才付钱有问题没收到之类的,或者说自己有东西丢了,看看是不是掉在走廊里。但是,付钱有问题可以在电话里交流,东西丢了如果是住户所在楼层,可以电话拜托住户去看一下,其他部分可以直接委托楼下管理员,这种理由根本站不住脚,会显得刻意引人怀疑。我不是说这种事情不会发生,正常的送餐人员是完全有可能发生的,但是对于有犯罪意图的 X,编造出这种劣质的,引人怀疑的谎言,来第二次进入公寓,我认为是不可能的。

“更重要的是,外卖员送外卖的楼层,要恰好是我们所居住的楼层才有可能,就算委托管理员进入我们的楼层,在管理员的陪同下,他要如何归还钥匙。同时,他还要背负被管理员记住长相的风险。因此,我们得以排除所有与公寓无关的人员。

“其实还有一种可能,如果是来公寓住户家拜访的朋友,谎称自己有东西落在朋友家里了,回来看看,可能性就存在了。不过,他们也是完全可以打电话拜托朋友帮忙看一下的，这种情况先放着，一会儿我会再解释。”

“所以 X 一定是公寓住户喽？”

“不对，嗯……不是说不对。准确来说，应该是 X 一定是和公寓有关的人，也就是可以合理进入公寓的人。这部分人，当然很大比例是公寓的住户，但是，还包括管理员和日常清洁人员。由于清洁人员同样不会在那段时间工作，所以可以排除。那么，可不可能是管理员呢？答案也是不可能。”

汽车经过几条街，驶出了市中心区域，道路两旁的高楼也都被小屋和树木花草替代。只要出了中心区，基本就不会再有高楼。李因打开车窗，深吸了一口新鲜空气。

“为什么？管理员才是最有机会和可能的吧？”

“没错，管理员有可以通往任何楼层电梯的万能门禁卡，在昨天晚上这段时间，他还在通宵上班，可以轻易地完成这个事情。并且，去配钥匙不在岗位一个小时左右的时间也并非不可以，我们不是也经常看见他不在座位上吗？

“但是，我们讨论的事件中，X 有一个基本条件。那就是，他一定是无意中看到你的钥匙插在钥匙孔里，而不是他知道我们的房间门口插着钥匙，才来偷取钥匙的，这一点你同意吧？”

“同意，毕竟钥匙忘在门口是偶然，没看到的人谁也不会知道，但跟我们现在讨论的管理员有什么关系？”狄清不解地问。

“这是为了说明，昨晚管理员如果已经完成了他所有巡视的工作，他就没有必要再到我们的房间门口，也就不可能看到我们的钥匙。换句话说，就算管理员有达成犯罪的条件，但是如果他没有契机来这么做，他一样不可能是 X。那么，如果我们能证明昨天我们碰到管理员的时候,他已经完成了每个楼层的巡视工作,那也就可以证明,管理员就不可能再去‘偶然看到’我们忘在门口的钥匙,他也就不可能是X。

“现在,我们来回想一下,昨晚我们在电梯门口碰到管理员的情形,你看到他的时候,他在哪儿?”

“电梯门口啊。”

“具体点说是当时距离我们更远的电梯,并且他正在朝我们走来。”

“这能说明什么问题呢?”

“你想想G层的平面图(见图一),他是从哪里走来的呢?昨天我们回来的时候,除了我们进入的大门,其他能通向室外的出入口都已经锁了。第一,他所站的位置,不可能是刚刚乘坐电梯下楼的。第二,电梯处另一侧尽头的出入口门锁了,他不可能下电梯后先走向锁着的门然后再折回来,八点关闭所有出入口,只剩下一个可是需要他自己手动操作的,他一定知道。而且,他在这个公寓工作有一年以上了,对大楼的构造一定十分了解。”

“嗯,你直接把我的疑问也都解答了,那他还能从哪来?”

“不是电梯,也不是另一侧的门,就只剩下防火楼梯了。”

“为什么他会从那里出来啊?”

“一般情况下,当然不会进入那里,但是,如果你的工作需要检查公寓每一层的情况,你会怎么做比较简单?”

“啊,先乘坐电梯到顶楼,再走防火楼梯一层一层看。”

“没错,如果坐电梯一层一层往下看一定会影响电梯的使用。并且,电梯很可能被其他楼层叫走,再把电梯叫来就需要等几分钟,这样效率不会太高。最有效率的方法就是通过防火楼梯,下楼也不会耗费太多体力。这也是昨晚那个时间，管理员需要进入防火楼梯的唯一理由。

“这也就证明了，我们见到管理员的时候，他已经检查过了所有楼层，正从防火楼梯走出来，根据我之前说的，管理员也就不可能是X。”

“嗯……但是有一个问题。”

“请讲。”

“我们不能百分之百肯定，管理员一定不是从当时离我们较远的电梯出来的吧？毕竟他的位置没有比电梯更远，而是正好在电梯的出口，也有可能是他刚好走出电梯吧？”

“有道理，不过还是不可能。”

“为什么？”

“因为我按电梯的时候，那个电梯在二十七层。如果真是你说的那样，他从电梯出来，到我看到电梯在二十七层中间，顶多也就间隔五秒时间，电梯是不可能在这么短的时间到达二十七层的。”

“明白了，不过就算已经结束巡逻，他也可能接到住户的电话让他过去一下吧？”

“是的，完全有可能，这点跟刚才外来人员拜访朋友一样，留到后面一起说。不考虑这个情况，如果没有问题的话，目前为止，我们得以排除管理员，他不可能是X。”

“好吧。”

“现在，我们要继续分析的目标，可以统称为‘此公寓的所有住户’，塔楼是二十七层，每层有十户住户。我们可以轻易地排除除了我们所在楼层的其他所有楼层住户。因为他们无法进入自己居住外的其他楼层，也就是无法进入我们所在的八层，同时，也没有理由这样做。重复一下，之前讨论管理员时所说的一个基本事实，X 一定是偶然看见钥匙在门上的，而不是提前知道那里有一把钥匙才过去偷的。所以，目前来看，X 一定是八层住户之一。”

“听懂了。”狄清好像有点困了，打了一个哈欠。

“下一步，X 一定不是住在走出电梯左拐那一边的住户，因为他们一样，没有理由来到另一侧，也就没有机会看到钥匙，除了一种情况。”

“哪种情况？”狄清机械地回答。

“你想想看，平常有必须要来到我们房间这一侧才可以做的事。”

“是什么？”

“倒垃圾，倒垃圾的小隔间在我们这一侧，整个楼层的人都会在这里倒垃圾，只有在这种情况下，另一侧的住户才会到我们这一侧来。但是，接下来我能证明，即使是去到我们那一侧，也是没有可能看到钥匙的，因为你的钥匙在那种情况下，对于他们来说，是‘隐身’的。”

“哈？”

“我没开玩笑，对于倒垃圾的人来讲，他们需要在拐角向左边拐，也就是说，他们与钥匙最近的距离也得是五米左右，根本看不见钥匙孔里的钥匙。”

“不一定吧，万一视力好呢？”

“如果是我的钥匙，是很有可能被发现的，我的钥匙挂着一个蓝色的门禁卡扣，会很显眼。但是，你的钥匙完全不可能，因为你的是一把单独的钥匙，没有挂任何东西。”

“也未必吧？”

“别忘了，钥匙孔周围的金属，和你的钥匙颜色一模一样。”

“嗯……”

“如果你觉得还是有可能，那么接下来还有一点。我们的房门钥匙孔，用钥匙打开的时候，需要竖着插入钥匙，旋转一周打开，再次拧回来锁上。我想说明的是，你当时忘在门口的钥匙一定是竖着的。距离五米以上，在去倒垃圾的人没有特别留意观察的情况下，他会发现我们房间门上的银色钥匙孔里，插着一把竖着的银色钥匙吗？答案是否定的，就算站在那里仔细观察，都未必能看出钥匙孔里插着东西。

“同样的道理，一样适用于我们这一侧，垃圾房所在那边的所有住户。他们回房间时，根本没有理由回头看我们那一侧，出门的时候就和倒垃圾的人是一模一样的情况。至此，我们排除了除了‘808’和‘809’以外的住户，也就是我们和隔壁以外所有人，都不可能是X。

“显而易见，我们不可能偷自己的钥匙，这样做没有任何意义。而且昨晚你我都没有再出去过，没有时间配钥匙。”

“你居然连自己都算进去……”

“当然，讨论逻辑问题，虽然事情一眼看上去就不可能，但也需要论证来支持。”

“你这其实就是较真。”

“言归正传，‘808’，也就是我们隔壁，如果我们的钥匙已于昨晚被复制，就一定和他或者他们有关系。‘808’的房门与我们的房门很近，很容易看到我们门上的钥匙，并且，从他们的房门角度，也就是从侧面来看，我们的钥匙便不再是‘隐形的’。

“现在，让我填上之前留下的疑问，最后完善一下逻辑。如果X是公寓外的人来拜访朋友或者包括其他楼层的住户来八层拜访朋友，又或者管理员在巡逻之后，被住户电话叫上来，有没有可能发现钥匙呢？答案是，有可能。但是，一定是来拜访‘808’住户的朋友，或者是‘808’叫来了管理员。因为，如果是其他住户叫了管理员或者有朋友来访，他们的情况一样可以用之前的逻辑排除。换句话说，只有拜访我们隔壁或者管理员被隔壁叫过来，他们才有机会看见钥匙。也因此，我一直说的是，一定和‘808’有关，而不是，X就是‘808’的住户。”

“也就是说，答案是X是我们隔壁的住户，或者是昨晚拜访过他们的朋友，或者是应他们要求前来的管理员？”

“没错。”

“什么嘛，到最后还是留下这么多嫌疑人啊。”

“根据目前的信息，仅凭逻辑推理，确实只能进行到这了。如果真实发生案件，警方调查所获取的信息会比这个充足得多，就我们讨论的事件来讲，邻居以及管理员的陈述、出入口的摄像头记录，甚至电梯里的门禁刷卡记录以及一些调查中获取的别的证据，这些都会使我刚才所描述的推理过程大大简化，甚至可以直接得出结论。

“推理小说中的情节也好、逻辑也好、诡计也好，毕竟只存在于小说中。现代社会中的现实案件调查，基本都是根据询问相关人员陈述和借助科技手段解决，并没有小说中的趣味性。小说，毕竟是文学艺术形式的一种，和现实终究还是不一样的。

“这也就是为什么，有些推理故事会把故事设定在其他年代，或者科技手段没那么发达的区域。举个例子，误认死者身份的诡计，是一个著名的经典诡计，但有了 DNA 鉴定后，这个诡计也就失去了大部分意义。”

“那推理作家们，以现代为背景进行的创作，都变得不容易了呢。对于他们来说，发达的科技反而成为了限制吧？”

“是的，但是我认为，任何事情都是相对的。科技限制了推理小说的情节，与之相对，作家一样可以用情节来限制小说中的科技。暴风雪山庄模式、巧妙设置故事时代和背景、架空世界观和科幻设定推理，都是不错的选择。所以，有人可能会认为，这是推理作家为了避开科技力量的限制所想的对策，不过反过来，这也是作家们在作品中对科技的一种限制，难道不是吗？”

汽车行驶在高速公路上，周围只有零零落落的小房子，公路上几乎没有其他车辆。气温比早上高了一些，李因关上窗户，打开空调。

“听完了你说的推理后，突然就感觉有点饿，早上也没吃东西。”

“那我们到了后，先去找点吃的吧。”

“同意！在小镇上享受一顿丰盛的牛排午餐吧！”

《归还的钥匙》－完－

移动的密室

The Moving-Locked Room

0

“一位乘客独自坐上出租车，不到三十分钟的路程。到达目的地时，他已经成为了一具尸体，你以前听说过这种事情吗？”

“什么？你在讲都市传说吗？”

“没有，就是刚刚发生不久的真实事件。”

1

清晨，太阳刚刚升起不久。H 区的街道上，还几乎没有行人，气温稍微有点冷。

今天是周日，除了一些需要在周末工作的人，大多数人会选择待在家里睡懒觉。整个上午，外面的人都不会很多。

街道两侧，尽是一层或者两层的相连建筑，看上去颇有年代感，让人觉得，这可能是一个世纪前就存在的。

马路上的车也寥寥无几，很少能看见私家车的踪迹，大部分是出租车在慢悠悠地开着，寻找乘客。

出租车司机大卫，刚刚开始上班，正在寻找乘客，他上班的早上都会路过这条街，因为这条路有几个宾馆，经常会有一些客人，早上拿着行李打车去机场搭乘飞机。

大卫刚刚开始工作不到十分钟，就感觉到了倦意。他在心里默默抱怨，为什么明明是周日，自己却还要早早起来干活。甚至怀疑，自己是不是应该换一份上班时间比较常规的工作。

“算了，先做完今天的工作再说吧。反正都已经出来了，希望赶紧找到一位乘客吧。”大卫自言自语。

很快，在前方不远的宾馆门口，大卫看到一个身材偏小巧的人，在朝自己的方向招手。

大卫减缓车速，慢慢向路边靠拢。

这个人身穿红色格子的长袖衬衫、深蓝色牛仔裤，看起来都很破旧。戴着太阳眼镜和盖过耳朵的毛线帽，手上戴着白色一次性麻布手套，脚上穿的是棕色工地用鞋，身边还有一个棕色的大型纸壳箱子，大概有他身高的一半高。

大箱子，配上偏小的体型，显得十分滑稽。大卫慢慢地将车靠向路边，停在宾馆门口的停车位。不知是不是错觉，大卫注意到这名乘客似乎在盯着车头部位，目光也随之移动。

乘客弯下腰，双手分别放在箱子两侧，手指插进专门用来提起箱子所预留的仅有大拇指厚度宽的空洞中。慢慢把箱子移动到停车位的后方，准备在后备箱打开后，将箱子放入。

大卫刚停好车，这位乘客就不耐烦地猛敲了敲后备厢，示意大卫赶紧将后备厢打开。

“赶时间啊，赶快点。”他边敲边喊。

“搞什么？这么没素质。”大卫又自言自语，当然这不会被乘客听到。

虽然抱怨，但还是秉着不能得罪顾客的原则，停稳之后马上下了车。

“来了，来了。”大卫一边说，一边小跑过来。

他用钥匙插入后备厢上的钥匙孔，轻轻一拧，后备厢的盖子便发出“砰”的一声。大卫又用双手将盖子抬高，以便乘客有足够大的空间放入行李。

大卫打开后备厢的同时，乘客也再次把双手手指分别放进箱子两侧的空洞，准备抬起箱子。

“嗨啊。”

随着乘客发出声音，箱子猛一下子被抬起来。抬到一定高度之后，他又用膝盖将箱子顶了上去，横着放进后备厢。

后备厢内本就有一个修理工具箱和一大捆毛毯，虽然都不大，但乘客的行李放入后，还是几乎塞满了整个空间。毛毯是昨天大卫收拾东西才放进去的，结果忘记拿出来。他也是现在看到才回想起来，还好空间足够。

乘客还在继续试图向里面推箱子，以免挡住后备厢关不上。大卫也帮忙向里面推了推，两人又把箱子向内推了一点距离。

“好了，后备厢应该可以关上了。”大卫说着，伸手将盖子扣上，拿出钥匙。

“真是的，就不能早点来搭把手。”乘客又抱怨。

“马上就来了啊。”

“小心我打电话投诉你，赶紧上车出发。”

乘客向大卫指明目的地，目的地所在的 F 区，离这不近不远，要下车的地方在一个警察局附近，开车大概三十分钟的距离。

F 区，是 M 市当地比较著名的旅游景点，有许多作为文化遗产的建筑。其复古气息吸引了很多全国各地甚至海外的游客。街边更是有很多装饰古朴的餐厅和咖啡馆，是人们在闲暇时间，与朋友见面或者独自享受的好地方。不过,由于是周末,在中午之前,餐厅还都没有开门,很多咖啡馆也都休息。

大卫忍着怒气,虽然偶尔会碰到奇怪的乘客,但是,这么无礼的,还是不常见的。要是按照以前大卫的个性,早就跟他吵起来,教训他一顿了。

不过,不久前大卫刚刚因为与乘客发生争执被投诉。不止如此,一段时间前大卫还因为驾驶途中发生交通事故被公司警告。他突然想起,刚刚那名乘客盯着车头的位置,似乎就是因事故破损严重的部位。因为大卫贪图廉价修车费,维修痕迹仔细观察便能发现。所以,大卫只好暂时忍气吞声,在找好新的工作之前,这份工作还是暂时不能丢的,毕竟当出租车司机的收入并不算低。只是,这次的乘客是无缘无故地找事,跟上次还不一样,让他更加气愤。

"快点出发,要是到晚了,耽误事情,我可跟你没完。"刚上车,乘客再次发难。

"你别太过分了啊。"大卫有点控制不住了。

"行了,懒得跟你计较。"

大卫非常无奈。

"我躺在后面休息一会儿,太累了,快到了叫我。那有个警察局,十分显眼,到了那附近,我会告诉你停在哪。"说着,乘客似乎躺了下去。

大卫看了一眼后视镜,没有看到乘客的身影。

大卫插上钥匙发动汽车,戴上耳机,打了右转向灯仔细观察后,慢慢地向右驶离停车位,行驶到了道路左侧,向目的地驶去。大卫瞄了一眼车上的电子表,现在是七点二十。

幸运的是,这一路上,乘客没有再刁难大卫。

约三十分钟后,大卫行驶至目的地附近。

“快到了,给您靠边停在这可以吗?”大卫问道。

乘客没有回应,大卫又问了一遍。

“您在这下车可以吗?”这次大卫摘掉了耳机,等待着乘客的反应,然而,乘客还是没有回应。

“请醒醒……”大卫一边说着,一边打算回头叫醒乘客。却被眼前的一幕吓得睁大了双眼,克制自己没有喊出声。

只见乘客躺在后座上,由于系着安全带,他的上半身向右倾倒,也就是他所坐位置的另一边。右手放在胸口附近,胸前插着一把刀,衣服插着刀的位置,白色部分的格子已经染成了深红色,看起来像是被鲜血染透。

“喂,先生,你没事吧!喂!”

汽车还在行驶中,大卫只能把头转回去,继续开车。同时又叫了乘客几声,但依然没有回应。

大卫不知所措,第一反应是先找个地方停车,赶紧报警。这条路本来就不宽,这里也不是可以停车的地方。这时,大卫看见前方十几米处有一个拐角,从拐角处转弯后的道路两边停着车,大卫决定就去那里。于是他又往前开到十字路口左拐,顶着刺眼的阳光寻找车位。

里面是一个死路,前方被围栏挡着。围栏这边道路边上,有四个画好线的停车位。其中左侧还有一个空位,但是由于空位后面已经停着一辆黑色的车,而且是体型很大的吉普车,挡住了视线。大卫往前开了一下才看到有空位。

他马上把车停了过去,倒车的时候因为太着急,差点没收住油门刚蹭到后车。车上的防剐蹭雷达响个不停。

顾不了那么多,大卫没有再调整,刚把车停稳,他马上打开车门,然后拿出手机,手机显示的时间是七点五十。

他输入三位一样的数字,按下拨号键,将电话放在耳边,又向后座看了一眼,可是,并没有奇迹发生,乘客还是之前的样子,他可不敢继续待在车上了,所以才下车打电话。他扫视了周围,没有一个人。

“刚刚那里不是刚路过一个警察局吗?”大卫在按下拨号键的同时猛然想起来。

大卫挂断了还没接通的电话,打开车门熄火,把车钥匙放进衣服兜里,迅速向路口的方向跑去。这里的路上也是一样冷清,到了路口依旧一个人也没碰到。

身处白昼,阳光明媚,大卫却感到黑夜一般的毛骨悚然。

目光可及的门店不是咖啡馆就是餐厅,还不到准备营业的时间。转过弯,眼前的这家餐厅,门上还上着锁。门外两个对开玻璃门的把手底部上着锁链,在门把手上缠绕了好几圈。走过了这家餐厅,紧挨着的就是警察局。

“警察局不会也没有人吧,这种重要的地方,会有人值班的吧!”大卫祈祷着,已经跑到了警察局的门口。

从门面上看,警察局和周围的门店基本没太多不同,最大的区别可能是门口写着“POLICE”的蓝色牌子,十分显眼。大卫试着推了推门,发现推不开,又试着观察下周围寻找门铃。最终在门的右侧,大概胸口高度的位置,找到了类似门铃的按钮。

“嗡……嗡……”

大卫顾不得礼貌,粗暴地按着门铃。

“不会真的没有人吧。”他十分担心。

大概过了一分钟，门铃的扩音器突然出现了“啪啪”声，像是有人拿起话筒的声音。这让大卫瞬间感觉安心了很多。

“你好？”那边传来了非常慵懒的声音。

“谁啊？大清早的，刚上班欸，不会就有事情了吧？”又传来另一个声音。虽然不是接门铃的人，声音很模糊，但勉强也听得到。

“啊，那个，嗯，出事情了，有人好像，嗯，受伤了。”大卫感觉自己都不会说话了。

“你这样说我听不懂，你先进来吧，进门上楼。”

大卫还想继续说话，只听见门发出了“咔”的一声，应该是门锁打开了。

“算了先上去吧，当面说可能还更快点。”大卫冲进了门。

“有人被刺伤了。”大卫上楼刚见到一位身穿警服的警察，就匆忙对他说。

一边说还一边比划着自己的胸口。这时，身后出现了另外一位警察，两人听到大卫的话，面面相觑，好像不知道怎么办才好。

“被刺伤了？在哪？”站在前面的警察率先问。

“在我的车里。”

“你的车里？”

“啊，我叫大卫。我是出租车司机。我指的是我的乘客。”大卫挠挠头，有一种微妙的感觉。

“车停在哪里？”

“楼下，旁边的停车位。”

“我去看看，你在这等着？”还是那位警察。

“好。”另一位警察说。

他们刚迈开脚步下楼,就听见楼下又传来了开门和关门的声音。过了几秒,另一位身穿警服的人也从楼梯上往上走,抬头看见大卫和要跟他去看看情况的警察。他的目光在两人之间来回切换,最后停留在那位警察身上。

“怎么了,不会是大清早就有事情了吧?”

“可能吧,这位先生说有人被刺伤了,我正要去看看情况。”

“啊?大清早的,那我也去吧。”说完,刚来的这位警察掉头,又向楼下走去。

“走吧。”

“我给头儿打个电话吧?看看他到哪了,要是真有什么大事,咱几个也不能随便决定什么啊。”留在楼上的警察说。

说着,他拿起手机,按了几下,又将手机贴在耳朵旁边。没过几秒,电话似乎是接通了。

“欸,头儿,是我,你到哪了?这边好像有点事情……”这时大卫和两位警察也刚刚走到了警察局门口,后面的内容就没听到了。

2

星期一,早上八点半,M市市中心区域的街道上,已经满是走在上班路上的人。他们大多穿着正装,不过其中只有少数人打了领带,也不乏一些穿着相对休闲的人。

硕士研究生毕业不久的助理律师景帆,上班的地点就在这里的一栋高楼里。虽然已经是将近三十年前的建筑,顶楼却也高达五十层。

景帆工作所在的律师事务所在这栋楼的35层,占据了这层楼的一半的面积。另外一半,是一家房地产开发商。在寸土寸金的M市市中心,高层写字楼的租金高昂得可怕。大多数情况,一层楼会同时容纳三到四家公司,甚至更多。能租下一层楼的一半面积,绝对是有经济实力的公司了。尤其A国市场的大多数行业,都以中小型公司为主。

景帆硕士研究生毕业后就在这家律师事务所工作,现在已有一年左右的时间。由于还是新人,大部分的工作是给公司里的资深律师做辅助工作,积攒行业经验和行业专业技巧。

事务所要求所有律师上班必须着正装。景帆身穿白色衬衫,黑色的女士西服外套以及长度到膝盖的黑色裙子。同样也是黑色的高跟鞋与衣服相配,在地板上走起路来,会发出高跟鞋鞋跟与地面碰撞的清脆响声。

她的视力相当好,不需要戴眼镜,即使经历了法学专业本科和刑法学硕士的多年学习时光,读书没有损害到她的视力。

工作中,景帆都会化适合工作场合的职业妆。她是上班后才开始学习并练习化妆的。学生时期,身边的女同学大多都十分擅长并热衷于打扮自己。虽然当时,景帆偶尔也会用不到十分钟化一个淡妆,但是她觉得,每天花费几十分钟甚至几小时在这件事上,太浪费时间。

原本进入职场后,她依旧想要每天敷衍地化一化,甚至不化妆出门。但是,她的母亲告诫她,化妆并不仅仅是自身追求美丽,对于女性来讲,也是对他人的尊重。自身的形象、言行举止更是要庄重得体。更何况,景帆所在的律师行业,讲究外观形象的专业性、严肃性更是尤为重要。

她接受母亲的劝导，每天也会花些时间在学习和练习化妆上。素颜的景帆，已经绝对算是很漂亮的女孩，二十五岁的她，心性本身要比同龄人稳重严谨，再加上律师的职业，庄重且落落大方的气质恰到好处地配合她的容貌，起到珠联璧合的效果，辅以自然简单的工作妆，看起来比平时更加沉稳。

“早。”

“早啊。”威廉一边翻阅手头的文件，一边快速地回应着景帆的招呼。

威廉也同景帆一样，是职场新人，毕业后进入职场工作了两年左右，待人十分谦和亲切。两人一起给公司高薪聘来的高级资深律师凯文当助理，主要做一些文件整理类的辅助工作，同时向凯文学习专业技术。

凯文主要负责公司刑事案件的相关客户，他是相关领域内的名人，同时也是本市著名的 M 大学的客座教授，对当地法律和著名案件有着深刻的了解，年龄还不到五十岁，算是年轻有为。目前，凯文因为另外一个案子去外地出差，留下景帆和威廉，整理上个案件的相关资料。

景帆放下自己的包，转身又走了出去。每天早上，刚到公司开始工作前，她都会去厨房给自己做一杯咖啡，大部分人也会这么做。刚到走廊，她看到公司老板也从入口方向走了进来，边低头看手机边走向他的办公室。

“早上好。”

“早上好啊，对了，我听前台说有个委托电话，刚刚打了过来，是刑事案件委托，但是凯文出差了，说是让你和威廉先看看基本情况。还有,下午公司一起聚餐哦,我请客,哈哈。凯文这家伙是不是故意出差的啊,我还想跟他一起喝两杯呢。"

"好的。"景帆回答。

走进厨房,景帆径直走到咖啡机面前,抬手从上方的柜子里取下一个咖啡胶囊。她左手握住咖啡机放胶囊托的手柄,水平向左旋转,将其取下来,然后将浓缩咖啡胶囊放入对应的凹槽,对准位置拧了回去。

她又从另一个柜子里取出一个玻璃杯,放在了咖啡机的接水盘上,也是一会儿浓缩咖啡会流出的位置下方。她看向咖啡机的屏幕旁边的按钮,选择了"一杯",按下了"开始"按钮。

咖啡机运作发出响声的同时,她转身打开冰箱,从里面拿出了一桶全脂鲜牛奶,将牛奶倒入银色的拉花缸,直到缸内牛奶达到三分之二满。将牛奶放回冰箱后,景帆先将蒸汽打开,待其稳定喷出白色水雾,便马上将其关闭。

她将蒸汽棒的出气口擦了擦后,放入拉花缸里的牛奶中,左手向下拉动拉杆,右手拖着容器,开始打发奶沫。

拉花缸中发出"呲呲呲"的声音,牛奶像沸腾的水一样不停地翻滚着。待到手中的拉花缸底部已经烫到无法坚持,她向上将拉杆拉回原位,并用旁边的毛巾擦了擦蒸汽棒的出气口。

接着,她手持容器的把手,在桌子上轻轻磕了几下容器的底部,让奶沫完全浮在上面。一旁的玻璃杯里,浓缩咖啡也已经准备就绪,景帆左手拿着玻璃杯,倾斜大概 45 度,右手拿着拉花缸,慢慢地将牛奶倒入玻璃杯中,由于浮力,奶沫最后被倒入,与咖啡混合,形成了棕色白色相间的奶泡。

咖啡做好后,威廉也走了进来,看来也是来给自己准备一杯咖啡。

“你听老板说了吧？来了一个委托，是刑事案件，凯文让我们先看看。”威廉边打开柜子边说。

“嗯，有发资料过来吗？”

“发了，刚刚已经转给咱俩了。”威廉神色有些凝重，这对于平常很随性的他而言，比较少见。

“怎么，凯文不在，我们可能第一次要自己先面对客户，紧张了？”

“也不是，但是……”

“但是什么？”

“一位乘客，独自坐上了出租车，三十分钟的路程，到达目的地时，乘客已经成了一具尸体，你以前听说过这种事情吗？”

“什么？你在讲都市传说吗？”

“没有，就是刚刚发生不久的事件。”

“是我们这次委托？”

“对，你一会儿去看看文件就知道了。”

“我这就去看看。”

十分钟后，景帆看完了邮件中的资料，咖啡还一口没动。邮件的内容为事件的简单描述，以及委托人希望与律师见面详谈。

“我们去看看吧，跟委托人聊一聊，了解一下情况。”景帆好像很有干劲。

“啊？凯文还没回来，我们擅自行动不太好吧？”威廉显得有些为难。

“我去和老板解释一下，你给凯文打个电话，征求一下同意。”说着，景帆已经站了起来。

“好吧。”威廉拿起电话。

“移动的密室啊。”景帆边走边自言自语，声音很小，大概只有她自己能听见。

十五分钟后，景帆和威廉已经坐上了出租车。老板和凯文允许两人先去和委托人了解情况，视情况再决定后续行动。

“要不，你自己去吧？我回去整理之前还没弄完的文件，可以把你的部分也做了。”威廉显得有些不安。

“有点出息好不好？我们有机会独自见委托人，这是很好的历练啊。”

“那到时候你主要负责说话吧，我负责记录。”

“可以……”

又过了二十分钟，景帆和威廉到达F区警察局的看守所，也就是案发地点旁边。景帆进去后，向警察表明了来意，说明希望与案发当天主要负责的警察见一面了解下情况。

不一会儿，一名身穿警服的警察向他们走过来。经过交谈，景帆和威廉了解到，这位警察是案发当天的负责人。那天包括他在内，一共有四个人需要上班，早上八点开始，他是最晚到的一个，到达时命案已经发生，在到达之前还接到了下属的电话向他说明了情况。

他到达之后，立即向市中心总部报告，并请求派来专业的调查小队，毕竟这里只是很小的一处分局，基本上从来没有处理过谋杀案件。工作任务大多也就是巡逻，或者处理物品失窃之类的事情。更何况，当天是节假日，人手本就很有限，所以事关人命的案子，调查取证这种专业的工作，是需要向总部申请支援的。

因为警方调查的资料和物证都属于保密信息，就算是当事人的律师，也不能随意带走浏览。所以，景帆和威廉仅仅可以在经过许可后，在警察局内翻阅案件的调查报告。他们一边仔细阅读，一边做记录。

报告是由派来增援的调查小组提供的，还附带了现场调查的照片。据警方说，因为当天上午调查小组的所有成员正在其他地方出任务。所以，给尸体拍照取证，运走之后，又午休了大概一个小时。下午才开始继续调查事发车辆，以及进行其他细节的调查。

调查报告记录了当事人——司机所描述案发过程的详细经过。

尸体被发现时，身穿红色格子的长袖衬衫，深蓝色牛仔裤，棕色工地用鞋，头部有太阳眼镜和毛线帽，手上是白色麻布手套。死因则是被利器刺中心脏，几乎是不到一分钟毙命。

粗略的死亡时间，是在被发现时的一小时内。不过，更准确的死亡时间，要等明天的尸检报告才能知道。幸运的是，警方将遗体运到尸检处，恰好轮到验尸官值班，便立即就进行了尸检，死亡时间误差按理说不会太大。

凶器是随处可见的小型水果刀，就算常备在车上也不算太稀奇。凶器上没有任何指纹，死者的衣服、裤子等所有穿着上，都只有被害人自己的指纹。

后座上有不计其数的指纹，很多都被覆盖了，推测是以往乘客的，逐一调查起来难度很大。被害者所携带的箱子，侧面空洞周围没有任何指纹，箱子内侧只有被害人自己的指纹，侧面两边的棱角上有当事人的指纹。

根据当事人的描述，可能是帮忙放箱子时留下的。箱子中的物品包括：两件长袖体恤、一件黑色、一件蓝色、一条灰色运动裤、一条黄色毛巾。所有物品上面都有死者的指纹，警方推测都是被害人的私人物品。

死者随身携带的物品只有钱包和钥匙，钱包里有一张面值五十元和一张面值十元的纸币，还有两枚面值一元的硬币，没有任何能证明身份的证件。钥匙也是很普通的银色钥匙，随处可见，很难以此调查出死者住处。警方正就被害人身份这一点上展开调查。

一张调查报告附带的照片中，案发车辆，也就是大卫驾驶的出租车，被黄色条纹的警戒线圈了起来。案发车辆为进口牌子的老款小型轿车，银灰色，应该有些年头了。其中一张照片中，可以看到车停在四个公共停车位中的一个，其他三个车位都停着其他的车辆。案发车辆距离后面的黑色吉普车很近，基本已经看不到空隙。估计是因为当时太慌张，倒车时没有掌握好距离。大卫的出租车被用红色记号笔圈了起来，并标注为“嫌疑犯”车辆。

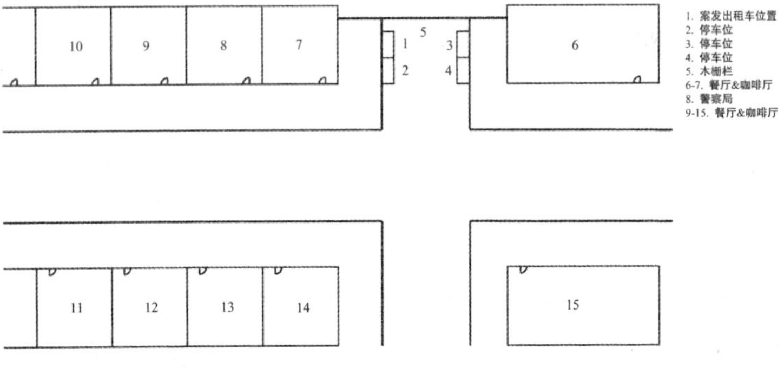

图一：案发现场及附近平面图

看完调查报告之后，景帆问警察可不可以见一下当事人，不久便获得了许可。两人被带入了一间有玻璃格挡的会见室。不一会儿,大卫被带到玻璃格挡的另一边,在景帆和威廉对面坐了下来。大卫身材高大,身穿灰色T恤,外面套着黑色的马甲,穿着深蓝色的运动裤。

“您就是委托人大卫吧?”

“啊,您好,我是。”

“您好,我是景帆,旁边这位是我的同事威廉。公司派我们来了解一下情况。”

“好……”大卫看起来无精打采。

“那我们就开始吧。首先,能请您介绍一下您自身的情况吗?姓名、年龄、职业、家庭情况、住址。顺便,如果可以的话,我想录音,您方便吗?”景帆拿出一支录音笔。

“啊,没关系,我叫大卫,是一个出租车司机,年龄是四十二岁,单身,家里只有父母,都住在东边较远的区。”

“好的,虽然您已经和警方叙述过一次了,能不能请您再叙述一次案发当天的情况,越详细越好。”

“哦,好,是这样的,其实就是昨天,周日早上我还是正常出车……

(大卫叙述了当时所发生的情况,过程持续了大概十多分钟)

“发现尸体之后,警察们一直不停在忙,也不放我走,最后还把我当成嫌疑人关起来了,真是荒唐啊。”说完之后,他长舒了一口气。

“您喝口水,歇一会儿。”景帆看他有些口干舌燥。

“好。”大卫拿起旁边的瓶装水,咕咚咕咚地喝了几大口。

“十分感谢您对我们的信任,但是,还是要先跟您说清楚,如果您希望我们能帮助您解决事情，请务必对任何事情都不要有所隐瞒，无论对您是否有利的事情，这样我们才能更好地合作，一起摆脱困境，您明白吗？”

“明白，我说的都是实话。”

“请允许我再问您几个问题。首先，您认识，或者曾经见过被害人吗？”

“从来没有，虽然那时候他戴着墨镜，不过事后警察也拿着照片来问过我，我敢确定以前从没见过他。”

“周日您都会出来工作吗？”

“除非有别的要紧的事情，不然的话都会。周末的话，早上会有一些去机场的客人，中午之后，人更是非常多。”

“那趟行程中，从被害者上车开始，除了行驶过程中正常的停车，比如前方堵塞或者等红绿灯，中间还有停过车吗？”

“没有。”大卫回答很迅速。

“全程有长时间堵车的情况发生吗？”

“也没有。”

“您说您当时戴着耳机，声音放得很大吗？”

“不是很大，因为后面有乘客嘛，如果乘客叫我，我听不见是不行的。”

“那也就是说，如果车内发出很大的声响，您一定会听得见？”

“应该是的。”

“那假设说，在您等某个红绿灯的时候，有人能做到打开车门，并且不被您发现吗？”

“开关车门的声音，我应该是听得见的。”

“那如果是很小心的开关呢？尽量不发出声音的那种。”

“那我也不敢说了,有点想象不出来。反正,我是没听到类似的声音。”

“行程中,您印象中最多原地停留过多久呢?”

“等红灯的时候,大概也不到一分钟吧。”

“行驶中有经过什么特别嘈杂的路段吗?”

“没有,因为时间很早,又是周末,行人和车辆都很少,基本都是出租车。”

“行驶过程中,您还有跟被害者交谈过吗?或者回头看过吗?”

“都没有,因为他上车后就说要休息,让我到了地方再告诉他。”

“作为凶器的刀是你的吗?”

“不是。”

“发现有异常状况后,您有触碰过后座任何地方吗?”

“没有,我直接停了车就去报警了。”

“您在去往警察局的过程中,有遇到什么人吗?”

“没有,一个都没有,我和那几个警察从警察局出来,回到案发现场的时候也没有遇到什么人,当时时间太早了吧。”

“周围的店有开门吗?”

“我只路过了警察局旁边的那一家,没开,门锁着,我回到案发现场的路上也看见了,因为有锁链,基本没变化,还是关着的。其他的店我估计也都没开,我瞥见开了的店,还是行驶时路过的一个咖啡馆,估计距离那里至少也有几百米。”

“好,姑且还是要明确问一下,您真的不是凶手吧?”

“不是啊,我都跟警察说了好多次了。”

“请别误会,您有想过,您为什么会被当作嫌疑犯拘留在这里吗?”

“知道啊,不是他们抓不到人,随便找我充数吗?”司机显得对警方十分不满。

“是这样的,根据您刚才的描述,如果您说的都是实话,整个过程中,有机会犯罪的就只有您。但是,如果您说的不是实话,那光是面对警方询问时隐藏线索,或者进行误导,就足够将您拘留了。”

从表情上来看,大卫和威廉都是刚刚想到这一点,脸上都有恍然大悟的表情,威廉也一下子明白了景帆刚才所有问题的含义。同时,非常钦佩她能在听完案件叙述后,马上发现关键点,并且组织好要问的问题,条理清晰,逻辑明确。

“好了,大致情况我们都了解了,您的车钥匙还在您这里吗?还是被警察收取了,可以的话,我们想看看您车的情况。”

“钥匙昨天就被警察拿走了。”

“好的,那我们今天就到这里吧,后续我们会再跟您联系。”

“我……我不会被当成杀人犯判刑吧?”

“只要您没有说谎,就相信我们吧。”

景帆和威廉归还了调查报告,走出了警察局。临走前景帆给警察留了电话,尸检报告出来后,如果有什么新情况,请警方和自己联系。两人又去案发的公共停车位看了下,没有发现什么新的线索。

“你觉得怎么样,这个委托能接受吗?”威廉问。

“我个人还是倾向于接受委托,不过还是要跟老板和凯文商量才行。”

“为什么？我觉得警方的判断很合理，就案件如今的情况来看，只有他是凶手这一个答案，接受委托，坚持认定以无罪来辩护的话，岂不是等着辩护失败吗？不如承认有罪，从主观动机或过失致人死亡上找找突破，争取从轻。”

“你真是凯文的好学生，思路跟他一模一样。”景帆调侃他。

“名师出高徒嘛。”威廉听到了好像很开心。

“那我问你一个问题，如果司机是凶手，那他为什么要主动报案呢？”

“嗯……估计他是有一种，最危险的地方最安全的想法吧，如果自己主动找警察，反而不会遭到怀疑。”

“可能吧。你先回去吧，现在回去也要午休了，下午不是公司组织一年一次的聚餐吗？我就先不去了，我要去一个别的地方。”

“你干什么去？你不去的话，凯文也不在，我们负责刑事的就剩下我了啊。”

“那加油啦，等明天凯文回来了，我们再跟他讨论。”说完，景帆就告别了威廉，向另一个方向走去。

她拿出手机，拨通了一个号码。

“哈喽，老师，一会儿有空吗？那太好了，我现在过去……是有事情，要当面说才容易明白。”

挂断电话，景帆又使用手机软件预约了出租车。

3

乘车半小时后，景帆来到了一处居住区。走下车，她抬头看了看面前的双层别墅,确认了是自己要去的地方。

别墅门口的小路上一个人影都没有,每隔几米就有一棵很高的树,挡住了大部分住宅的全貌。周边的房子也都是外观略有不同的建筑。眼前的住宅外形也很普通,深灰色的外表皮,整个外观像是几个正方体交错叠在一起。

景帆走到正门的围栏前,按响了门铃,外门不久就被解锁开了,同时里面的房门也打开了。

“啊,这么快就到了?”传来一个男性的声音。

“你也在这?”景帆看见男人后说。

“是啊,你能来我不能来?”男人开玩笑地说。

“老师呢,在书房里?”景帆脱下鞋子,穿上给她准备的拖鞋。

“是啊,他也不太理我,自己在房间看书。”

“有没有可能是因为你太烦了,总跑过来。”

“怎么可能?”

“看来你没有哪怕一点点自知之明。”

“不过,你这职业装还挺好看的。”

“谢谢,不过巧的是,我不喜欢穿职业装,要不,送给你你穿?”

“不用了,我没有这个爱好,哈哈。”

景帆专程过来见并称呼为老师的人,名字叫李因。虽说景帆称呼他为老师,但算和李因同辈,只是年长她七岁,至于为什么会有这样的称呼以及他们的过往,那就是另一个故事了。我们在这个故事中先不讲,毕竟与此次事件无关。

狄清是李因的朋友,两人认识很久了。景帆也见过狄清很多次,她来这里上学之后,偶尔会和两人见面聊天。狄清虽然比景帆年长三岁,但是性格不拘小节,为人爽快率直,也经常被李因说：多大的人了，能不能谨慎认真一点，狄清每次也只是挠挠头，笑一笑。

书房位于别墅入口的另一侧，面积中等，最显眼的是进去后迎面一整面墙的书柜，直达天花板，并且放满了书。书柜前一米的位置，放置了一张长方形的木制书桌，桌子靠近书柜的那一侧有一个转椅。景帆和狄清进入书房，看见李因身穿便服，黑色的宽松衬衫，深蓝色的运动裤，站在转椅旁边，背对着门口，应该是在端详书架上的书籍。

听到有脚步声，李因转身看向门口。

“怎么样，最近工作忙不忙？”李因向景帆打招呼。

“还好吧，肯定没有上学时轻松呀，刚去见过委托人。”

景帆边说，边把包放在转椅桌对面的两张椅子其中的一张上，自己也坐了上去。狄清见状，坐在了她旁边。李因伸手拿起一个饼状物品，盘子大小，拆开包装纸，里面是一个黑色茶饼。

他从上面掰下一小块，放入旁边的小茶壶待用，又按下水壶上烧水的按钮，水好像本来就是热的，顷刻间，水壶发出了加热水的“嗞嗞”声。他又拿出三个小杯，其中两个放在了景帆和狄清面前。

“谢谢。”景帆小声说。

“欸？我来了这么半天了，你怎么不请我喝茶？”

“忘了。而且我刚才在喝咖啡。”李因淡淡地说。

景帆微微笑了一下。

“这么说，你该不会带来了什么有趣的故事吧？”李因微笑着说，同时坐进他的转椅里。

“还真是，有没有趣不知道，重要的是还没有被解决。”

“正好没什么事情做，有点事情听听，讨论一下，正好消磨下时间。不过你别指望我能帮你解决问题，我可不是安乐椅侦探。”

李因又起身，拿起刚烧好的开水，倒入刚刚放茶叶的小茶壶中。

“大家一起听一听喽，要是能解决就更好啦，这样我没准可以有机会独自负责一个案件呢。”

“就知道你另有企图，好在还算诚实。”李因还是一样的微笑表情，跟景帆开着玩笑。

他将刚刚小茶壶中的茶水倒入三个茶碗中，重新坐下后，拿起自己的茶杯，先是看了看，又闻了一下，估计是由于太烫，暂时没有喝下去的打算。

“就算是不说，还是会被老师发现的啊。”景帆同时试了试茶的温度。

“虽然对这方面没啥兴趣，不过我也没事做啊，一起说说话也挺好，哈哈。”

接着，景帆向两人介绍了自己从早上上班开始，到现在的全过程。

……

“然后这个是刚刚和委托人谈话的录音，我们一块儿听一听，里面也包括了委托人陈述的案发经过。”景帆按下了录音笔的播放键。

录音笔开始播放，李因边听边喝茶，没有发出一点声音，同时面无表情，全神贯注地听着。录音播放完毕后，谁都暂时没有说话，两人又花了大概十几分钟的时间，阅读景帆记录的关于警方调查报告的笔记。

李因先抬起了头，一言不发地站了起来，重新给三人又添了茶水。

“怎么样，有什么想法吗？”

“首先是一个的基本问题，景帆，你应该也有同样的想法，这位司机不是凶手。”

李因左手放在转椅把手上，手握拳，头靠在拳头上，右手拿起茶杯喝了一口。

“没错，在来的路上，我一直在思考这个案子。我也认为，目前的嫌疑犯不是凶手。”

“为什么，你俩谁能解释一下？”狄清疑惑地问道。

“我们梳理一下，关于这件事，假设，司机就是凶手，那就涉及他自己报案的原因是什么。继续假设，原因一，他为了认罪，但这与事实不符，他说他没有杀人，要是认罪的话我们也不会在这讨论了。原因二，嫌疑犯认为，如果自己主动认罪，那么将会大大降低自己是凶手的可能性，从而逃脱罪责。但是，如果是因为这个原因，结合案发情况，就会出现一个巨大的矛盾，那就是，这位凶手司机提供证词时，除了他自己是凶手的情况外，完全消除了其他人犯罪的可能性，而且是通过自己的证词。”李因解释。

“什么意思？”狄清还是没懂。

“你回想一下刚刚听的录音，景帆提出的多个问题，比如‘中间有没有停过车’‘有没有听见开门的声音’之类的，景帆其实是在问司机‘被害者有没有可能，在行驶过程那三十分钟被其他人杀害’。但是我们这位司机做了什么呢，他通过自己的证词，完全抹消了这个可能，从而导致了现在的情况：只有他自己才有可能犯案，一个凶手会这么做吗？”李因又拿起了茶杯。

“好像明白了。”狄清似懂非懂地嘟囔。

“其实也可以这样理解，”景帆继续补充。“现在的情况，从行程开始，到发现尸体，出租车可以完全看作是一个‘移动的密室’，其间没人进出过，在这个密室中，只有被害人和司机，密室形成的重要因素之一，就是司机的证词，如果他真的是凶手，他绝对不会让密室成立。可行方法有很多，也很简单，我问的随便一个问题，他都可以抛出可能性，比如，中间停车上过厕所，听到过开关门的声音之类的，但他却没有这么做。”

“所以，我们的假设，也就是司机是凶手的这一情况，根本无法成立。”

“是不是应该加一个可能性，被害人自杀呢？”狄清问道。

“没错，但是如果是自杀的话，有以下问题无法解决：

“第一，被害人为什么要带着箱子，去别人的出租车上自杀？

“第二，如果是坐车过程中突然想自杀，那么，导致他这种想法的原因是什么？1)假设是接到电话，那么司机会有相关的证词；2)可能是文字类比如短信，但是死者的遗物中，连手机都没有，由于是自杀没有凶手，手机如果存在，就必然会在遗物中出现；3)如果是看到街上的什么，受了刺激，也是不可能，因为他上车之后马上就躺下了。

“第三，被害人就算是做好了心理准备，但是被利器刺中，不发出一点声音也是很难做到的。

“所以说，我们的重点一定是在：凶手不是司机，密室如何破解，凶手是谁？这一条线上。”

“那么重点还是，行驶过程的三十分钟，究竟发生了什么。”狄清说。

“你有什么好的设想吗?”景帆微笑地看着他说。

“其实仔细看看,司机也并没有完全否认行驶中被打开车门的可能,景帆问了他,有没有可能被别人蹑手蹑脚地打开门,司机也说不能确定。那有没有可能,在中间等红绿灯的时候,有人悄悄打开车门刺杀被害人呢?”狄清猜测道。

“不可能,虽然理论上可以做到。”景帆马上回答,“这种方式,首先是极其危险的,开门的力道控制不好,就会被司机听到,红绿灯等待时间也不确定,车随时可能开走。更重要的是,凶手如何在特定的位置,准确找到被害人乘坐的车辆呢?就算知道要走的路线,被害人搭乘委托人的车完全是巧合。况且,被害人在车里是躺着的,从外面根本看不到后座上有人,凶手总不能打开每辆车的后门确认吧。”

“假如凶手从被害人上车的地点开车跟着呢?到了红绿灯的位置迅速下车执行谋杀。”狄清还是不放弃。

“也不会,这么麻烦又危险的计划,根本毫无意义。这样比悄悄跟踪被害者到一个没人的地方再下手的优势在哪呢?打开车门的时候,一旦两边的路上有行人或者过往的车辆,凶手的行为必将暴露无遗,更要命的是他的车就在后面,很容易被人看到车的颜色型号等,甚至可能会被记下车牌号,这太危险了。”景帆再次驳回狄清的假设,拿起茶杯喝了一口茶。

李因再次拿起烧水壶,将还有些烫的水倒入小茶壶中。

“啊,这回我知道了,车上其实有三个人,还藏着一个,途中杀了被害者。”狄清又提出了新的假设。

“你脑洞还真大,车里还有别人的话,司机和被害人会发现不了吗?”景帆继续反驳。

“嘿嘿，当然可以啦，在后备箱里啊。”狄清洋洋得意。

“你有没有仔细看笔记和听录音啊？”

“当然有，我知道后备厢被行李装满了，但是箱子里是可以藏身的啊！那种大小的箱子，是可以装下体型小一点的人的。”

“嗯，然后呢，你知道后备厢从里面是打不开的吧？电影里好多这样的场景，被绑架的人在后备箱里根本逃不出来。”景帆显得有些无奈。

“是啊，不用出来，不是有那种车吗？后座座椅中间的部分可以拉下来当作扶手，同时也打开了到后备厢的空间。凶手就从那里，不用人过来，只需要伸出拿着刀的手，杀害被害人，再拉回扶手。怎么样，完美吧？”

“老师，我有点说不动了，要不你来吧。”

“我来什么？反驳他？我觉得他说得挺有道理啊。”李因表情认真地说。

“哎，你就是想看我俩有来有回觉得有趣吧？真是恶趣味呢。”

“那我继续。”景帆开始反驳，“就算这位凶手，能悄悄地进入被害人的箱子中，并且被害人在搬动箱子的时候，完全没注意到箱子质量的变化；就算被害人被刺中的时候，没有发出一丁点的声音。但是，有一点，箱子的开口在放入后备箱的时候，在左右两侧，而箱子几乎填满了整个剩余空间，你想象一下，他根本出不来，箱子侧面的空当也只能勉强伸过手指，再细的胳膊也过不去，明白了吗？”景帆像是把狄清将军了。

狄清也显得有些无奈，挠了挠头，拿起茶水喝了起来。

“摄像头什么的，不可以调查一下吗？”狄清问道。

“没用,郊区的摄像头很少,大部分都是店家自己安装的,不是对着室内就是对着大门,根本看不到什么。不过,我回去可以再问问警察,没什么希望就是了。”

“我去接点水。”李因拿起水壶,走向了书房门口。

不一会儿,他拿着装满水的水壶回来了,重新烧上水。

“景帆,你应该是有想法的吧?说来听听。”李因问。

“没错,我是有一些见解,但是还不成熟,有一些问题我还解决不了。”景帆显得有些不自信。

“无妨,本来就是在相互讨论,狄清那种天马行空的想法,不是也毫不犹豫地说出来了?”李因说。

“欸,你这是什么意思?”狄清显得有些尴尬。

“那我就把我的分析说出来好了,本来也是这个目的,才过来找老师你的。”

“嗯,我听听看。”

“我尝试分析行驶过程的三十分钟,但是,几乎没有收获,委托人的证词否定了几乎所有的可能性。于是,我尝试将时间范围,放大到整个案件。案件大概可以分为几个阶段,首先,是司机看到被害者在街边招手开始,直到两人坐进车里,汽车开始行驶;然后,是那神秘的三十分钟,也就是行驶过程;最后,是司机发现异常,一直到警方的调查开始,一共三个阶段。我的切入点是,被害人到底是什么时候被杀的。第一阶段,被害人不停地在跟司机讲话抱怨,直到开始行驶,所以第一阶段,被害人还活着。接下来,是最有可能的第二阶段,也就是行驶过程中,但是,我们在排除司机的嫌疑之后,根本找不到制造密室的方法和任何有关线索。所以,我尝试将目光放到第三阶段,被害者有没有可能是第三阶段被杀的呢?"

"啊?这怎么可能,司机的证词不是明显可以确认、是在第二阶段被杀吗?"狄清疑惑地问。

"别急,如果试着这么想的话。就会发现一些有意思的事情。如果第三阶段被害者被杀,那意味着什么呢?那只能意味着,被害人在第二阶段没有被杀,也就是,司机看到的是一出假死的戏码。"

"可是,真的有人死了啊,被害人总不能骗了司机之后就真的自杀了吧?"狄清没有理解。

"当然不是,如果司机看到的只是一场戏的话,这个案子真正的重点是在第三阶段。因为最终警察赶到的时候,真的出现了死者。那么这一出戏的演员,就必须搬来一具尸体,才能达到现实中发生的结果,对吗?所以说,第一阶段和第二阶段我们所知道的'被害人',和第三阶段的尸体,根本不是同一个人,只有这样才能解释'移动的密室'。"

"这个名字起得不错。"李因突然说。

"也就是说,前两个阶段的'被害人'其实才是凶手,或者是凶手的共犯,他事先穿上与真正的死者相似的衣服,搭乘出租车。太阳眼镜和帽子也是为了不轻易地被分辨出容貌不同。很有可能,两人身材也差不多。演戏之后,趁慌张的司机去警察局寻求帮助的间隙,将真正的尸体移动过来。这样,就造成了尸体是在第二阶段,密室中被杀的假象。也就是说,我们误以为是重点的'第二阶段',其实什么也没有发生。反而'第一阶段'前,凶案已经发生了,'第三阶段'是出现了尸体以及替换。

"但是在这里,我遇到了第一个难点,凶手,也就是这位出租车的乘客，是单独作案的，还是有共犯呢？我没办法确定，因为共犯的存在，会对整个案件的分析产生不可忽视的影响。比如，如果有共犯，共犯只需要将真正的被害人装进麻袋或类似的其他空间里，在附近等候。司机离开后，两个人一起移动尸体，也更方便。如果没有共犯的话，这些都要一个人进行，难度差别还是不小的。”

“没有共犯。这点可以确定。”李因突然插嘴，景帆一副不可思议的表情。

“可是，没有相关线索可以证明这一点啊，老师你是如何？”

“我很赞同你到目前为止的推理，这次是真的同意。”李因说着，还瞄了一眼狄清。

“欸……你这又是什么意思啊？”狄清感觉他是针对自己。

李因没有理他，依旧是一脸严肃。

“那景帆，我问你，按照你的推理，你觉得凶手在这个计划中，到目前为止，最关键的一点，或者说最危险的一点，决定成败的一点是什么？”

“嗯……目前来看，是如何确保司机能够离开？”景帆犹豫了一会儿回答。

“没错，是要确保司机亲自去警察局报案，才可以创造间隙，按照计划搬来尸体。司机如果不走，计划将没办法进行，虽然这位乘客已经通过目的地的描述，暗示司机那里有一个警察局了。但是，这个方法却不是万无一失的，事实也证明了，慌乱下的司机，还是先想到了通过手机报警，之后才反应过来警察局就在十几米以外的地方。问题是，你的笔记和录音显示，司机下车之后，手机都已经拿出来了，甚至电话已经拨通放到耳边了，在这种情况下，如果存在共犯，这个人却依然没有任何行动。周围没有任何人接近，因为司机已经出发去警察局时，街上依旧空无一人。”

看表情，景帆似乎已经明白了，喝了一口茶。狄清好像还是一知半解。

“换句话说，如果有共犯，那个人一定在附近隐秘的地方等待着，每一秒都在盯着这个案发的停车场，等待载着另一个凶手的车到来。司机下车后的举动，他一定看在眼里，他自己也一定清楚，如果司机没有离开，意味着什么。所以，当时那种情况，如果有共犯，一定会立即出现解围。方法多的是，比如假装路人哄骗司机去报警，假装自己腿脚不便留在这里看护现场等等，具体方法不重要，无论什么方法都要比让司机原地不动等警察到来要更好。这虽然不是致命的情况，如果车上的那位演戏的凶手停止演戏，起身告诉司机只是开个玩笑糊弄过去也不是不行。但是，既然两人已经决定实施计划，在这种关键点上，共犯出现并采取措施，使得计划能够执行是很必要的，而且，不需要付出什么代价。共犯不会在这种时候有简单有效的方法而不去做。更何况，按照你的推理，共犯还很可能带着尸体，更加没有退路。所以说，这个案件是没有共犯的，是由一个凶手单独作案。当然了，就像景帆说的，相比之下，这个案件如果是单独作案，计划细节要复杂得多，这点无疑是正确的。”

“原来如此，那我们就可以按照凶手没有共犯来进行推论。车上的乘客就是唯一的犯人，这个人在司机离开后，用另一具尸体替换了自己。可能尸体本身就有太阳眼镜和帽子，也可能是凶手给戴上去的。那么就又有一个问题，尸体要事先准备在哪里呢？在他并没有共犯的情况下。”景帆问。

“我知道,这回肯定没错。”狄清突然接过话。

“那你说说看喽,我拭目以待。”景帆似乎已经知道他要说什么。

“在箱子里啊,就像我刚才说的一样,只不过箱子里的不是凶手,而是被害者。”

“你终于靠谱了点,没错,我也是这样想的。其实,凶手带着的箱子本身就很可疑,空间不小,而里面的东西就只有几件衣服、毛巾之类的。都是很软的物品,其余的空间完全能装下一个死者那种身材的尸体。所以说,被害人不是在第三阶段被杀,而是在第三阶段被移动到案发现场。那么,被害人在上车之前,也就是第一阶段,应该就已经遇害了。然后,被装在箱子里,随着凶手和嫌疑人一起到达了案发地点。可是,这样还是有问题。”李因说。

景帆面前的手机发出了“嗡嗡”的震动声。

“是的,这也是我过来想跟你商量的原因。”景帆边说边拿起手机。

“您好,呃……我是,啊,这么快,好的好的,您说。”

大约两三分钟后,景帆挂断了电话。

“尸检报告出来了,基本都和之前判断的一致。只是有一点,因为尸体送过去之后,立即就进行了尸检。所以,死亡时间可以判定在一个小时的范围内……”景帆刚想继续说,李因却突然插嘴。

“如果能这么准确的话,让我来猜一猜。我猜,根据死亡时间,真正的被害人,也就是现在的尸体,在第一阶段,也就是乘客上车的时候,还活着吧?”

景帆惊讶地看着李因,狄清也睁大了眼睛。

“没错。”景帆回答。

4

尸检报告显示，被害人的死亡时间是在案发当天上午七点四十到八点四十之间。也就是刚刚景帆所描述的“第二阶段”后半或“第三阶段”。

景帆特意询问了警察，有没有可能在更大的范围，警察回答，因为尸检时间很早，验尸官说概率微乎其微，基本不可能。后座上的指纹调查没有什么新的进展，被害人的身份调查也是一无所获，可能还需要一段时间。

“可是老师，你是如何知道这件事的？尸检报告是刚刚才出来的啊。”

“这不重要，不会影响案情，一会儿我们再说这个。随着案件深入，你会发现这是一个简单的逻辑问题。这个案件的凶手，真是一个极度心细的人啊。”李因摆了摆手。

“所以说，景帆刚才的推理是不是就被攻破了？既然死亡时间确定是在这个时间内，被害人就不可能在上车前被杀害，然后被放入箱子带过来。看来我们还是要回到寻找第二阶段密室的手法呀。”狄清有些幸灾乐祸。

“其实，我刚刚提出的可能性，还有一些别的问题，我暂时还没有想到答案。第一，是刚刚的尸检报告的问题，死者在乘客上车的时间点还活着。第二，虽然周末早上，案发现场人很少，但是凶手在街上直接搬运尸体不怕被别人看到吗？第三，凶手本来的计划中,在单独作案的情况下,如何确保司机离开车,去警察局报警。"

景帆将问题罗列出来。

景帆自己又开始尝试解答:"第一点其实是最简单的,死者还活着并不能推翻我的推理,死者在箱子里活着就行了,也就是说,被害者被凶手麻醉或者通过什么方法弄晕后装在箱子里。但是,我却不明白凶手这么做的理由,既然已经决定要将死者放入箱子带上出租车,死人绝对要比活人保险,万一死者突然醒来呢。

"第二点也可以解决,你们看,笔记和录音中显示,在案发时间,如果有路过的行人从十字路口方向看向停车位,会正对阳光。没有办法完全看清这边发生的事情,所以,如果万一有路人恰好路过,凶手的行为可以被刺眼的阳光掩护。但是,这不稳妥,如果是阴天,或者阳光不强,对于凶手来说都很危险。

"至于第三点,我目前无法解决,而这又是凶手计划中至关重要的一点。另寻出路的话,我也想不到关于这个密室的其他解答。"景帆说了一长段话,停下歇了一口气。

"你说的问题都没错,既然如此,你就不会太在意,我再给你加上一个更致命问题了吧?"李因笑着说道。

"还有更要命的?"狄清有点激动。

"我要先问一句,景帆,录音就不用说了,你的笔记都是十分准确的吧?"

"不敢保证所有的事情都记下了,但是可以确定,记下的内容都是准确的。"

"好!"李因喝了一口茶然后继续说:"这个问题是,凶手如何在司机离开以后打开后备厢呢?"

景帆惊讶的表情从脸上一闪而过。

“原来如此。”

“什么原来如此?”狄清不理解。

“按照我推理中的假设,凶手需要在第三阶段打开后备厢,才能取出真正的被害人。然而,录音和笔记是这样描述的:‘司机边说边小跑过来,将钥匙插入后备厢上的钥匙孔中,打开后备厢。’这说明,案发车的后备厢当时很有可能只有用车钥匙才能打开。无论是车内的按钮坏了,还是这款老车本身就是这样,不然司机也不会特意拔下打火也需要用到的钥匙去开后备厢了。但是,司机去警察局的时候把钥匙带走了,那么凶手根本无法打开后备箱,这个假设也就无法成立。这确实是一个决定性的问题,直接否定了这种可能性,可是,问题出在哪呢?难道还有别的可能?”景帆开始低头自言自语。

“我来回答下你这几个问题吧。首先第一个问题,被害人确实在凶手上车的时候还活着,这其实是必然的,虽然以我们目前对案件的了解程度,还没办法解释,一会儿我们再回过来看;第二点,你说的刺眼阳光,确实是很重要的因素,能有效防止被路人发现的意外情况。其实,凶手也做了其他准备,我们也稍后再说;包括第三点你无法解释的也一样,这三点我们统一一会儿再讲,不会影响案情的重要部分。”

“什么嘛?全都一会儿再说?”狄清抱怨道。

“你放心,我不会赖账的,并不是我不能解释,而是现在不是解释的最佳时机,一会儿你会明白的。

“我们主要来说说我刚才说的第四点,也就是凶手无法打开后备厢。这样的话,景帆所提出的箱子手法就无法完成了。也就是说，从乘客上车前放入那个箱子之后，直到警方调查打开为止，后备箱一直都没有被打开，箱子从一开始就没有尸体。

“但是，这并不意味着景帆的推理全部要推倒重来。我认为，从凶手将尸体藏在箱子里带来这部分之前，都是正确的。就如景帆所说，这是本次案件密室的唯一解法，也就是说，问题出在箱子这个道具上，凶手不是从箱子里取出被害人的。”李因歇了一下。

“接下来，我们要思考的问题就很明确了。被害人还能被藏在哪呢？司机的车上，除了后备厢，其他地方根本不用想，所以是不可能藏在车上的。那么，凶手只能将尸体藏在案发地点附近，附近的建筑物里有没有可能呢？我们来设想一下，凶手需要在司机带着警察回来之前，完成‘迅速下车跑去取被害人，并抱着一个成年男性返回’，尸体很可能是放在箱子或者麻袋里，凶手要将其放在车后座上，稍加布置之后离开。

“我们粗略计算一下。假设，附近有一个神秘地点，这个地点的位置到案发车辆的距离，与警察局到案发车辆的距离完全一样。于是，凶手要从案发车处走到这个神秘地点，再返回，同时回程要背负重物。同样，司机要从案发车处走到警察局，再返回。

“从案发车辆出发，分别到这个神秘地点和警察局，因为距离一致，跑步前进耗时应该差不多。但是，凶手需要等司机离开，甚至进入警察局后才能开始行动。否则，就会有在十字路口被看到的危险；同时，返回的路上，凶手一定会比司机和警察行动更慢，因为他需要搬运尸体，至少六七十公斤的重物搬起来可不容易啊；还有，凶手需要时间来布置尸体，就假设这段时间与司机和警察讲话解释的时间差不多长吧，虽然我认为在凶手的实际行动中，这段时间很可能是被压缩到极短，毕竟对于凶手来讲，身处案发现场的时间,每一秒都可能决定成败。

“因此,凶手行动中的去程和回程,都会比司机花费更多的时间,根本不可能在司机和警察回来之前完成。这还没考虑到,凶手到了这个神秘地方后,取被害人尸体的时间,以及可能涉及开门锁门的时间,这么说可以理解吗?”

另外两人纷纷点了点头。

“好,总结一下,别忘了我们之前的假设,我们假设的是,神秘地点到案发车辆的距离,完全等于警察局到案发车辆的距离。我们已经证明了,这种假设下,凶手的时间是完全不够的。如果调整条件,使结果变为可能,我们就需要缩短神秘地点到案发车辆的距离。”

李因翻开自己黑色皮革封皮的笔记本,又拿起一支红色钢笔,将笔帽拔下扣在了钢笔末端。

“所以,让我们以案发车辆到警察局的距离为半径,画一个圆(见图二),像这样。凶手不可能利用位置在这个圆外的地方来藏被害人,因为行动时间不够。”

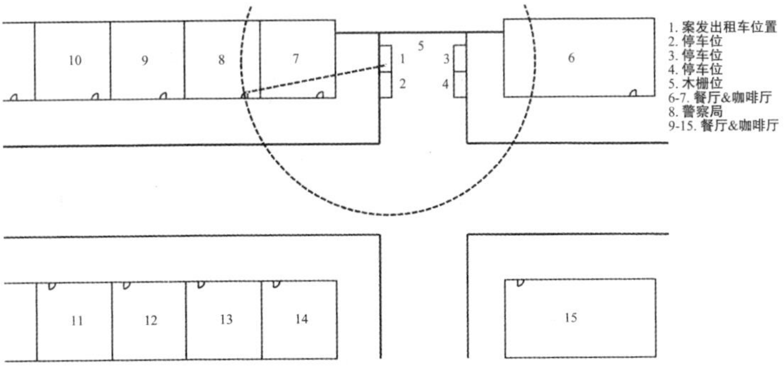

图二

“喔喔！那警察局旁这家店就很可疑喽。”狄清说。

“没错,但是,笔记和录音记录得很清楚,那家店的双开门上同时挂着锁头和链锁,而且链锁还在门把手底端缠绕了好几圈,同时司机说,他进警察局之前和之后,这家的锁基本没变化。更关键的是,这家虽然在圈范围内,但是凶手锁门的步骤更加烦琐。而且,距离警察局入口仅仅不到十米,凶手还要在搬运被害人的过程中锁门,这根本不可能。时间上,会被返程的司机和警察撞见。从计划上来讲,这种风险也是极大的。”

“那怎么回事?”狄清问。

景帆没有说话,一直盯着李因的笔记。

“至此,我们排除了所有门店。那么,答案是不是就很明显了? 这个圈内,就只有停车场的另外三台车了。”

5

“那,如果能知道是三辆车的哪一辆,追查凶手应该也就有方向可循了,虽然车肯定已经不在了。”狄清说。

“也不难。如果凶手是你,可以选择的话,你会选择哪一个位置呢?”李因站起来拉伸了一下身体,按了按腰。

“我的话,案发车辆位置后面吧,离得最近,搬运尸体也方便。”狄清回答。

“没错,如果有选择,凶手一定会选择那个车位藏被害者。搬运尸体,是整个计划中风险最高的部分,能缩减一秒都是好的。还有一个极大的好处,就是搬运的时候,可以打开后车的车门再进行搬运，以此挡住行人的部分视野，配合阳光和行人的稀少数量，被看到的风险已经降到最低。不得不再次夸赞，真是位心细的凶手，诡计本身中规中矩，但其心细程度远超常人，并且绝非仅仅如此。”

“可是这样的话，凶手随身携带的纸壳箱子还是很可疑啊。他为什么要在犯案过程中带一个没有用的东西呢？”狄清继续发问。

“为了误导调查方向。”沉默了好久的景帆突然说话。

“没错，看来说到这里，景帆也已经思考得很深了，你来说吧。”李因又准备倒茶。

“凶手为自己准备了两重保险。第一重保险是嫁祸，嫁祸司机成为嫌疑人。如果密室问题没解决，司机将成为唯一嫌疑人。凶手为警方准备好了这个直接的答案，甚至，因为被害人和司机可能没有任何背景关系，凶手连动机也准备了，这就是为什么乘客要特意给司机找麻烦，这样就给了警察，司机和被害者起了争执的印象。

“但是，仅仅是一个嫁祸计划，让凶手放心不下。于是，特意准备了箱子来进行误导，如果有人推翻了第一重保险，认为司机不是凶手，并且继续搜寻别的答案，就用这第二重保险挡住，而我也正是被这一重保险拦下。”

“等下，箱子如何能帮助凶手摆脱嫌疑呢？”狄清又问。

“这个案件在调查的过程中，对凶手最危险的情况，是被人怀疑到当时案发车的后车，如果一旦被怀疑到，被抓住这条线，找到他的可能性就大大增加了。相反，只要调查方向不是这边，凶手就是安全的。

“他的第二重保险中，如果有人开始怀疑凶手是假死，用被害者替换了自己，箱子这么明显的容器自然不会被错过，警方很有可能会认为，尸体是被凶手从出发地点带来的，就像我一开始想的一样。那么警方就会着重调查出发地点附近，搜集证据，寻找目击证人，尤其在没有其他更好调查方向的情况下。但是，估计凶手没想到，恰好，案发车辆的后备厢只能用钥匙打开，这直接打破了他的第二重保险。”

“确实，凶手的运气实在是有些糟糕，需要钥匙打开后备厢，是凶手计划中无论如何也想不到的。另外，估计凶手本身以为死亡时间不会这么准确，没想到尸检时间太早，使得‘凶手上车前被害人已经死亡’成了不可能，这又破坏了他的计划。”李因补充道。

“我又仔细翻了翻笔记，”景帆一边翻着笔记一边说，“凶手真的是很注意细节，你们看，凶手在司机停车的时候，把箱子抬到了车的另一侧，这样司机过来，凶手就会挡在司机和箱子之间，这是为了避免司机直接搬起箱子，发现箱子实际重量。再看这里，凶手假装箱子很重，抬的时候发出了用力的声音，并且还假装用了膝盖来顶。还有司机帮忙一起往里推的时候，凶手应该是把手放在左右两侧，按紧箱子，向后用力的，这样司机推起来会觉得有些重量。”

“嗯，现在我们再来说说，景帆之前没能解决的另一个问题吧。即，凶手如何能确保司机能够离开车去报警？这个问题的解决方式很简单，就是不解决。”

李因抬头看了看两人，果然从脸上找到了自己想要的神情，虽然景帆表情变化不大，但也可以看出，她这次没有明白李因的意思。

“不解决？赌博？”狄清说。

“当然不是赌博那种无聊的东西，这个问题估计凶手计划的时候也思考了很久。他发现，最多也就只能暗示司机‘目的地离警察局很近’，并没有能真正提高司机去警察局报警概率的方式，因为那个时候自己需要扮演尸体，无法行动。

“但是，凶手准备了退路。我认为这是凶手计划中另一个出彩的地方，你们想想看，尸检证明了被害人在凶手上车前还活着，我们证明了没有共犯，那么，凶手杀死被害人的时间就只能是到达目的地之后。也就是说，在司机离开车去报警之前，命案还没有发生，凶手还没有成为凶手。既然还不是凶手，就算被发现装死了，又如何呢？”

“啊，比如，恶作剧的表演者，刚刚只是表演一出戏看看路人的反应之类的？”狄清编了一个借口。

“你在这方面倒是很有天赋嘛。”景帆笑着调侃狄清。

“谢谢，谢谢。”狄清倒是很开心。

“反过来说，你们也看到了，我们这位凶手有多小心谨慎，他不可能放着司机可能不去警察局报警这个漏洞不管，更不会进行赌博。所以，他给自己留了退路，因此没有在行程开始前就杀死被害者，反而在时间紧迫的最后阶段进行谋杀和替换尸体。如果司机当时没有去警察局，凶手就会暂停计划，这也是为什么在景帆接到电话之前我就确信，被害人的死亡时间一定是凶手到达目的地之后。”李因继续说。

“那么，凶手是先将被害人弄晕，放入自己的车中了？”狄清问。

“都有可能，我能想到的方式有三种，第一，绑起来放在车里，这种可能性最低,清醒的被害人在车里,可能会发生计划之外的事情。就算绑住手脚,也会留下痕迹,凶手不会这么做。虽然调查报告没有提及,不过景帆之后可以去问一下,应该是没有这种痕迹的。"李因说完,景帆在自己的笔记上写了下来。

"第二,利用药物,进行麻醉或者迷晕。缺点是需要控制好剂量,太少的话,计划过程中间就会醒来,太多的话,尸检可能会检测出来。这点我不是很确定,毕竟药理学我也不是专家。最稳妥的是第三种,约被害人在车里见面,并提醒他小心不要被人看见,这样不需要麻醉,也不需要捆绑。凶手有杀害被害人的动机,要约私密见面肯定也不是难事。至于动机具体是什么,就留给警察自己去调查吧。从动机进行案件分析,不是我所提倡的。"

"可是,还有一个问题,凶手如何保证这两个车位不被占用呢?"狄清继续提问。

"这个我不知道,方法是有的,但具体用了什么,我就不得而知了。如果是我的话,前一天晚上就用两辆车占好两个车位,后车体型尽量大,这样在搬运尸体的时候,挡住的视线也就多。早上,大概提前半个多小时,开走停在前面的那辆车,开始执行计划。

"也就是说,案发早上会有一小段时间的空档期,可能会停进来别的车辆,不过周末这个时间,我觉得可能性不大。凶手留在案发现场的那辆车,其前面的位置只要空着,计划就可以顺利执行,就算另外两个位置也空着,司机也会停到凶手的车前面,因为那是对于司机来讲最近的停车位,如果要停在对面两个位置上,就要先掉头。

“如果真的出现被人占了车位这种情况，导致计划无法执行，还是可以利用凶手自己预留的退路，因为凶案还没发生。不过车位这部分，这些只是猜测了，并不是逻辑推理，事实究竟怎样，到时候去问凶手好了。”

“呼……”景帆长吁了一口气，喝光了茶杯中的茶。

“这样就基本还原了案件的全貌了，剩下的只要将这些告诉警察，以此为线索来调查当时的后车，应该就可以找到凶手了。”景帆将茶杯放在桌子上，站起身来。“那我就先去处理这些事情了啊，就不跟你们客气啦。”

“你要走了？”李因对景帆说，“我刚要说到更重要的地方，难道你不想知道凶手具体是谁吗？”

“现在……就能知道吗？”景帆看着李因，似乎是根本不相信。

“没错。”李因微笑地答道。

6

“目前的线索能分析到这里，我觉得已经很不可以思议了，竟然还能直接指向凶手吗？我也仔细地推敲过这个案件，虽然时间只有不到一个小时。但是我真的没看出，在不进行任何调查的情况下，有能指出凶手的任何线索。”

“我也是和你们说话的同时分析的，并不是所有答案一下子就涌进脑子里。凶手是可以指出的，但是不知道名字就是了，之后你按照我的形容去找就行。”

“行了行了，别卖关子了，快说吧。”狄清催促。

“好，要从目前的信息中推导出凶手是谁，就要注意到笔记和录音提供的信息，结合我们刚才推导的凶手的计划。有一点非常的奇怪，理应不会发生，但事实却发生了。

“刚才我们也提到了，警方的调查，对于凶手来说，最危险的莫过于怀疑后车与案件有关系。虽然，我认为凶手会提醒被害者戴手套以防指纹，戴帽子以防头发掉落。

“但是，我们推理出凶手的计划中，可是需要在车内将正常状态的被害人杀死，这很可能会留下细微的线索。比如不小心滴下或者溅出的血液，死者被刺因痛苦抓坏凶手某处留下证据等等。以凶手如此小心的行事风格，一定会尽最大努力避免车辆被怀疑，也就一定会最大程度降低自己的车出现在警方视野范围内的时间。

“结果呢，你们看，事实发生了什么？景帆拿来的调查报告中的附加照片，是过来增援的调查小组在午休之后的下午拍摄的。那个时候，凶手的车仍还停在那里，为什么不开走呢？

“开走车的最佳时机是午休时间，因为搬运尸体后直接开走，虽然能尽早地让车远离案发地点。但是，司机回来后可能会发现异样，早上附近人那么少，这可能会提醒警方怀疑自己的车，凶手不能冒这个险。

“但是到了中午，情况差不多稳定了，如果自己的车受到怀疑，早就被搜查了。既然没有，午休就是开走的最佳时机了，那个时段案发现场没有警察，甚至就算有一两个警察，当面开走也不太会引起注意，凶手却没有这么做，仍然将最危险的部分，暴露在案发现场旁边,这是为什么?”

“那个,我打断一下,下午拍照中的车也不一定就是凶手的车吧,也可能凶手开走了,这辆车是后来才来的。”狄清发问道。

“不,那一定是凶手的车,他没有开走。”回答的是景帆。“你看照片上可以看到后车是黑色的吉普车,并且与案发车辆贴得很近,这完全符合司机当时描述的情况。退一步说,真的是凶手开走了,之后又来了一辆基本相同的车。那么,他看到案发地点周围的黄色警戒线,还会贴得这么近并且不调整吗?所以,那一定是凶手的车。但是他为什么不开走呢?明明留下车没有任何好处。”

“那当然是因为,不能开走,只能是这样。”李因回答。

“为什么?”狄清问。

“因为凶手必须出现在那里,也可以理解成,凶手和他的车在那里才是正常的,不在反而会奇怪。也就是说,凶手在附近工作。附近只有餐厅、咖啡店,如果再远点,凶手还是可以把车开走。如果是附近的餐厅,虽然中午客人会多起来,但是想办法找借口溜出来十到二十分钟,把车开走肯定是可行的。而且,附近的餐厅不会被警方列入调查范围,就算被发现中间有段时间不在,也不用担心餐厅其他人怀疑与案件有关,这样做,风险要比把车留在现场小得多。所以,我们可以排除凶手在餐厅工作。

“那么剩下的地点,就只有那个警察局了吧。凶手在那里工作,他是一名警察。

“同时,凶手不会是调查小组的人,因为调查小组的人是从别的地方派来的,如果他们的车辆在案发前就出现在那里会引起怀疑。况且,调查小组人员的车完全可以在午休时间开走,不会引起注意。最重要的是,笔记中有提到,他们所有人,之前都在执行别的任务,可以互相做不在场证明。于是,我们现在把凶手的范围,缩小到了那个警察局当天上班的四个警察身上。

“我们为了方便,先把他们编号吧,又不知道名字。司机按门铃交谈的那位为警察A,当时在警察局的另一位是警察B,他们出来时碰到的是警察C,被打电话通知到的领班是警察D。凶手就在他们之间。”

“凶手居然是警察?”狄清吃惊地说。

“没错,让我们继续,接下来就比较简单了。警察A和警察B显然是不可能的,因为凶手不可能比司机更早到达警察局,而司机进入警察局的时候,他们俩都在里面,可以予以排除。现在,只剩两个人了。

“既然我们已经深入到现在这个地步,便可以继续推测凶手的计划,凶手已经确定是警察C或者警察D了。

“他在搬运尸体之后有两个选择,第一,直接回到警察局,参与案件调查,那么凶手就是警察C;第二,先躲到别处,之后再来警察局,那么凶手就是警察D。

“这两种假设暂时都是说得通的。我们再来看,凶手是一个极为谨慎的人,精心计划、大胆行动、步步为营、预留后路,那么,这位凶手如果带着手机这类物品,是一定会调到静音模式的,甚至震动都不会有,就算注意到来电,也不会接听,毕竟计划中完全不需要用到手机,如果毫无意义地发出声音,在离开现场之前会徒增风险。但是记录中显示,警察B在给警察D打电话时,几乎是马上就接通了，这是不可能的，所以，凶手只能是警察C。”一长段的推理终于说完了，李因也松了一口气。

“有没有可能，是警察D行动之后，已经远离，打开了手机的声音，或者拿出手机来看，恰好打进来电话呢？”景帆问。

“这是个好问题，不过不可能。”李因果断地回答，“如果凶手是警察D，那么他的选择就是先绕到别的地方躲着，过一会儿再来上班，对吧？那么凶手的行动时间本来就很紧张，行动结束之后，应立即离开作案现场，因为这个时候，司机随时都有可能带着警察A和B回来，警察D应该小心地离开，并随时仔细观察周围有没有任何人经过，甚至远离现场之后也是，需要尽量不被别人看到自己，这样的情况下，凶手怎么会有时间拿出手机。

“更何况，根据时间来看，警察B打电话的时刻，凶手还没有时间移动至距离案发现场足够远的位置。

“所以，凶手只能是警察C。”

“可是动机是什么呢？”狄清继续问。

“不知道，我说了，我个人一般不会分析动机，更不会以情感动机作为切入点考虑案件。我不是在否认这种调查方式，我只是更偏向于客观条件和逻辑推导产生的结果，可以算是一种个人偏好吧。毕竟人心，是最难捉摸的东西。”

过了几分钟，三人都没有再开口。景帆和狄清似乎在回想李因刚才说的内容。讨论了这么久，时间已经到了下午两点，他们也都还没有吃午饭。

“案件没什么问题了，知道这些应该很容易就能找到证据了，有了目标，凶手的动机也容易下手调查。我们开车去附近找家餐厅，吃个午餐吧。”李因站了起来。

“看来，这次没机会单独接受委托喽。估计警方会马上释放司机，他也就不会受到检察院起诉。不过还是替他高兴，洗清了嫌疑。”

“委托，这次估计是没戏了。不过你可以多召集一些相关人员，不相关的也可以，当着所有人的面进行推理。这样，大家都会知道，是你先解开的谜底，也没人可以抢夺你的功劳，就算不上庭辩护，也是有一定好处的。”

“这岂不是成了侦探啦，而且，这其实是老师的功劳。”

“我只是享受逻辑的乐趣而已，对帮助警察破案没兴趣。”李因冷漠地说。

三人走出房门，来到车库。

“对了，景帆，你打算回去工作，还是继续留在这里呢？”李因问。

“还没想好，我过段时间会先回去一下，毕竟答应父亲，要回去工作尝试一下，之后再做决定……”

“别走啊，这样我们平时还能一起出来聚聚。”狄清开心地说。

李因把车钥匙丢给狄清，坐进了汽车左侧的副驾驶座位，景帆则坐在驾驶位后方。狄清发动汽车，慢慢开出了院子，转了个弯后行驶在安静的马路上。

7

我在这个区警察局工作,大概有十多年了。没发生过什么大案,都是小偷小摸之类的。某个晚上,我独自在周边巡逻的时候,恰好撞见一个入室行窃的小偷,就称呼他为A吧。这人贼眉鼠眼,身材矮小。他提出了交易,让我放了他,这次偷窃的金额一半会分给我,如果我能够继续对他的犯罪行为睁一只眼闭一只眼,以后他行窃的收入也都会分给我一半,虽然金额并不丰厚,但我没经得住诱惑。

这种关系维持了半年左右,由于此区偷窃案件频频出现,这种行当当然也不止他一人在做,总部增加了巡逻警力,并且一周内抓获了五名小偷。A虽然经过我的提醒没有被抓,但是最近一段时间,他也没有顶风作案的可能,经济十分紧张。如果换去别的区,也需要大量时间了解环境、警力部署等背景因素,不是马上就可以得手的。

某天,A约我见面,向我提出要回之前分给我的赃款,理由是除了第一次放了他之外,并没有给他提供任何实质性的帮助。如果我不同意,他就要投案自首,并且举报我利用职务之便受贿。我心想也好,我本就对这件事心怀愧疚,整日整夜提心吊胆,归还了也罢。没想到这只是一个开始。

A并没有去别区驻扎,刚过了不到一周,他几乎花光了所有的钱，跑来向我借钱，我当然不会借给他。但是，他又以要告发我相要挟，借走了我钱包里所有现金，数额并不大，边拿边说会还给我的。又过了几天，他又来了，这次一张口就是我一个月工资的数额。我终于意识到，这个人是一个无赖，这次如果给他钱，一定会永无安宁之日，甚至他还是会告发我，况且我和妻子的存款也并不多，没法一下子支付。我立即拒绝了他，并明确告诉他，如果要告发就随他去好了，一是我以为他没有实质性证据，二是经过这件事反反复复的折磨，我也认识到自己的错误行为，我可以为此负责。

回家后，我鼓起勇气向妻子坦白了事情的始末。妻子安慰我说没关系，如果 A 告发，我们再想办法，大不了坦白承认错误，坦然面对惩罚。听了妻子的话，我更加坚定了自己的想法，妻子的话总是能在关键时刻给我慰藉。我做好了一切心理准备与他斗到底。

然而，更让我无法接受的事情发生了。某天，我下班开车回家。天已经黑了，还有几百米到家时，我看到了很多警察在周围，好像是发生了什么事故。不过我并没有太在意。

回到家，我发现家门口有两个警察在等我，称我的妻子刚刚遭遇了车祸，我瞬间感觉天旋地转，马上就要倒下，但我咬牙坚持跟警察到了事发地点。当我看到妻子的尸体时，我终于撑不住，晕了过去。

后来我了解到，妻子是在下班回家的路上遭遇了车祸。当时已经天黑，肇事的司机说，是我的妻子突然冲向了马路，在行车记录仪的影像里也确是如此。

我马上明白,一定是A干的,我随便敷衍了警察的调查询问,由于我自己本身也是警察,并没有受到太多的询问,他们说会仔细调查,并反复问我妻子有没有自杀的倾向。

我马上联系A见面,他见到我和我道歉,声称本来只是想吓唬吓唬我妻子,给我一个警告,没想到她被撞死了。他脸上尽是轻蔑地嘲笑,充满了讥讽,完全没有任何悔意。

我确定了他的罪行,一怒之下掐住他的脖子,虽然我们体型差不多,但是我经过警察课程培训,平常也有锻炼,武力上他绝不是我的对手。

他用微小的声音说,‘杀了我也没用,你也会被当作杀人犯抓起来。我虽然死了,看你也付出代价,也是不亏了吧。从一个警察到杀人犯,不知道你刚死去的妻子知道了会怎么想’,他又笑了起来。

我更加愤怒了,但却松开了手。他哼了一声,说我就是一个软弱的人,经过和我这段时间的交往,他早就发现了。他说,既然不杀他,也不抓他,那继续合作吧,让我先支付这段时间他需要的钱,等他以后重新开业,会加倍还我的。

他还打算继续勒索,嘻嘻地笑了起来。

我确实是一个软弱的人,莫名其妙当了警察,又经不起微不足道的金钱诱惑,导致了事件的发生,害死了妻子。但从这时开始,我就发誓,绝不会再做一个软弱的人,我一定要亲手给妻子报仇,并且逃脱罪责,不是真正为了脱罪,而是我不想让A有哪怕一丁点得逞。

我从没想过向警方揭露他的罪行,这个国家没有死刑,像A

这种犯了大罪的人,无法被处以极刑,我不能理解。不过无所谓,我不关心法律合不合理或者完不完善,我一心只想着给妻子报仇。

我开始思考计划,我再次利用职务便利,向负责妻子案子的警察要来了案件的详细资料。

肇事司机名叫大卫,是一名出租车司机。我知道他是无辜的,但是,我做不到不记恨他。

我决定,设计让 A 死在大卫的车上,并且嫁祸大卫,能不能脱罪就看他自己的造化了。我不停地思考要如何行动。某一次,在镜子里看到身材也比较矮小的自己,我想到了一个计划,由我自己先假装 A 搭上大卫的出租车,在途中扮演被刺杀,事后找机会以真替假。

我继续斟酌这个计划的各处细节,大概过了半个月,我的计划慢慢有了雏形。我开始慢慢付诸行动,搜集信息,计划也许会随着信息的增加适当修改。当时,计划中有以下问题需要解决或者搜集信息:

1. 大卫工作的行车路线、行车时间是否规律,离警察局距离如何;

2. A 的衣服大概有几件,更换频率如何,能不能买到极为相似的衣服;

3. 因为需要利用箱子,箱子的情况必须符合:大卫是凶手的情况和有人利用箱子搬运尸体的情况。如果是第一种,警方会认为箱子是 A 自己的,所以箱子里的物品必须有 A 自己的指纹，这要如何办到；

4. 箱子内侧最好也有A的指纹，理由同3；

5. 观察并记录工作日和周末警察局附近停车场的利用率，以及周围行人和车辆的流量，以选择最佳的计划实施时间。

A还在不停地向我要钱，好在数额都不是太大，我都是马上满足他。我取出了我和妻子所有的积蓄，我不在意，现在钱对我来说一文不值，只是暂时稳住他的工具罢了。

我尽量将出门搜集信息的时间，穿插在工作中或者利用休息时间，如果请假太频繁，会引起怀疑，请假的机会要用在关键时刻。我每天晚上都睡不着，又要很早起来，基本每天只睡三四个小时。

我跟了大卫一周，因为我是九点上班，大卫七点开始工作，每天早上我都有机会跟着他大概一个小时。他的习惯是周一和周二休息，其他时间都工作，他每次从家里出发之后，会先到H区绕一圈，线路固定，在离开之前基本都会碰到乘客。

一周的时间说明不了他的规律，于是，我从第二周开始也继续跟踪观察他，但是把时间缩减为半个小时，他载上乘客或者到时间了就走。这时候，主要目标是确定他每周的行程和路线是否规律。这样，上班之前，我还有将近一个小时的时间提早到达警察局，观察行人和车辆。就算如此，我也不会提早进入工作岗位，我应该尽量避免我在其他人眼里，可能有任何不寻常的行为。

这样又过了两周，大卫的行程依旧雷打不动，纹丝未变。我再次削减跟踪他的时间，改成隔天一次，不能完全放弃跟踪是以防他突然有所改变而我却不知情。警察局附近的行人和车辆也已经观察了很久，我还发现，现在这个季节，大约早上七点半至八点半之间，从十字路口看向那个停车位会被强烈的阳光晃到眼，这点也许可以利用起来。

这三周里，我工作日晚上的时间和周末下午都用来观察A。他每天无所事事，从我这里拿了钱，就不需要再出去偷。出门一定就是吃饭，然后去一些小型脏乱的地下赌场，去酒吧喝酒、买烟。我主要观察他的穿衣，以及他的出门时间是否规律。我还有别的目的，一会儿再说。

他穿衣更换速度很慢，一件衣服能穿好久，平均一周的时间，裤子也是。他每天估计都是睡醒了才出门，不一定几点，大多时候是中午以后，吃了饭就出去玩一会儿，等晚上酒吧开门了就过去，不到后半夜一般不会回来。

同时，在前两周的时间里，我自学了撬锁技巧，因为A家的房子极其破旧，门锁也十分简单，我觉得凭门外汉现学现用的技术足够了。

第三周的周末晚上，我第一次偷偷潜入他家。

我手上戴着手套，头上戴着防止头发掉落的塑料头套，并且还戴着帽子，衣服裤子都是深色，鞋是软底的深色运动鞋，以免发出声音。日后万一被警方发现这里的住处被调查，现在一定要小心不留下自己的痕迹。

我准备了小型手电筒，以及撬锁用的一套工具，并将手机调成静音携带。估计他做梦也想不到，自己行窃这么多次，自己家也有被闯入的一天。他家小得可怜，物件也不多，衣柜里就几件衣服和裤子，看起来都是有些年头的。

我需要他的衣服、裤子或类似物品，装进计划用的箱子里。这样里面的物品才会有他的指纹，但是，我又不能直接拿走。虽然就算拿走，他也不会怎么样，更不会报警，但我还是不希望他产生不必要的怀疑，为计划增添变数。我拍下了他的衣服和裤子的外观，这次就回去了。

周末，我去商场寻找拍下他的衣物中，其中两三件与衣服裤子的相似品。其中包括一件红白格衬衫、一件黑色长袖体恤、一件蓝色长袖体恤、一条深蓝色牛仔裤、一条黑色运动裤、一条黄色毛巾、两个相同的毛线帽、两个相同的太阳眼镜、两盒一次性抹布手套。

买齐所有东西后，每天我出门又多了一个任务，那就是将这些衣物碰到水坑泥土之类的地方扔进去踩一踩，晚上回家用洗衣机简单清洗，过了一周，虽然比不上他的，但这些衣物也明显有了陈旧的感觉。

我第二次潜入他家，一样是晚上。

和上次差不多的时间，一样的随身物品和穿着。只不过，我带上了最近处理的那些衣物，替换了他衣柜中相应的那些，并将其拿了回来。

我认为，这些衣物已经处理得足够以假乱真了，就算衣服稍微有一点点改变，就凭他也是不会发现或者在意的。于是我获得了沾有他指纹的衣物，并且指纹一定是自然的，不会有任何违和，经得起调查，因为这本身就是真的。

不出意外的话，下次潜入时，他应该已经死了。

我又去超市购买了两把普通水果刀、大约五厘米厚的泡沫板以及深红色的墨水，用于计划中的假死部分。其实我也曾想过潜入大卫家，看看他家有没有适合计划的凶器，如果我使用他的，也会增加大卫的嫌疑吧。最终我放弃了，毕竟他不是我的主要目标，他的嫌疑就听天由命吧。

我回到家，折断其中一把刀，比想象的要困难。我切下一块手掌大小的泡沫板，随便找了一件我的衣服做实验，我先将衣服用折断的刀扎漏，穿上衣服，接着将泡沫板放在衣服里面胸口的位置，断刀穿过衣服的破洞处刺入胸前的泡沫板，但是没有穿透，可以固定住。

接着，我在刀和衣服的接口倒了一点墨水，躺在沙发上，用固定好的手机给自己拍照，然后观看拍下的情况。伪装还算成功，但是，衣服上的泡沫板形状还是有点明显，我决定下次去找软一点的泡沫板，并且行动时，手放在尽量离胸口近的位置挡住泡沫板，以免穿帮，只要骗过大卫就算成功，应该不难，墨水要用一个容易打开的小容器带过去。

自从计划成型开始，我每次都以上班方便为借口，把与 A 见面交钱的地点改为了警察局旁边的停车位，也就是计划中的案发现场。我会故意不锁我的车，让他上车等我。

其中一次见面，我在后座上放了一个纸壳箱子，里面装了一些杂物，让他坐在后座，我则坐在驾驶位。副驾驶放满东西假装不方便坐，跟他交谈的时候，假装需要让他帮我从箱子里拿出一个东西，这样，箱子内侧就有了他的指纹。

在最近的一次见面中，我把一副太阳眼镜、一个毛线帽、一双抹布手套交给并告诉他，以后上我的车等我的时候，戴上这些，我很害怕被人看见或者留下证据，我付给你钱，这点要求不过分吧。

他看到钱，欣然答应了。

我开始等待能执行计划那天的到来，每天都做了行动的准备。行动的条件需满足：

1. 那天不能是大卫休息的日子，他的路线也必须是正常路线。（目前为止很规律，从未发生特殊情况）；

2. 是与 A 见面的日子，可以找借口设定为那一天；

3. A 近日穿着那件红白格衬衫，最好当天也是这一件，裤子可以临时调整，选择红白格是因为这件衣服普通而显眼。红白格随处可见，但是红色辨识度很高，大卫会下意识地认为，我和 A 是同一个人，算是一种心理暗示；

4. 最好阳光明媚，没有云，这样刺眼的阳光可以阻挡大部分路人的视线；

5. 必须是周末，并且我上班，周末上班人员警察局都有提前安排，可以看日程表。理由一，周末早上行人会很少。理由二，尸体送到法医那里大概也不会马上解剖，过了一天后，死亡时间至少不会精确到一个小时以内，这样他们都会以为 A 是路上或者上车前就死了。

6. 计划中，两个需要使用的车位不能被占据，另外一边的无所谓。据我观察，这些车位的利用率不高，一般周末前的晚上会被停满，偶尔会有人停在这放着不管，似乎是附近的店家或者吃饭的客人，来取走的时间不一定，但是周末早上取走的情况，从未有过。

我知道其他同事的上班习惯，有的会早到，有的会晚一点，习惯比较固定。根据上班日程表，我选择的那天是早上8点上班，与我一起同天上班的警察通常都是不会准点来的，这样可以避免大卫在街上就碰到他们。

另外三个同事中的两个，每次都会提前将近半个小时就到警察局，据说是住处比较近，当然下班时间也会相应提前。另外一个，大概会晚个十分钟，最重要的是，这三个人上班都是走路到警察局，不需要停车，并且不会路过那个十字路口，而是从另一边到达警察局。

计划执行时，我需要在大卫后面悄悄走到十字路口，最好观察并确定他进入警察局后行动，至少也要等门铃被应答。这样，可以确定有同事已经在警察局里，并且他们一般比较懒散，有人按门铃的话，可能会过一到两分钟才接起来。

我每天早上都会戴着计时手表，进行模拟实验，杀死他大概需要一分钟，搬尸体，我自己换衣服大概一分钟，到警察局门口大概一共两分半，每一秒都很重要。

从大卫跑到警察局门口，到里面的同事开门，大概需要两分钟。上楼解释情况，至少需要两分钟。这样看来，如果等他进入警察局后我再开始行动，时间有点紧迫。我决定，当我在十字路口看到大卫没有回来的动作，并开始按门铃，就开始行动。这是计划中我唯一的赌博，赌那个时候，警察局内已经有同事。

我已经跟A强调过,在车里等我的时候,无论怎样都不能下车,理由是我不能让任何人发现我与他接触。我每次跟他见面,也都会故意走到十字路口看一眼,好让A习惯我有这个动作。

一切,都是为计划当天进行的预演,只要A不下车,他就不会对计划造成影响,毕竟,他马上就会变成一具尸体。

终于到了行动当天,如往常一样,我戴了可以计时的手表,并提前校正好时间。凌晨三点,我便早早地把第一辆车开到案发地点,我需要的两个车位空着,另外一边的两辆车还在,不过不影响。

半夜打车会引人注意,没办法,我跑了将近十公里回家,开来了第二辆车,并且在车里等待到早上六点左右。虽然据我观察,周末早上从来都不会有人占据这个车位,但是,我还是在这里多等了一会儿,将风险降到最低。如果真的就是运气这么差被占了位置,就只能放弃计划了,还好我有退路,也就是,与大卫回到现场时,再杀死A。这样的好处是,随时可以终止计划,这条退路可以拯救以下情况:

1. 大卫虽然经过提醒,但是,还是选择打电话报警,没有离开车;

2. 大卫过去的路上刚好碰见同事,马上折回;

3. 在我开车离开的时间内,车位被人占据。

如果使用后路,虽能脱身,但同样的计划便很难再用。因为A就在后面我的车里看着,下次我可能需要思考新的计划。不过我有信心，这不是凭运气，信心源于我细心拟定计划、注重细节、考虑周全，我从不会将结果依托给命运，我相信自己，不相信运气。

第一点是我最担心的，所以，我在车上跟大卫说警察局的时候，也加重了语气。可是，他还是差点没想起来，他拿出手机的时候，我已经绝望了。另外，我故意与他吵架，制造了他杀人的动机，也不能说完全是故意吧。上车前我偶然注意到车头的维修痕迹。我知道，那便是我妻子出车祸时留下的痕迹。

待我在十字路口看到大卫开始按门铃，我马上开始手表计时。我飞快地打开车门进去，马上把一沓钱递给 A 吸引他的注意力，以免他发现我的神情或者穿着异样，并催促他赶紧数钱。

趁他数钱的时候，我猛地一刀刺进他的心脏，另一只手死死地捂住他的嘴，他根本来不及反应。

压抑了数月的怒火在此刻释放，我在内心深处怒吼。

被刺中心脏的人虽说会死得很快，但也不会立刻毙命，大概会有几十秒至几分钟的时间。

趁他弥留之际，我轻声说：‘我不会被逮捕，而你将会作为一只无名无姓的牲口掉入地狱，再见。’

透过墨镜他瞪大了眼睛看着我，此刻的我，是什么表情呢？

我看向手表，时间过去了一分钟十五秒。

我迅速将尸体移到大卫的车上，布置成我之前的姿势，迅速摸出了他的手机和钱包里的驾照。据我对他的了解，我确定他随身携带，能证明身份的只有驾照。

往回走的途中，我迅速摘下手套、帽子、墨镜，扔进自己车里，拿出警服马甲,裤子比较宽松可以直接套上。到十字路口转弯前,我已经恢复了平常的衣着。

这时,是两分三十秒。

然后,就是到警察局门口,刷卡开门,正好赶上大卫和一个同事下楼。时间刚刚好,就如同我在脑内模拟过上百次的情景一样。

我自己本身也是警察,而且案发地点,就在我工作的警察局旁边。我理所当然可以获取案件调查的资料,可以随时掌握警方的调查进度,甚至,可以施加影响,这对我来说很有利。

当晚,我第三次,也是最后一次潜入A的住处。

我取走了所有和箱子里重复的衣物,以防住处被警方找到从而发现这些极为相似的衣物。我仔细地搜查了房间,找出了所有可能证明他身份的文件和证件,全部带走。这点,只是单纯地给警方搜查增添可能的阻碍,不一定有实际作用,但也没有任何副作用。

我驾车到荒郊野岭,将这些东西以及用过的所有物品放入铁桶,点燃了一把火。

看着火焰熊熊燃烧,我心想,结束了。

我没有任何愧疚后悔,只恨让他死得太容易。

除了火光,尽是像要吞噬一切的无尽黑暗,但我毫无怯意。

我进行了自认为充分的准备,思考了许多,终究还是敌不过运气不佳、造化弄人。

案件发生后,我以为一切都很顺利。但当我调查大卫的车时,我发现,他的后备厢,竟然需要钥匙才能打开,我清楚地记得,我在跟踪大卫的过程中,他没有这样的动作,所以有可能是突发情况。

这点我接受,当时大卫为我打开后备箱,我就应该注意到。但我当时注意力都在移动箱子,以及通过表演误导箱子的重量上,确实没有注意到钥匙的问题,这是我的疏漏。

但是,紧接着第二点,命运之神的天秤再次倾斜,法医当天竟然值班,马上做了尸检,而且,死亡时间范围直接排除了我上车之前他已经死亡的可能。当时我知道,这是两个巨大的漏洞,虽然不直接、不直观、不是证据,但是在逻辑上足以致命。我只能祈祷没人会发现这种细节,早知道就再精心准备嫁祸大卫的计划了,真是造化弄人。

关于此案的计划和过程,我已经没有什么可以说的了。我不认为运气是实力的一部分,而是独立于实力之外,另一个影响成败的因素,并且其重要性不小于实力,有时甚至远远大于。

结果你们也知道了,终究还是出现了能人。如果不是时运不济,我不一定会输给他,哦,听说破案的是个女人,那就是‘她’。

但那又能怎样,输了就是输了,好在最大的目的已经达成,我已经杀死A,为妻子报仇。

这就是全部的故事,就如我所说,我决不后悔,我愿接受任何判决。

《移动的密室》–完–

囚徒的晚宴

The prisoner's Dinner

0

在一个没开灯的房间,窗帘紧闭,透过缝隙照进来微弱的光线,淡蓝色的微光让人感觉时间是早上或者傍晚。房间里,台灯开着,一个人坐在书桌前,身体靠在椅背上,双手自然垂落在身体两侧,头略微下垂,眼睛半睁着,发呆似的盯着桌面,好像在思考着什么,看起来有气无力。

很快,屋里的人像是做了什么决定似的,深吸了一口气,将目光投向了桌子上的小物件。他(她)伸手将其拿过来,虽然上面没有任何标签,但还是仔细观察了一番。然后将手伸向自己脚边的包里,拿出一个小自封袋。小自封袋里面装着粉末状的物品,而且是双层的袋子,上面有封口。将封口打开后,他(她)又小心翼翼地将粉末慢慢倒入打开盖子的小物件内,因为其容量很小,很快就装满了。于是他(她)停止了动作,将袋子中的空气排出去后,重新将装有粉末的袋子捏了捏封好,又将小物件确认盖好盖子后都放进了包里,站了起来,拿起包走到门口。

他(她)回过头,扫视了一下屋内,似乎是在确认有没有落下什么东西,又好像是在告别,然后转身打开门走了出去,再也没有回头。

1

单诚刚下出租车，左手拎着一个蓝色的布兜，右手拿着自己的劣质黑色皮包。他抬头看了一眼前方饭店牌匾上的大字，确定是自己的目的地后，便向那个方向走去。两头威武的石狮子盘踞在饭店门口台阶最下端的两侧，头向着不同的方向。单诚踩着台阶中间的红地毯慢慢走上去，到达台阶的尽头后，待庞大的自动旋转门空缺处转向自己的瞬间，快速地移动进去，门内空间很大，足够同时容纳至少十人。

“您好，请问您有预定吗？”刚进入大厅，一个穿着正装的女人从单诚左侧走了过来，胸前左侧挂着金色的铭牌，看起来应该是饭店的大堂的服务人员。她边说边露出职业性微笑。

“有，好像是301房间。”单诚小声地说。

女人低头看了看手中的平板电脑后，抬起头，依然保持微笑地对单诚说：“是余秋先生预定的房间，是吗？”

“啊，对的。”

“那我给您带路，请跟我来。”

“那麻烦了。”

随着女服务人员转过身的瞬间，她嘴角微笑的弧度也逐渐改变，直到最后上下嘴唇之间的缝隙变成了一条直线，当然这些都没有让单诚看到。

大厅有两个电梯可以乘坐，两个电梯中间，放着外观是金色的垃圾箱，上端有盖子，中间的一条黑色部分是固定的，所以盖子可以翻转。走到电梯门口，女服务人员按下向上的电梯按钮，过了几秒，电梯门打开了。她闪到一旁，对单诚说："请进。"

"啊，谢谢。"单诚显得有些不知所措。

单诚进入电梯后，她也走进来，站在电梯操控板前面，伸手按下"3"的按钮。

电梯很快到达三楼，等单诚走出电梯，女服务人员跟在他后面，走出电梯后，她加快脚步，绕到了单诚的前面为他引路。

单诚一边走一边左右观察，三楼都是独立分开的包厢。从路过的开着门的房间望进去，他看到房间里面有供人休息的沙发，还有可以看到外面街道的窗户，好像还配有单独的卫生间。单诚看了看周围，饭店走廊装潢华丽，虽然他不懂装修，但他认为一定花了不少钱。跟着服务人员的引导向前走，迎面走来一名男子，叫余秋，看起来三十多岁，身穿半休闲的西装外套，里面穿着黑白格子衬衫，戴着无框眼镜，头发看起来使用了大量的发胶，梳向脑后方。男子看到单诚，停下了脚步 。

"你怎么才来，酒买了吗？"余秋的语气毫不客气。

"买了，照着要求买了四瓶进口红酒。"单诚语气平平，没有任何表情。

女服务人员看到两人说话，也停下了脚步，在旁边静静等待。

"好，收据拿好，周一到公司走流程报销。我先去点菜，你把红酒放到房间后下来找我。"男子如同下命令一般。"对了，酒先放到房间门口旁边的小桌子上，不要放到餐桌上。"他又补了一句。

"知道了，马上就下去。"单诚回答，他的表情没有任何变化。

"经理,你跟我下楼点菜吧,他自己去房间就行。"

"好的,余秋总。"她又转过头对单诚说道:"先生您直走,走到尽头,就能看到301房间了。"说完她就转过身,和余秋一起走向电梯。单诚听余秋叫刚才那位女服务人员为"经理",才知道她是经理级别。

单诚转过身,继续沿着走廊向前走,走廊上没什么人,只有零散的几个服务员和卫生人员,两侧的房间里也空荡荡的。可能因为才五点半,今天又是星期五,结束工作过来吃饭的客人大多还没有到达。单诚因为被指派去为今晚的饭局采购红酒,而提前从公司出发。今天的晚宴是单诚所在部门的领导要宴请他的重要客人,单诚听说这位客人在部门的各方面业务上,都提供了很多帮助,所以部门一把手领导非常重视。

单诚沿着走廊继续前进,两侧是各个房间的房门,走廊尽头,前进的路被一个双开的大门阻断,左侧的牌子上写着"301"。推开沉重的房门,单诚走进去,将手中的袋子放到门边的小桌子上。房间地面是灰色纹理的瓷砖,房间右侧是一个垫层区域,上面铺着木制地板。地板上放置着沙发和木制桌子,桌子上整齐地摆放着茶几和茶具。沙发旁边还有一个门,是通向房间专用的卫生间。房间另一侧,是大概可以容纳十几个人的圆形餐桌。餐桌上,每个有椅子的位置前方都摆好了餐具。餐具正中间是一个大盘子上面放着一个相对较小的盘子,中间为白色,盘子边缘镶着花边,看起来工艺很精细。折叠好的餐布摆放在盘子上方,像是一个皇冠。盘子的右侧是黑色的木制筷子,筷子的前端放在瓷质的筷枕上,左侧则摆放了一个白色茶杯,还有一个玻璃高脚红酒杯。

刚才余秋所说的点菜的位置，要从饭店一楼的大厅旁边进入，饭店专门设置了这处区域，用来展示各个菜品的图片，方便客人选择。走进去，还会发现很多装着不同种类水产品的水槽，似乎是以此证明，顾客所食用的水产品食材都是新鲜的。刚踏进这个区域，单诚就看见了余秋和经理，在一起对着一个水箱说着什么。

“这个龙虾是很新鲜的吧？上次来好像没有这个。”余秋问。

“是的，余总，我们店的龙虾都是从国外空运过来的，您看到的这一批都是今天才到的，非常新鲜。我们也是最近才开始进口这个，所以您上次来的时候还没有。”女经理回答。

“那来一只吧，一定要挑一只最好的，最新鲜的。”

“好的好的，请问您想要什么口味？有红烧的，清蒸蒜蓉的，还有盐烤的。”

“红烧的吧。”

“没问题，今天您来得早，龙虾每天很快就会卖完，下次您需要的话，给我打电话，我给您留一份。”

“好，那下次我就不客气了。”余秋一边说，一边注意到走过来的单诚。

“我先在这里点菜，你去门口等下钱总，他应该也快到了。”

“嗯。”单诚又转身向着饭店正门走去，余秋继续和经理讨论菜品。

单诚来到正门口，天还很亮，外面陆续有车到达，都由门卫带领着停车。几分钟后，一辆黑色的轿车也开到了饭店的停车位位置。待车停好后，驾驶座的门打开了，走下来了一个大概四五十岁的男人，身高一米七左右，不胖不瘦，穿着黑色西装外套，里面是深蓝色衬衫,衬衫上有白色的星星斑点,黑色的头发上,均匀散布着白色头发,数量大概有三分之一黑发那么多。副驾驶处走下来了一个身材高挑的女人,身穿着红色大花图案的连衣裙。她的脸看起来花费了高昂的费用做过精心的保养,但是皱纹还是非常显眼,十分不耐烦的表情,使其更加明显。年龄大概是四十到五十之间。后门也跟着打开,后座上跳下来一个穿着白色T恤和红色马甲加牛仔裤的小男孩,大概六七岁,似乎有用不完的体力和活力,整套穿着都非常干净。三个人走上饭店门口的楼梯。

“钱总,您到了。”单诚见男人注意到他,开口说道。虽然用词恭敬,但语气却并不匹配。

“嗯,余秋呢?”钱明看了他一眼,马上又把目光转到了大堂。

“在点菜,他让我先来接您。”单诚依旧是一样的语气。

“好,我们自己上去就行了,你在这里等郑总吧。欸,不对,你还没见过郑俊总吧,那算了,你去告诉余秋让他点完菜过来等着郑总,一起上去。”说完钱明带着女人和小男孩走向了电梯,女服务员跟过去引导他们,帮他们按下了向上的电梯按钮。

“妈妈,你看那边有好多水箱啊,里面好像有鱼。”说完,未等女人反应过来,男孩已经跑了过去,直接把手伸进了一个开口高度和旁边桌子高度差不多高的水槽里,只见他抓到了一只体型较小的鱼,还打算直接拿出来,女人赶紧跑过去制止。

“哎,我就一秒没看着你,怎么就跑到这来了,赶快放下,衣服都弄湿了。电梯马上就来了,赶紧过来,上楼给你点你喜欢吃的东西,快点。”女人着急地说。

“好吧……”男孩放下手中的“猎物”,甩了甩手上的水,在女人连拉带拽的情况下向电梯移动。

“钱总让你一会儿去门口接郑总。”单诚走进点菜的区域，找到余秋后说。

“知道了，那你也上楼去吧，我点完菜就马上去门口等郑总。”余秋轻轻叹了一口气。

没有再说什么，单诚向电梯走去，经过电梯，他并没有按下任何一个按键，他径直走过去，进入了电梯旁边的紧急通行楼梯，反手将门关了起来，慢慢悠悠地向上走去，仿佛希望永远都不要到达自己现在的目的地一样。

余秋点完菜，又嘱咐经理，一定要在他确认后才能开始上菜，先上一些茶水和水果，准备一些小孩子爱吃的食物。

“明白。”经理答道。

余秋快速向正门走去。

单诚虽然走地很慢，但是三层楼的高度，无论如何也走不了太久。他打开了消防通道的银黄色铁门，走了出去。从楼梯出来，和从电梯出来的位置基本没有区别，所以单诚很容易就辨别了方位。往前走，又通过了刚才走过的走廊，两边房间内已经坐了些人，有的在一边吸烟一边聊天，声音很大，没有关门，所以在走廊也听得非常清楚。单诚依旧是缓慢地向走廊尽头行进，从远处看，301 房间的门大开着，隐约看见刚才和钱明一起来的小孩子，不停地从不同的方向进入单诚的视野，然后又消失，他所穿的红色马甲特别显眼，很容易分辨，应该是小孩子闲不住，一直在屋子里跑来跑去。

走进屋子前，单诚又敲了敲已经打开的门，看到钱明看向他后走了进去。

“余秋说，他点完菜就去门口等郑俊总，现在应该已经在门口了。”

“嗯，好。对了，既然来了，上次那个文件的问题，你一会儿一定记得向郑总解释一下。毕竟这种技术问题，你解释起来比较清楚。”钱明坐在沙发上，一边喝茶一边说。

“好的。”单诚回答道。

和钱明一起来的女人则是一边玩手机，一边用牙签吃着小盘子里的水果，小男孩依旧不停地在房间各处蹿动。单诚见没人继续说话，自己走到房间的一处玻璃窗户旁边，觉得有点热，便打开了窗户，窗户上还有一层纱窗，是直接安装上去的，无法再打开。他感受着外面吹来的风，目光看向窗外。

大约过了二十分钟，房间内可以听到走廊传来越来越清晰的脚步声，夹杂着余秋和另一个人的说话声。钱明马上放下手中的茶杯站了起来，女人也跟着站了起来。房间门口走进来一个挺着大肚子的男人，身穿深绿横条纹的 polo 衫，黑色的皮带正好卡在肚子中间的位置，手里拿着黑色的小皮包，看起来五十岁左右，头发基本是黑色的，偶尔夹带着几根白发。

“钱总，有段时间没一起聚了啊。”进屋的男人率先说。

“是啊是啊，郑总，上周就想约您呢，可是您太忙了啊。”钱明一边露出牙齿笑着说，一边把身子侧到一旁。同时也注意到了郑俊后面的余秋和另外两个人。

“嫂子也是好久不见，还有小郑，你好呀。”钱明非常亲切地对郑俊身后的女人和少年说。

“钱总，好久不见。”郑俊的妻子郑夫人回答。她身穿深绿色短袖上衣，衣服质感很厚重，脖子上戴着一条很细的项链，不仔细看很难发现。

“叔叔您好。”郑俊儿子小郑的语气也很平淡。他穿着很朴素,白色的外套衬衫,里面是灰色的T恤,牛仔裤,篮球鞋。

余秋也跟在后面走了进来,两家人互相打了招呼之后,钱明看到站在一旁的单诚,对着郑俊介绍:“郑总,您还没见过单诚吧,跟余秋一样,也是我们部门的年轻人,专业技术能力非常不错呢。”

“郑总您好,初次见面。”单诚向郑俊伸出右手。

“你好,之前钱总提起过你,每次都对你的专业能力赞赏有加。”郑俊也伸出右手和单诚握了握。

钱明带着郑俊,把随身携带的包放到休息区的沙发上,然后一起向餐桌走去。其他人也一边说话,一边放好东西后向餐桌移动。钱明和郑俊从靠近房间门的一边绕过餐桌,直到离房间门最远的位置,停下脚步。钱明抢先一步拉开椅子并对郑俊说:“来,郑总请。”

郑俊也没说什么,便坐在了那个位置上,钱明则坐在了旁边的位置。余秋和单诚等大家都坐好了,最后才就座。落座后的房间平面图如下。

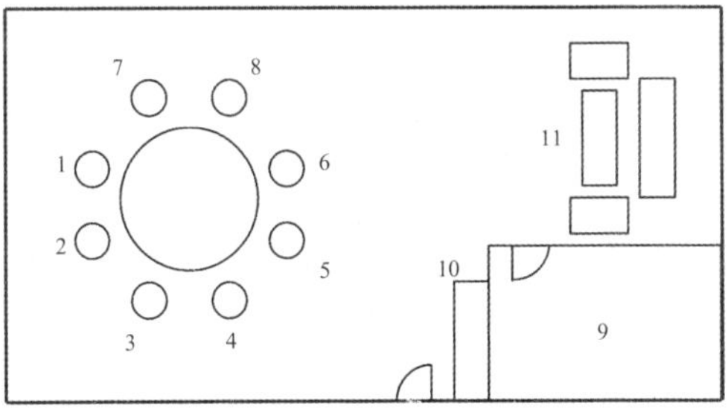

1. 郑俊
2. 钱明
3. 钱夫人
4. 小钱
5. 余秋
6. 单诚
7. 小 郑
8. 郑夫人
9. 卫生间
10. 准备桌
11. 休息区沙发

301 房间平面图

刚才趁着大家移动和闲聊的空隙，余秋已经和服务员说可以开始上菜了。

钱明依旧在和郑俊聊天，谈话的内容也主要是一些和工作无关的事情。两位夫人隔着钱明和郑俊，在谈论生活相关的琐事，比如孩子上学之类的事情。小郑坐在椅子上，双手拿着手机，两根大拇指不停地触击屏幕的不同位置。钱明的儿子小钱在座位上左蹭一下右蹭一下。单诚则是安静地坐在位置上，似乎是在听他们说话。

余秋站起来，走到门口的蓝色布兜旁边，拿出了一瓶红酒，又叫服务员拿来开瓶器和醒酒器。服务员用开瓶器打开红酒的木塞之后，将整瓶红酒倒入了醒酒器中，最后将醒酒器放在了桌子的旋转玻璃转盘上。醒酒器是玻璃材质，形状比较像花瓶，口和器身都是圆形的，上方比较窄，下方则宽很多。

倒完酒后，余秋又马上拿起茶水壶，先走到了郑俊身旁，拿起他的茶杯，向他的杯子里倒了茶水，然后沿着顺时针一直倒到小郑的位置。他又走回钱明的旁边倒茶，之后又逆时针按顺序倒完每一个人茶杯。最后将茶壶放到了桌子上，摆放的时候特意注意壶嘴对着自己和单诚的中间。

服务员不时地进来上菜，陆续上了三四个后，余秋又站起来，跟钱夫人和郑夫人确认了他们一会儿都要开车，不能喝酒。他便让服务员把刚才已点的果汁拿上来。余秋伸手拿起装着红酒的醒酒器，围着桌子绕到了郑俊的位置，郑俊正在与坐在他旁边的钱明交谈。余秋拿起郑俊的酒杯，向杯中慢慢地倒入了三分之一杯子的红酒。服务员也给郑夫人、钱夫人和小钱的杯中倒入果汁。余秋又移动到钱明和钱夫人之间的位置，给钱明的杯中也倒入了相同量的红酒。钱明看了一眼酒杯，说："太少了，咱们就不用在意喝红酒的礼仪了吧，直接倒满，给郑总的也倒满。"

"郑总，咱今天多喝点。"钱明又转向郑俊说。

余秋给钱明的酒杯倒满之后，又绕了回去给郑俊的酒杯也倒满。

"给小郑那小子也倒点，都上大学了，肯定能喝点。"郑俊指着自己的儿子说道。

"怎么样，小伙子能喝点？"钱明也跟着问道。

"每次都跟我们说不喝不喝，估计在学校和同学都踩着箱子喝。让他喝点！"

余秋又走过去，给小郑倒了三分之一酒杯的酒。

"谢谢。"小郑对余秋说，脸上则是一脸无奈。

接着余秋又给自己的杯子倒满了红酒，转身对单诚说："你也喝点吧，你不用开车。"

"一点点就好，我酒量不太好，我自己来吧。"

"没事。"余秋拿过了单诚的酒杯，帮他倒了酒杯的三分之一后停下来了，他本来打算倒入更多，但是因为醒酒器里的酒全都倒完了，也就是一瓶红酒被分完了。余秋将醒酒器拿到门口的木桌子上，又走了回来。

钱明暂停了和郑俊的交谈，看了一眼桌子上的菜，已经上了四个菜了。钱明拿起酒杯，环视了一下所有人。

"来吧，也是好久都没有跟郑总一起相聚了，今天嫂子和孩子也都来了，我们这就是家庭聚餐，余秋和单诚也是我们部门非常优秀的年轻人，平时帮了我不少忙，我也就让他们来参加我们这个家宴了。来，大家一起碰个杯。"说着钱明站了起来，大家也都跟着站了起来。钱明和郑俊还有余秋三个人的红酒杯是倒满的，所以碰杯的时候晃晃悠悠，还洒出来了一小部分。

“来，第一口咱们多喝点。”说完，郑俊直接喝掉了半杯红酒。钱明和余秋本来喝了四分之一左右，向上扬起的杯底开始减慢上移速度，估计是看郑俊喝了一半后，两人的杯底又扬了起来，最终他们也都喝了半杯的量。钱夫人和郑夫人喝的是果汁，都只是抿了一小口。小钱则是拿着筷子发呆，一手一根，没有站起来。小郑也是象征性地喝了一小口。单诚是将杯中的酒喝了一半左右。

“这酒不错啊。”郑俊说道。

“记得您喜欢这个来着，下午特意去准备的。”钱明回应。

“哎呀，下次可不用这么麻烦，咱都这么熟悉了。”郑俊的脸已经微微泛红。

余秋站起身，又去开了第二瓶一样的红酒，同样倒入了醒酒器，然后放到了桌子转盘上。同时，余秋观察了一下桌子上所有人的茶水几乎都没怎么动，喝饮料的喝饮料，喝酒的喝酒，于是就把茶壶从桌子上拿到了门口的餐边桌上。

过了一段时间，玻璃转盘上的菜越来越多。大家各自用筷子夹着菜，偶尔一起碰杯。喝了酒之后的气氛比之前稍微有所改变，钱明和郑俊之间的谈话也更加放松，说话声音也越来越大，话题也越来越广。可以看得出来，他们的意识还是十分清醒的，可能是恰到好处的酒精，活跃了他们的大脑，使他们意识不受影响的同时，情绪变得比平时兴奋。在这种状况下，平常不是特别熟悉的两个人，也很有可能会有“觉得对方很亲切”的感觉。于是，饮酒，在商务餐桌上，是非常有效地与大多数人拉近距离的捷径。参加饭局的人必定都懂得这个道理，但也都沉浸在酒精所带来的气氛中,甚至可能认为:此时此刻,与这屋子里的人在一起的氛围如此愉快,这本来就是真实的,并不是酒精带来的效果。这,就是酒精的神奇作用。甚至,有的时候,饭桌上本来两个水火不容的人,在摄入酒精后,也可能会有“其实对方也没那么过分”的想法。相反,也有极少部分人,喝了酒之后,虽有头痛,恶心之类的反应,但大脑还是异常清醒,平时不喜欢吃的食物,还是一口都不吃,平常不会说的话,还是只字不提,平常看不顺眼的人,依旧觉得厌烦。

服务员在晚餐进行到一定时间后,就会进来为大家更换碟子,因为大家吃东西都是夹起菜后先放到盘子里,或者在盘子处过渡一下,吃完之后再夹下一次菜。无法食用的比如龙虾壳、鱼刺、骨头之类的垃圾可能会堆在盘子里,时间久了盘子就会堆满。所以,服务周到的高端饭店,都会有服务员不定时地更换新盘子。

可能判断气氛已经差不多了,余秋拿起自己的酒杯,里面有半杯红酒,他一直都是随着钱明和郑俊喝的多少,来控制自己喝的量。所以,此时钱明和郑俊的杯中,也大概是半杯红酒,他们这半杯早就不是第一次举杯后剩下来的,而是填过几次之后又喝剩下的。单诚和小郑也是喝光之后又添了新的酒,只不过要比另外三人喝得慢很多。余秋走到钱明和郑俊中间,俯下身子,对郑俊说道:“郑总,我敬您一杯。”

“您请坐就行。”看到郑俊拿起酒杯打算站起来,余秋连忙说。

“非常荣幸能参加您和钱总的家庭聚会。我觉得,我的主要作用还是来给您们服务,学习您和钱总的成功思想和经验,就盼望着以后能有您们一半的成功就知足了。您慢点喝,我干了。”说着余秋举起酒杯猛地仰头,一口喝光了所有酒。

余秋的语气很平常，让人没有感觉到特意放低自己的姿态。很多时候，面对领导上级，余秋也没有将自己的姿态放得特别低，但是该说的话和该做的事都非常准确到位。根据不同的场合和气氛，他也会略微调整自己的语气和说话方式。

余秋很大程度上得到了部门一把手领导钱明的赏识和信任。余秋虽然是部门的技术人员，但钱明和公司内外的应酬，像预定饭店、准备礼物之类的琐事，都会交给余秋来做，他也从来都没有让钱明失望。

“小伙子加油努力，钱总可是一直都对你赞赏有加，来，祝你前程似锦。”说着，郑俊喝了杯子中红酒的一半，还剩下整个酒杯的四分之一。

两人又交流了一会儿后，余秋便绕回自己的位置，拿起醒酒器，又向自己的杯子里添了半杯红酒。走到钱明旁边，说：“领导，我敬您，感谢您的栽培。您慢点喝。”说完，余秋又把杯中的酒全喝了。

“不错余秋，继续努力。”钱明也喝了酒杯中酒的一半。随后余秋、钱明和郑俊三人一起聊了起来。

余秋待钱明转回身之后，走回了自己的座位。拿起醒酒器，将里面的酒分给自己、郑俊和钱明三个人后，又去开了一瓶，依旧是将酒倒在醒酒器里，放在了餐桌上。

“余秋这小伙子，做事特别靠谱，包括今天订饭店啊什么的，都是他一手张罗的。”钱明对郑俊说道。

“不错啊。”郑俊回应道。

又过了一会儿，郑俊看了看自己的儿子，他正在玩手机，郑俊突然对他说：“儿子，你看钱叔这么盛情地招待你，你是不是应该敬钱叔叔敬一杯酒,谢谢他?”

正在玩手机的小郑抬起头,一脸茫然地看着郑俊,抿了抿嘴,他又看向了郑夫人,眼神像是在求救。

“说两句吧,适当时候学会表达很重要。”郑夫人对小郑说道。

小郑似乎是认定自己跑不掉了,只能无奈拿起眼前的酒杯,站了起来。

“嗯……谢谢钱叔叔请我吃饭,非常高兴和大家一起吃饭,祝……祝大家工作顺利。”小郑断断续续地说道,然后仰头喝光了自己杯子中的酒。

“您儿子真不错,将来肯定能有大出息。”钱明对郑俊说。

“哪啊,还差远了,一说要跟我出来吃饭,每次都是一百个不愿意,说几句话也要我来要求才行,应该自己学会主动才对。不会这个哪行啊。”

“哈哈,您也别要求太高了,孩子以后慢慢都会学会的,现在还没有步入社会。”

“也是,来,我们大家一起再喝一个,儿子,你再倒上。”

像是刚松了一口气的小郑又微微地撇了一下嘴,拿起醒酒器,倒入了三分之一杯的红酒。

除了小钱以外,每个人又都站了起来,和能碰得到杯子的人都碰了一下,几乎同时喝了杯中的酒,喝得多少各有不同,这次没有人全部喝光,都是象征性地抿了一口。

小钱早就坐不住了,不知什么时候,已经不在座位上,而是满屋子走走跑跑,摸摸这个,摆弄摆弄那个。大家继续吃菜,余秋点的菜品似乎很受欢迎,大家都不停地吃东西,同时也不影响交谈。

晚餐进行到后半段,服务员几乎就不会再进来了。随着大家吃饭速度的减慢，更换碟子的需求也随之减少，菜也早就已经上齐。很多客人不需要服务的时候，都会请服务员离开，所以这家店的服务员在前半段时间做完必要的上菜、换碟等服务后，除非客人有新的要求，否则便不会再进来。从半个小时前，服务员就没进来过。

因为酒精的关系，余秋的状态变得比之前更加活跃，本来正在找机会再去和钱明或者郑俊说话，但他们一直在聊个不停。余秋环顾四周，两位夫人还在交流日常琐事，小郑在看手机，小钱还在满屋“冒险”。于是他就转过头和不怎么爱说话的单诚说：“怎么样，我记得你好像很少来这种场合吧。”

“嗯，好像还真是头一次。”单诚说话依旧平稳。

“这种场合十分必要啊，对我们的工作来讲，重要的不仅仅是技术，有的时候啊，真正有用的并不是认真做事啊。”余秋以一副过来人的口气对单诚说，其实两人几乎差不多大。

单诚只是简短地回答着余秋的“授业”，面朝着他那边，摸着左手边的红酒杯。钱夫人像是结束了和郑夫人的聊天，站起来走向了卫生间，大概一分钟就出来了，似乎只是看了看自己的妆容。钱夫人回来的时候并没有直接走向座位，而是直奔小钱，让他不要再乱跑，老老实实坐在椅子上待一会儿，并强行将他抱了回去。

“总之啊，现在的环境中，仅仅是把自己的工作做好，是远远不够的，一定要认识到这一点。”余秋一边说，一边配合着手势。一会儿看着单诚，一会儿看看两人位置中间单诚的红酒杯。

“对了，你一会儿怎么回去啊，打车？”余秋问道。

“我跟室友说好，他开车来接我，他周五晚上闲着没事，正好开车出来兜兜风。”单诚回答。

他说的室友和他一起合租一个公寓已经两年多了。

“正好啊，也载我一下吧。多谢了。”余秋并没有给对方拒绝的机会。

“嗯，行。他应该一会儿到，我之前跟他说好，如果到早了他就在大厅等我。”单诚回答。

余秋看钱明和郑俊闲下来了，谈话的频率有所下降，于是拿起酒杯马上走了过去。

“你别总是玩手机了，好不好，对眼睛不好，你这个姿势对脊椎也不好的。休息一会儿，和旁边的哥哥聊聊天，了解一下工作跟学校有什么区别，步入社会要提前做好哪些准备之类的。”郑夫人看小郑还在玩手机，便对他说。

“啊，知道了。”小郑依旧是很不情愿地将手机放到了裤兜里，单诚听了也是不知所措。

于是，小郑开始随便问单诚一些如何找工作之类的问题，郑夫人也在一旁听他们聊天。单诚看得出来，他只是为了应付自己的母亲，也就应付着简单地回答他的问题，谈话期间一直是右手插进口袋，左手依旧摆弄着红酒杯。小郑也是没有想仔细听，脸面对着单诚，但是目光却在两人中间的地面上，他的双手也和单诚的右手一样，其间一直放在口袋里。小钱在他们说话的时候，又跑过了他们的身边，看来是被钱夫人带回去之后，很快就又坐不住了。小孩子的活力真是不容小觑，但是似乎也跑够了，现在又坐在了休息区的沙发上。

单诚应付小郑的问题也差不多了，两人便结束了谈话。小郑站起来径直走向卫生间。余秋此时正在和郑俊交谈，郑俊看起来很高兴，已经站起来一边说话一边拿着手里的红酒杯晃来晃去。

钱明站起身走向单诚，走过来后俯下身子，右手放在单诚的肩膀，左手支撑在桌子上。单诚见钱明过来要和自己说话，刚转过身要站起来，便被钱明阻止了。单诚的身体向椅子左侧倾了些，钱明低下头，面部贴近单诚的右耳。

“你一会儿自己去跟郑总解释一下，上次延期耽误了几天的事情。人家领导虽然不说，但是不代表人家就忘了或是不在意，难道要我去说吗，对不对？看样子晚餐马上就要结束了，抓紧时间。”

“好，我马上就过去。”单诚看了看墙上的时钟，现在是八点二十八分了。

钱明笑了笑，走回去前还拍了拍单诚的肩膀。单诚无奈地也笑了笑。

小郑从卫生间出来后，看到小钱坐在休息区的沙发上，好像有点累了，小郑走过去坐在他旁边，开始在沙发上陪着小钱玩。

余秋和郑俊聊完，正拿着还剩下四分之一酒的红酒杯，开始向自己的座位走去。

余秋还没走到座位，郑俊便提议大家再一起喝一口，在座位上的人都拿起了酒杯。余秋坐下，手里握着酒杯，郑俊叫小郑回到了座位上。小钱好像和他玩得很好，自己也跟着回了座位。这次大家都没有站起来，而是就座着举起了酒杯，并用杯子底部在玻璃转盘上轻轻地磕了几下，以表示和距离太远碰不到杯的人碰杯。

放下酒杯，单诚拿起筷子夹了一小口眼前的菜，没有放入盘子，直接放进嘴里，咀嚼了几下咽了下去。突然，单诚的表情慢慢地变得有些狰狞，眉头紧皱，眯着眼睛，嘴巴张开，呼吸幅度越来越大，好像是想呕吐，或者咳嗽却咳不出来的样子。

其他人好像也发现了单诚的异样，纷纷都将目光投向单诚。他的痛苦没有减轻，反而越来越重，他的双手向前放在桌子上，头向下，面向地面。痛苦使得他双手变为爪状，挠着白色的桌布向后拉着，过程中还碰掉了他左手边自己的红酒杯，酒杯掉在地上顷刻变成碎片，里面所剩不多的红酒撒了一地。

接着，他的下半身和椅子一起向后滑动，最终失去了支撑，面部向下倒在了红酒杯掉落的右侧。最后，与他一起掉在地上的，还有他所使用的盘子，在他的身体右侧，也摔成了碎片。屋内变得异常安静，只隐约能听见，震动的“嗡嗡”声，从单诚的裤子口袋里传来。

2

景帆所搭乘的国际航班上午刚刚到达。她在飞机上睡了很久，虽然不是很舒适，但也算是得到了较为充分的休息，所以到家后一点也不觉得累。下午又休息了一下午，更是感觉非常精神。景帆的父母一起去的机场接景帆回家后不久，两人又都因为工作上的事务离开了。晚饭需要景帆自己解决，这对于景帆来说，已经是司空见惯的事情了。

景帆洗了个热水澡，随便点了个外卖，吃过之后，实在是觉得没有事情做，又一点儿也不困，时间也还早。于是便拿起了手机，拨通了一个电话号码。

“哈喽，你在干什么呢？”接通电话后，景帆率先说。

“没干什么啊，正准备开车出去接个朋友。怎么突然想起来我了。”电话那头传来一个男人的声音。

“我回国了啊，今天上午刚到，睡太多了，闲着没事，想着去找你聊聊天啊。”

“回国了不早告诉我，大晚上的，而且我还要去接朋友啊，就是我之前提到的那个室友。他去公司聚会了。”

“就是你之前提到的那个性格阴沉的？没关系啊，你去哪接，我也去，又不是没见过性格阴沉的人。”

“行……行吧，那我把地址发给你。”男人听起来像是还想推脱，但是想了想后还是答应了景帆。

“发过去了，现在是七点半，大概一个小时之后吧，在饭店大厅见。”

景帆看了一眼手机收到的消息：“尊敬的贵宾，您好，欢迎您预定R饭店本周五晚301房间，R饭店携全体员工欢迎您的到来。地址：XXXXXXX 电话：XXXXXXX。”

“OK。”景帆愉快地回答后，便挂断了电话。

与景帆通话的男人名字叫韩森，是景帆大学本科时期的同学，不过读的不是相同的专业。他们在上大学之前就互相认识了。景帆本科读的是刑事司法学院的法学专业，本科毕业后去A国读的研究生。三年多时间也一直在A国学习工作，放假期间也没有回国。期间景帆的父母也去看望过她好几次，顺便游玩一下。所以，说起来，景帆也有三年多没有见过他了。除了他，景帆也想不出自己在这个地方还有哪个朋友能随时给他(她)打电话。

景帆从衣柜里随便拿出一件蓝色长袖衣服和一条深灰色牛仔裤。

一小时后，景帆准时出现在了约定的饭店大厅，穿着出门前准备的衣服以及运动鞋，化了个淡妆。刚走进去，便看见了穿着白色宽松T恤、灰色运动裤和跑步鞋的韩森，正在向电梯的方向走去。韩森的样貌几乎没有什么改变，神情看起来，比刚刚大学毕业的时候稍显成熟。景帆叫住他，韩森回过头看到了景帆。

“来了啊，两三年不见，似乎变漂亮了啊，果然是环境养人吧。就算是休闲装，也有大律师的气场了啊。”韩森一边嚼着口香糖一边说。

“少调侃我了，你朋友人呢？”

“我正打算上去看看呢，给他打了两个电话也不接，是不是喝多了啊？他酒量可不怎么样。算了，一起上去吧。”说着，韩森按下了向上的电梯按钮。

“走吧。这饭店不错啊，装修花了不少钱吧。”

“不知道，头一次来。”

“我第一天回来，我爸妈晚上就把我自己丢在家里了，所以只好出来找你喽。”

“叔叔阿姨还是一如既往地忙啊。”韩森一边说一边看着电梯楼层数。

到达三楼，由于已经到了客人们吃完饭离开的时间段了，饭店也就没有派服务员引导现在来的客人进入房间。韩森和景帆观察着墙上的房间号，很容易找到了301房间的位置，房门关着。

韩森敲敲门后，见没有反应，就慢慢将门推开了。

“不好意思打扰一下。”他一边推开门一边说。

映入韩森和景帆眼帘的一幕，是地上趴着一名男子，旁边另外一名男子正蹲在旁边，似乎是在查看他的状况，其他人都目瞪口呆,像是受到了极大的惊吓。至少隔着一个椅子,还有一个不到二十岁的青年,站在一个女人的椅子后面,观察发生的情况,应该是被吓坏了。从衣服和身体轮廓来看,韩森认出,躺在地上的,就是他的室友单诚,他惊愕地问道:“这是,发生了什么?”

屋内的人听到开门和说话的声音,都将视线转向门口,景帆也显得十分震惊,她刚想走上前,韩森却拦住了她。

“你先别动,我进去看看情况。”

说完,韩森一边走一边向屋里的人解释:“我是单诚的室友,韩森,他怎么了?”

看到韩森走了过去,那名本来蹲在单诚旁边的男子站起来,退到距离单诚一米外的椅子旁边,单手扶着椅背,看着韩森走过来蹲在单诚旁边。

韩森半蹲在单诚的身体旁红酒杯掉落的那一侧,前面一只脚在单诚的胸部位置旁边,尽量不碰到地上的红酒和玻璃杯碎片。他一边拍着单诚的后背,一边喊着他的名字,但是没有任何反应。韩森又伸手摸了摸单诚的颈部。

“我们正吃着饭,他突然就倒下了,我们也不知道是怎么回事。”刚才蹲在单诚身体旁边的人说。

“你们叫救护车了吗?”韩森抬起头问,众人面面相觑。

“没有,事发突然,我们都吓了一跳,没有反应过来。”

“麻烦你们打电话,叫救护车,我去外面找饭店工作人员寻求帮助。”

韩森站起来向门口走去。

“咱俩一个人去找饭店工作人员,一个人留在这里,让他们不要离开。”韩森对一直站在房门处的景帆说。

“我留在这里吧,你去找人。”景帆果断地说。

“好。”韩森回答,然后飞奔着向电梯的位置跑过去。

这个时候,服务员都像消失了一样,走廊里一个人都没有。

余秋也拨通了救护车的电话,描述了情况和地址之后,便挂断了电话。

景帆一会儿看看屋里,一会儿看看走廊,刚才她注意到,在拐角处,韩森碰到了一个服务员,两人交谈之后,一起下楼去了。

大约五分钟后,韩森和一个穿着正装的男人走了回来。

“怎么样?”景帆问道。

“他们这里只有保安,没有医护之类的人员,我也已经叫了救护车了,还有警察。”

“嗯,我看你刚才摸了他的颈动脉的位置,是不是……”

“应该已经不行了。”韩森摇摇头。

“我们就在这里等救护车和警察来吧,都先不要进去了比较好吧?等专业人员来了,交由他们处理。”饭店经理对两个人说。

“对,这样最好。”景帆一边说,一边看了看经理。

3

又过了十五分钟左右,景帆听到了外面有警车发出的警笛声。两分钟后,三个穿着警服的人,在走廊远处的拐角处出现。

“你们好,我是市警察局付田,是你们报的警吗?说这里有人昏倒,并且可能已经死亡。”为首的警察向景帆等人出示证件后问。

“没错,是我打的电话。”韩森利落并清楚地回答。

说完,警察便走了进去,与他一起来的人也跟着进去,几个人围着单诚的身体,确认单诚是否还有生命特征。几个人都是摇了摇头,又发出叹气的声音。韩森看到了之后紧闭了一下双眼,轻轻叹了一口气。

景帆温柔地拍了拍他的后背安慰他。

这时,走廊的拐角处又出现了几个人,是医院急救中心派来的人员。他们刚走到门口,其中一个警察走过来,对他们说:“人已经没有抢救的必要了,以防万一,请一个人进入现场确认一下。”

其中一个急救人员和警察一同走进房间,警察走在后面,付田和另一个警察还蹲在尸体旁边,医护人员走过去后也蹲了下去,进行检查,三个警察也在旁边观看他的操作。最后,医护人员依旧是摇了摇头。

“那你们就先回去吧,之后就是我们的工作了,辛苦了。”付田对急救人员说,并跟在他后面将他送到房间门口。

“你们也是相关人员吗?”付田对景帆和韩森说。

“我是他的室友,开车过来接他的,她是跟我一起来的。到了之后就发现了这种情况。”韩森说。

“那你们也是案件相关人员,都进来吧。说着向另一位警察摆了摆手。”那位警察走了过来,开始在门口布置黄色的警戒线。

“你呢?”付田对着饭店经理说。

“我是饭店管理人员,被这位先生叫过来的。来了之后就一直在门口等着,直到你们过来。”他指着韩森说。

“你先回去吧,一会儿可能有事情找你问。对了,我看隔壁的房间已经没有人了，能不能收拾一下，我一会儿可能会用一下那个房间。”

“是302吗，好的。我去安排一下。”说完，饭店经理就转身离开了。

“给局里打电话，叫法医过来。”付田对同事说，看起来他是小队的领头人。

“出差了，你忘了？当时和咱们同一天出发来着。”

“让局里调一个来，咱们毕竟不是专业的，验尸这种事，越快越好。”

“行。”警察掏出手机。

“设备都带了吧。”付田又对另一位警察说。

“嗯，带了。”

“那个。”景帆想过去对付田说些什么，但是付田突然说话。

“各位，你们也都看到发生了什么，我们会在现场进行一些简单的调查，请各位先不要离开房间，在那边的沙发上坐一坐，尽量不要走动，想去厕所的可以请便，一会儿可能会跟大家了解一下情况，还请配合，十分感谢。”

“局里说，从市里别的区调一个法医过来，不过时间估计要半个小时以上。”一名警察放下手机说。

“知道了。你们俩先开始调查现场，我和这些相关人员先了解一下情况。”

钱夫人、郑夫人两位女士和孩子移动到了沙发上，郑俊也坐在了沙发靠近洗手间单独的一个座位上。钱夫人抱着小钱安慰着他。钱明则是站在离沙发比较近的窗户旁边。余秋还在刚才的位置几乎没有移动。

“能请您先叙述一下，是什么情况吗？”付田对韩森说。

“嗯，其实能说的我已经都说过了，因为我是来接单诚的，给他打了两个电话都没有接，我就想上来看看。进了门，他已经是现在这个样子了。她也是跟我一起来的。”韩森看了眼旁边的景帆。

“是这样吗女士？”

“没错。”景帆简单回答。

景帆观察了地上单诚的尸体和附近，又看了看桌子上。晚餐本来处于尾声阶段，桌面上的菜也吃得差不多了，也有的还剩下不少，一片狼藉。每个人玻璃高脚杯里剩下的饮品量不尽相同，白色瓷杯里的茶水几乎都是满的，她回头看了一眼，茶水壶还在门口的桌子上。

景帆凑近了一点，发现桌子上有一些零散的白色粉末，量非常少，由于桌布本身有些淡黄色，所以才观察出来，位置在单诚用餐的地方，在本来应该摆盘子的位置偏左侧一点。

“警官，这有一些粉末，可能和事件有关，麻烦你们注意一下。而且请一定小心一点。”景帆对付田说。

“好，多谢。”付田转过头来看了看，然后叫来了一名同事。他们讨论了一会儿，那位同事开始观察粉末并且取样。付田转过头对大家说：“你们几位，有谁能先跟我介绍一下情况呢？”

余秋看了一下钱明，钱明轻轻地扬了一下头。

“我来跟您说一下吧。”余秋向付田走过来。

“我是R公司员工，今天是我们部门内部成员和家庭聚餐。”说完余秋不经意间看了一眼郑俊。

“我们是六点左右到齐的，大概……嗯，八点半左右吧，我们举杯一起喝酒之后,几乎是马上,他就表现得很痛苦,随后就倒下了。过了大概没多久,他们就敲门进来了。"余秋指着景帆和韩森说。

付田看了一眼地上的玻璃杯和盘子碎片,还有掉落在一旁的筷子,以及少量红酒液体,其他两位警察正围着那附近观察、拍照。

"其他人呢,现在都没有什么不舒服吧?"付田一边说,一边看了看所有人。

大家都摇了摇头,钱夫人也看了看自己的儿子,发现没有什么异样后,也放心地摇了摇头。

"还不能确定是什么原因导致的,等法医来了再说吧,现在这个阶段我们自己就不要妄加判断了。一会儿可能还需要大家配合,请耐心等待一会儿。"说完,付田也加入了调查。

景帆和韩森站在房间的一扇窗户旁边,没有交流,两个人都抿着嘴,一动不动,仿佛被定格了一样,观察着警察们和相关人员每一个人的表情。喝酒的人似乎也都醒酒了,余秋和钱明看起来和平常没什么区别,钱夫人和郑夫人都时不时地看看自己的儿子,脸上有少许不安。

郑俊看起来比较烦躁,一边抖腿一边左看右看。

钱明站起来,一边走向卫生间一边说:"警察同志,可以去厕所吧。"

"没问题,你去吧。"付田回答。

本来低着头看着地面的景帆听到他们说话便抬起了头,看着钱明走进卫生间,关上了门,景帆的目光也回到了地面。

大概过了两三分钟,钱明走了出来。这时门口传来了敲门的声音，一个穿着白大褂的人拉起警戒线，直接走进来。

“我是法医，刚刚接到市局给我打的电话便紧急过来了。”

“麻烦了，我是市局刑侦队的，我们也是紧急过来的，这个时间人手不好找，我们地点就在旁边，也是恰好我们刚进局里，就接到任务了。”

“你们也是很辛苦啊，随时有任务就要出勤。”法医一边说，一边走向趴在地上的人。

“没办法，干这一行嘛。”

景帆也看向刚进来的法医，他独自蹲在单诚的身体旁边，开始进行检查。过了一会儿，跟付田确认之后，将身体翻了过来，继续进行更详细地检查。

“这是中毒啊，剧毒，摄入毒物后十分痛苦，之后应该是昏迷了，估计没隔一两分钟就死了，或者直接死了也说不定。”

“毒，是食物中毒吗？”付田问。

“不是，这特征应该是氰化物中毒啊，正常吃饭不会导致这样的结果。”法医又看了看饭桌上的菜。

“那按照您的意思是，是被下毒了？”

“不知道，反正可以确定的是中毒，大概率是氰化物中毒，尸体带回去之后，我会做详细的尸检，出报告给你，食物肯定不会导致这种情况的。”

房间突然变得很安静，众人都听见了法医的话，也都明白这意味着什么。

“那估计是自杀吧，说不好听的，如果说单诚会自杀，我一点也不觉得奇怪。”说话的是余秋。

“为什么？”付田问道。

“嗯……他性格很孤僻，平时也不多说话，总之，就是感觉他是那样子的人。认识他的人也都会有这种感觉吧。”余秋回答。

“没错，确实如余秋所说的，我也有这种感觉。”钱明补充。

“你是他的室友吧，你怎么看？”付田看向韩森。

“嗯，确实如此，我们天天住在一起，虽然关系不错，但是他确实不多说话，也没看见他有其他朋友。当然也没有女朋友。”

“他在公司的人际关系如何？”

“不好不坏，真的只能这么评价，他平时除了工作上的事，其他都不会说，没有跟谁特别好，也没有得罪过谁。”余秋又说。

“他在部门主要负责技术问题，和设备打交道较多，和人比较少。”钱明补充。

“那你们知道，他有可能自杀的动机吗？”付田继续问。

“不知道，他看起来，今天的表情和平时没什么区别。不过前段时间突然请假了一周，大概一个月之前吧。”余秋回答。

“他请假的原因是什么？”

“回老家，有家人生病，请假单上是这么写的。”余秋说。

“是他母亲去世了，心脏病，据说心脏本来就不好。他家住在几百公里外的农村，回去的时候，人已经走了。”韩森在一旁说。

“那这很有可能就是自杀的原因啊。”钱明说。

“那也就差不多很清晰了吧，我们也可以回了。”郑俊说。

“自杀非要挑这个地方吗？也不考虑别人的感受。”钱夫人小声对钱明说，别人都没听到。

“行了，少说两句，这么多人呢。”钱明回答。

“一会儿麻烦各位去隔壁房间，配合我们做个笔录，然后大家就先回去吧。但是调查之后，我们还有可能和各位联系。那我们现在就开始吧。”付田说。

“麻烦请等一下。”景帆突然说道。

因为景帆突然说话,屋里的所有人,除了正在调查的两个警察和法医外,都看向了她。

“怎么了?”付田问景帆。

“请问一下,死者兜里都有什么?”景帆问。

“手机,在裤子右边口袋里。”一名正在调查的警察回答。

“还有呢?”景帆问。

“没了。”

“你到底想干什么?”付田说。

“警官,麻烦给我两分钟,我马上就送您一个有点价值的信息。”

“请问你们用餐期间,有人或者服务员拿过调料像是盐啊,糖啊之类的进来吗?”景帆继续问众人。

“没有吧。”钱明回答。

“没有。”余秋也是一样的回答。

“那么警官,我们是不是可以说,这些餐桌上的粉末,极有可能是毒药呢?也就是法医先生说的氰化物粉末。因为你看,在我刚才说的那个位置出现了粉末,菜中不可能带白色粉末,你们点的菜里面有什么会有白色粉末吗?”景帆问余秋。

“确实没有。”

“是调料也排除了,我刚问过了,没有糖或者盐拿过来,桌子上也没有这些。”

“这小姑娘说得没错,你看这些粉末已经快看不见了,是氰化物在空气中容易潮解的特性。这些确实很有可能是毒药,所以说,千万不要靠近这个位置。一定要小心。”法医说。

“刚刚你们也取样了,这个等鉴定结果就知道了。”景帆继续说。

“所以呢?是就是呗。”付田说。

“问题是,这位自杀的死者,如何把粉末状的毒药带过来的呢?”景帆不慌不忙地说道,“换句话说,容器在哪儿?死者身上除了手机,什么都没有”。

大家的表情都有所变化,付田眼睛略微睁大,看向沙发上的那些皮包。

“有没有可能在他自己的包里,下了药之后,放了回去。”付田问道。

“似乎……不可能,我们就坐之后,我没看到他去过那边。”余秋说。

“以防万一,我们来检查一下他的包吧。”景帆提议。

付田犹豫了一下,最终点了点头。

除了还在进行调查的两名警察,剩下的人都集中在休息区的沙发附近。

“哪个是死者的包?”付田问。

“应该是这个。”余秋刚想伸手拿放在沙发角落的一个劣质黑色皮包,便被付田制止。

“我来。”

戴着白色手套的付田伸手拿起黑色皮包,放在沙发中间的桌子上,包不大,是那种男士用的手拎包。拉开拉链,他将里面的东西一个个拿了出来,放在旁边。有一个钥匙链(上面有一个银色钥匙和两个门禁卡,一个是蓝色的卡扣,一个白色卡片),一个钱包(里面有身份证,两张银行卡,一张一百元,一张五十元,以及三张十元钞票),还有一张收据(四瓶红酒)。

“看来,没有可以用来当容器的东西。”景帆说。

“那么如果是自杀,为什么装毒药粉末的容器不见了呢?是这个意思吧?”韩森问。

“没错,他中间去过洗手间,或者出去过吗?”景帆问。

众人又是面面相觑,都摇了摇头。

“也就是说,装有粉末的容器一定还在这个屋子里。警官,现在我们可以推论出两个事实:第一,死者自杀的可能性降低,如果是自杀的话,我们无法解释死者让容器消失的理由以及方法;第二,容器一定是存在的,就目前来看,一定还在这个房间里。”景帆说出推论。

“粉末确实不可能不用容器就带过来,那有没有可能是固体呢?大一点的颗粒之类的,这样可以不需要容器。”付田问。

“氰化物是可以为颗粒固体的,理论上来讲带过来不是不可能,但是直接带来的话,会在过程中因为接触空气中的水分潮解,表面变成溶液,不过如果量足够大,理论上来讲仍然有可能。”法医回答。

“不可能。”景帆在法医说完后直接说道。

“为什么?法医都说了可能。”钱明好像好不容易抓住的稻草被抢走一般。

“很简单,因为我们已经发现了粉末,也几乎确定了那就是毒药,如果还有体积更大的固体毒药的话,就会有另外的问题,即:为什么下毒的人带来了两种不同性状的毒药。还有就是,粉末已经洒在桌子上,而且是在单诚座位面前的桌子上,说明粉末已经被使用过了。那么,再使用大颗粒的固体毒药没有任何意义,而且即便是这样,也无法改变粉末毒药被使用的事实,也就是说,还是要有容器用来装粉末毒药。”

“那,先不说是不是自杀,容器会在哪呢?”付田继续问。

“逻辑上来讲,只能还在这个房间里。所以,请检查屋子里所有地方,虽然大部分物品一般都是饭店今天晚上刚刚准备的。还有就是,所有人的随身物品,以及随身携带的包里都要检查。”

“你这是在说单诚不是自杀,而且是我们下毒的了?”钱明非常生气地喊出来。

“我说的是,单诚大概率不是自杀,以及根据事实和逻辑,有必要检查屋里和每个人的物品。”景帆一个字一个字清晰地说。

“确实,这么说的话,事实情况就是这样,有必要检查各位的物品。”付田说。

“真是够了。”郑俊突然说,“本来想尽快配合你们调查,赶紧让我们走,本来碰到死人都够晦气的了。有什么好检查的,你觉得我们会杀这个人吗?对我们有什么好处?”他一边说一边拿起手机。“你们是市公安局的对吧,我给你们领导打电话,既然你执意把我们留在这。”

“先生,这是常规的调查程序,还请你务必配合。”付田冷冷地说。

“配合什么,配合这么久了,你是觉得我在吓唬你吗,觉得我不认识你们市局的人?”

“不不不,我的意思是,就算您现在打电话,我也会在您能出去之前对您进行检查和问话。我也再说一次,这与您认识谁无关,这是调查必须的程序,配合调查也是您的义务。

“而且，一旦事后真的有什么事情，跟您不配合调查有关，不只是您，帮您的人也会有麻烦，在场的人都是证人。恐怕那时，对您的不利影响，要远高于现在。”付田毫不退缩地说。

“算了，不跟你计较了，快点吧，从我开始。”郑俊看了看周围，又坐回了位置上。

郑俊说着，开始拿出身上的东西：手机、手表、车钥匙。然后又拿过来自己的皮包，虽然形状大小和单诚的差不多，但是一看就是高档货。里面有：钱包，上下翻开的，一样看起来昂贵（钱包里面大概有五十张一百元钞票、一张身份证、六张银行卡、三张购物卡），驾照、钥匙包、一个黑色笔记本、一个透明塑料壳的蓝色中性笔（可以看到蓝色的笔芯）。接着他把自己所有兜也都翻了出来，做这个动作的时候，景帆仔细观察了郑俊翻出来的口袋。在郑俊翻出东西的过程中，景帆也靠近付田，跟他小声说了些什么。

付田每一样东西都仔细摆弄了一下，确认没有可以藏东西的空间，都是日常生活用品，包里面也好好检查过了，没有剩余的东西，也没有隐藏的位置和可疑物品。景帆也在一旁仔细观察付田的操作。

“这下满意了吧？”郑俊不屑地说。

接下来，付田依次检查了每个人的物品，并在掏空所有物品后检查了每个人的包，兜也都要翻出来仔细查看。结果如下：

- 郑夫人：手机，女士黑色挎包，里面有亮黑色钱包（钱包里有五张银行卡、三张购物卡、身份证、名片包、钥匙包、大概三十张一百元钞票）、驾照、一只口红、一只唇膏、车钥匙、三张一百元甜品店购物券。

- 小郑：手机、红色钱包（钱包里有两张银行卡、身份证、大概二十张一百元钞票）。

- 钱明：手机、黑色皮包（和郑俊的差不多大，牌子不一样，看起来也很高档），皮包里有钱包（钱包里有大概三十张一百元钞票、一张身份证、五张银行卡）、驾照、钥匙串、一个黑色笔记本、一支黑色钢笔。

- 钱夫人：手机、深蓝色女士挎包，里面有红色钱包（钱包里有三张银行卡、身份证、钥匙包、大概三十张一百元钞票）、一只口红、驾照、车钥匙。

- 小钱：无。

- 余秋：手机、棕色皮包（也是和郑俊差不多大），里面有钱包（钱包里有十多张一百元钞票、身份证、两张银行卡）、文件（装订好的对折的，内容是公司资料）、眼镜盒、黑色笔记本、跟郑俊差不多的圆珠笔、钥匙串。

- 韩森：手机、车钥匙、钱包（钱包里有一张银行卡、大概二十张一百元钞票、身份证）、钥匙串。

- 景帆：手机、一张门禁卡。

“看起来所有东西都没什么问题，也没什么可疑的。”付田总结。

“所以说，你们应该对我们有一个说法，白白浪费时间。还要一直和死……跟这个中毒的人，一起待在一个房间这么久。”郑夫人也有一些忍耐不住了。

“姑且确认一下，应该没有把粉末放在兜里，直接带过来这种可能性吧。”付田没有理会郑夫人。

“难，我也说了，那东西很容易潮解，没准放时间长就没了，而且直接使用可能会通过皮肤造成中毒。”法医解释道。

“更重要的是，刚才我仔细观察了所有人翻出来的裤兜、衣服兜还有包底。没有发现有粉末残留，所以这一定是不可能的。”景帆补充。

“可能粉末已经消失了也说不定。”付田说。

“不可能，我可以证明，虽然说我不太懂化学物质。但是您看，桌子上的这些白色粉末还是没有完全消失，那么我们假设有一堆粉末，有人直接放在兜里或者包里带了过来，这些粉末在下毒的时候分成了三个部分，第一部分进入了被害者体内，也就是‘凶器’；第二部分，是撒在桌子上这些；第三部分，是留在兜里，或者是包里的那些。粉末这东西很难完全控制，所以存放在兜里或者包里一定会有剩余。”景帆继续说，“洒出来的量和留在衣服兜里的量，都应该是极少的，然而，第三部分的粉末一直在兜里或者包里，第二部分由于洒了出来，一直暴露在空气中，所以第二部分潮解一定比第三部分更快。

“那么，第二部分，也就是桌子上还有粉末残留的话，兜里或者包里也一定会有粉末残留，但是，在刚才检查的时候，我特意嘱咐付田警官注意这些，我自己也是非常仔细在观察，一点点奇怪的东西都没有。因此，可以断定，没有人可以直接带来粉末，否则，这与我们发现的事实不符。”景帆说完了自己的分析。

“天呐，明明一下就能断定为不可能的事情，竟然能弄出这么复杂的方式解决。”付田边笑边说道。

“没有事情是不证自明的。”景帆微笑着回答。

“功力比以前强劲不少啊。”韩森也笑着说。

“没办法,环境如此。”说完,景帆又转过头对付田说:“警官,以现在的情况,我个人有几个建议。第一,仔细,要特别仔细地调查屋里的一切,因为容器也可能是包装纸、塑料膜之类的可以团成很小体积的东西,但是呢,就算再小,也一定在屋子里,所以要仔细搜查;接着第二,一会儿他们去隔壁的时候,出门前一定要进行仔细搜身,这很有必要;第三,所有的餐具,盘子、菜、杯子都要进行验毒;第四,虽说我刚进行了分析,但是以防万一,还是要对他们的兜和包进行验毒,这个能做到吗?”景帆最后对法医说。

“我想办法取样喽。”法医说。

“是把范围限定在这个屋子里吗?”付田说。

“没错,不过还要排除最后一个可能性。”景帆说。

景帆转向余秋。

“我记得我们进来的时候,你就在尸体旁边吧。”景帆对余秋说。

“没错啊,我在看他到底怎么了,一开始的时候,钱总也在旁边,看还是没反应,也不知道怎么办,钱总就站到那边了。”余秋指了指景帆刚进门的时候钱明站的位置。

“那么,你们当时看尸体周围,看得很清楚了?”景帆问他。

“相当清楚。”

“请问,尸体周围的地面,除了现在在地上的这些碎片,当时还有别的东西吗?”

“没有,如果当时有不是这些碎片的东西,我肯定会发现的,我的印象里只有这些东西。”余秋说完看向了钱明。

“没错,我也记得是这样。”钱明也说。

“你这是在怀疑我啊?”韩森对景帆笑着说。

“不是怀疑，是排除可能性而已。”

“简直太无情了。”

“怎么回事？”付田问。

“她只是排除了一种可能，因为我也接触过单诚，所以我也有可能带走容器，而且我还离开过这个房间。但是通过这两位男士的话，证明了在我进去前，地面上本就没有什么可疑物品。因此，我摆脱了嫌疑。”韩森解释。

“那么尸体身上呢？”付田问。

“不可能，当时他蹲下的位置在尸体头的附近，上半身根本没有藏东西的位置。我虽然看不清地上的碎片，也不能完全观察到韩森有动作，但可以看清尸体。他没有碰除了尸体后背和颈部以外的其他部位。”景帆说，“同时，其他人在韩森进去后，也离他至少1.5米远，所以不可能偷偷传递什么东西。”

“啊……是这样。”付田已经有点佩服这个年轻姑娘了，也很好奇她是做什么的。

“最重要的一点是，他进来之前，死者就已经死了。那么，他根本没机会下毒。”景帆笑着看着韩森，“懂了吧，我这是在帮你。”

“你不提都没人想起我。”

“那么，这样看来，我们可以进行下一步了，请大家配合我们进行笔录。喂，其他那些人呢，怎么还没来？”付田问其他两个警察。

“他们应该马上就到了，我打过电话了。”一名警察回答。

“那我们等他们来了之后，开始做笔录吧，不然人手好像不太够。”

景帆走了过来，小声跟付田说：“可以的话，能不能让我也参与询问,我只听着就可以,不会插嘴。”

“不能,这不符合规定。”

“我不会跟你们坐在一起,就在角落里。您看,我可以为案件提供有用的信息,刚才我也证明了,如果刚才让他们走出屋子,就没办法把范围锁定在这间房间里了。如果您担心我是案件相关人员,有嫌疑的话,我可以证明我的清白。我是和韩森一起过来的,并且在您到来之前,从未走进过这个门。虽然屋里没有监视器,但是走廊是有监视器的,您可以查看一下,也就是说,我不可能下毒或带走容器。”

“没错,但是……”

“哦,对了,我是一名律师,负责刑事案件,虽然还是新人。”景帆摸了摸口袋,发现没带名片,或者说根本没带回国。

“这样吧,你可以出现在一会儿进行询问的房间里,因为你本就是案件关系人,同时也是案发现场的关键目击人,你本身也要接受询问。更重要的是,你是唯一一个与今晚参加晚宴的人都不相识的目击人,与其他人串通说谎的可能性是最低的。目击了现场,并且还与他们不相识的,就只有你了。所以,在询问的过程中,如果他们任何一个人的陈述和你目击到的事实相违背,你必须要记下来告诉我。这是警方在侦查阶段对你提出的要求,也许会对案件提供有价值的帮助,你有义务配合。”

“明白了。”

“还有,你为什么对这个案件如此积极呢,我知道你可能有能力,但是原因呢?哦,这一点不是一定要回答,你可以不回答。”

“没关系,和我一起的韩森是我的好朋友,死者是他的室友,好像关系也不错,虽然他没有怎么过多地表现出来,但我一眼就知道他现在很难过。我想尽自己所能为他做些事情,调查是我擅长的,就是这样。”

4

不久之后,又有三名警察到达,其中有两名女警察,主要为女士搜身。两位女警察一边走一边小声抱怨:要不是他们这一队人,包括已经来的三个警察,出差回来的飞机早到了一个小时,他们应该就不用参加这次调查了。因为拿着公安局内部文件,必须送回局里,一众人下飞机便回到警察局,结果刚进去五分钟就被派出去了。因为正好他们是刑侦大队,并且离现场最近,本来以为是一个小案子,没想到,却是涉及死人的严重事件,本来想好好休息的计划也泡汤了,刚回来可能还要通宵等等。

付田和一名警察即将负责做相关人员笔录。因为目标物体也很可能是很小的一团纸或者塑料,所以搜身将会进行得非常彻底。每询问一个人,那个人将会被带到屋子里的卫生间先进行搜身,接受问话之后可以自行离开。

听到警察说可以离开,即便众人已经积攒了相当程度的不满,也还是忍着坚持配合,他们也没有别的选择。经过警察的提醒,他们已经意识到,涉及人命的刑事案件影响重大,他们也不敢再随便做什么。

经过众人和付田的同意,女性和孩子优先开始。于是钱夫人和小钱先进行搜身,也再次检查了他们即将拿走的随身物品,然后他们走出了屋子进入了隔壁的302房间。那个房间的圆桌旁,付田和另一名警察已经在等待着他们,还有已经经过搜身的景帆默默地坐在房间角落。钱夫人和小钱走过去坐在了警察旁边。原则上是要单独问话的,但是鉴于小钱年龄较小,所以是例外,给予特殊照顾。

“女士,应该没几分钟就会结束了,就问几个简单的问题。”

“尽快吧,已经很晚了,孩子也很累了。”钱夫人一边说,一边看了看小钱,小钱确实已经远没有之前那么有精神了,眼神也有点迷离,像是困了。

“首先,请问您和死者熟悉吗?”

“一点也不熟,他是我丈夫的下属,我去丈夫公司的时候见过他几次,印象不怎么深。”

“这么说的话,谁有动机可能会下毒,您也不会太清楚了?”

“这个我真不知道,我跟他是没有任何直接关系的。”

“好的,我明白了,请问能不能麻烦您,简单说说,你们吃饭时发生的事情。如果有什么值得注意的,也请一定告诉我。”

钱夫人简单讲述了从他们上楼,一直到死者倒下,这段时间内所发生的事情。她所讲述的基本就是吃饭和喝酒聊天,以及去抓回满屋跑的孩子。死者倒下后,她马上就抱住了小钱,直到警方来。

离开之前,钱夫人留下了自己的身份证信息、联系电话以及家庭地址,然后就先带着小钱下楼了,并让警察转告钱明,让他自己打车回家,孩子已经很累了,如果需要接的话一会儿给她打电话。

接下来是小郑,他其实也还是个孩子,不到二十岁,高高瘦瘦,看起来相当稚嫩。但是他的年龄可以单独接受问话了,所以,郑夫人没有陪在他身边。

“你好,孩子,我们尽快,你和死者熟悉吗?”

“不熟,都说不上是熟不熟。今天我们是第一次见面,他坐我旁边,直到最后,我们也就只说过几句话而已,还是我妈非要我和他说话的。”

“我明白了,那你一直坐在他旁边,有没有什么特殊的事情引起你的注意?”

“嗯?没有啊,就正常吃饭,其实我大部分时间都在玩手机,没怎么注意他们。哎,其实我根本也不想来,好不容易放个假,想在家和朋友上网玩玩游戏,多好啊。可我爸非要让我来,说是一家一起出席是对人家的尊重什么的。”小郑像是终于找到机会可以发发牢骚了。

“好,你简单描述一下从你们到达饭店之后,一直到我们来之前发生的事情。能记得多少说多少就可以了。”

于是,小郑描述了从他们进屋见到众人后,一直到警察来之前的情形。描述期间,除了付田外的另一位警察和待在角落的景帆都在不停地记录。结束后,少年就从走廊下到楼下大厅等待父母。

接下来是郑夫人,她还是一脸的不耐烦,也被问到了和小郑相同的问题,回答也是差不多。然后就是郑俊,他的表情已经平静了很多,但是也谈不上友善。被问到熟不熟悉死者和描述晚餐发生的过程时,也依旧没有说出什么特别的事情。他简单地说明了自己和钱明他们不是同一个公司的,只是业务上有所联系。涉及业务上的事情他不愿透露太多,不过这和案件目前没有直接关系,付田也就没有继续追问。

接着是余秋，他应该是所有相关人员中，警官比较喜欢的一个。因为他的描述相对来说比较清楚，进屋后大家都在做什么，过了多久，大家又喝了多少酒，他都描述得很详细，尤其是钱明和郑俊的行动描述得尤为细致，这可能是在饭桌上一直察言观色的结果吧，不得不令人敬佩。对于死者，余秋也比其他人更了解一点。

“你和死者是什么关系?”付田问。

“同事，我们是同部门的同事。”

“那也就是，你们应该每天上班都会见面吧?”

“大部分时间是这样，没错。”

“在一起上班多久了?”

“大概两年半时间多一点。那时候，我们一起应聘到这个部门的，一样的岗位。”

“现在也是吗?”

“嗯……名义上是，但是技术上，多数是他在负责。我的任务大多是帮钱总，也就是我们的部门主管做一些业务。”

“明白了，也就是你混得比他好了。”

“不是，不是，各有所长嘛，大家都是平级。只不过我和领导接触得多一点。”

“据你所知，有没有人会记恨他，或者说是有没有得罪过什么人呢?尤其是今晚出席晚餐的人，包括你。”

“我觉得应该不会有，他虽然不喜欢说话，也没有什么朋友，但是反过来，也不至于招人怨恨，至少在我所知道的情况中，是没有的。”

“嗯，行吧，之后我可能去你们公司拜访，跟别的同事聊一聊他的人际关系。”

“好的,没问题。到时候您联系我就行。”说完余秋也留下了身份证信息、电话号码还有家庭地址,走出了房间。

接下来走进来的是韩森,韩森是事件发生之后才过来的,之前也和付田说明了他刚到时的情况。所以主要被询问的是死者人际关系问题。

“你和死者共同租一间公寓?是室友对吧?”付田问。

“没错,我们作为室友大概两年多时间了吧。”

“再确定一下,他平常生活中,还有什么朋友或者有女朋友没?”

“没看见过,也没听他提起过,他不怎么爱说话,基本没见过他去参加社交活动什么的,女朋友的话,估计就更没有了。”

“是这样,那你估计也不会知道,有谁会对他怀恨在心,或者想毒杀他了?”

“我不知道他周围谁会对他有这种敌意,从没听说过。”

“好,请留下你的信息吧,我们也会到你们的住处去看一看,到时候还要联系你。”

“没问题。”

韩森转身向角落里的景帆比了一个向下的手势,示意她,在楼下车里等她。景帆也心领神会,点了点头。

在钱明进来之前,景帆凑过去和付田悄悄说了些什么。

“哎,累死了,麻烦你们快一点啊。”钱明一进来就开始抱怨。

“没问题,只要你认真回答,很快就会结束了。”

“刚才跟你的下属余秋已经谈过了,死者也是你的下属,对吧?”

“是。”

“平时他和同事,包括你,关系如何?有没有人可能会恨他?”

“我真不知道,我个人是没什么好恨他的啊,其他同事啊,我觉得没有,这个,你还是要问余秋,他们同事之间相处得如何,我平时不太注意。”

“行,那也是按照惯例,请描述一下晚餐的状况吧,从你们来到饭店开始。”

和其他人一样,钱明描述了晚餐的情况,他描述自己和郑俊的情况比较详细,关于其他人,他说不清楚分别都干了什么。

“之后我们可能去您的公司拜访,继续深入调查一些事情,可以吧?”

“你直接过去就好,提前联系下余秋吧。”

“最后还有一件事情。”付田一边说,一边用余光瞄了一眼景帆继续说:“您的钢笔,能不能再借我看一下,刚才没有拧开查看笔芯,请问你过来的时候,那几个搜身的警官有查看吗?”

“他们看了,不信你问他们吧。”钱明一边递出钢笔一边说道。

付田向着房间门口的方向,叫来了一名警察,问他这支钢笔在钱明被搜身的时候,有没有被检查笔芯。

“是的,拧开了,我看里面应该是蓝色墨水。”

说着,付田拧开了钢笔的另一端,笔芯露了出来,这是可以直接拆卸掉的笔芯,用力一掰就能拿下来,是一次性的。笔芯呈现一片模糊的深蓝色,应该是墨水在笔芯的透明壁上留下的痕迹,但是仔细看,好像没有看到有多少墨水。付田慢慢地将钢笔整个倒过来,只见一些粉末状的白色固体从上至下掉落到了下面。

“欸?”钱明非常惊讶。

“欸?”那名警官也非常惊讶。

“这是什么?”

“我……我不知道啊。”

“这不是你的钢笔吗?”

“是啊。”

“上次换墨水是什么时候?”

“不记得,有段时间了,我平常不怎么写字,一般签批文件才用。”

“上次使用这支钢笔是什么时候?”

“昨天还是前天?不记得了。”

“拿去留作证物,回去拿去做鉴定,指纹以及粉末成分。”付田把钢笔交给做笔录的警察。

“你先回去吧,查清楚再找你。”付田想了想,对钱明说。

“好,我真不知道这粉末是怎么回事啊,而且我没理由杀他啊。”

“知道了。”付田说。

最后一位案件相关人员走了出去,做笔录的警察拿着钢笔和另一个警察回到了案发现场,屋子里只剩下景帆和付田。

“怎么搞的,为什么出来的时候没搜查到。”付田说。

“估计是那位警官只是粗略地看了一眼,因为笔芯的透明壁上是墨水留下的痕迹,他便误以为里面都是墨水。”

“看他的表情,好像他真的不知道啊。”

“那就不得而知了,我这里也记录了不少东西,根据这几个案发相关人员的描述,大概可以还原晚餐过程中比较详细的细节了。怎么样,我和刚刚那个负责记录的警官一起试着做一下?”景帆微笑着说。

“嗯,去那边,我跟他说一下吧。”

大概又过了半个小时,景帆和那位负责记录的警官核对了所记录的内容,组成了一篇完整的案件记录。这项工作完成后,景帆告别了警官们,他们估计是要在这通宵调查了。景帆答应,如果有什么发现一定会第一时间通知付田,也让付田把鉴定结果和搜查容器的结果告诉她。

景帆走出饭店,时间已经过了午夜十二点了,饭店已经结束营业。景帆刚刚整理笔记的时候,接到母亲的电话,她跟母亲解释说出来找韩森了,并没有说案件的事情。景帆想回去再跟他们说明,免得现在担心。走下楼梯,穿着单薄T恤的景帆有点冷,双手不禁抱了一下胳膊。这时左侧车辆的远光灯突然闪了两下,景帆意识到是韩森的车在那里,便走过去打开了副驾驶的门,坐了进去。

“你还在等我啊。”

“是啊,总不能半夜让你自己回去啊,反正我也睡不着了。”

“本想找你出来聊聊天的,没想到变成了这样。你还好吧?”

“还行吧,其实我跟他关系还不错,看到这种情况还是有点不舒服的。”

“嗯,我知道。”

“怎么样,看样子你打入警方内部了。”韩森开玩笑地说。

“你这话说的,好像我是间谍。”景帆看韩森还挺有精神,有心思开玩笑,也是松了一口气。“之前的情况你也都看到了,我刚和警官整理了一下记录,你要看看吗?”

“啊? 能给我看吗?”

“你本身也是相关人员。”

“还是算了吧，我就不看了，问话顺利结束了吧？我看他们也都走了。”

“没什么问题，唯一的新闻是，钱明的钢笔里发现了白色粉末，不确定是不是毒药。”

“啊？”韩森比较惊讶。

“是不是毒药还要警方带回去鉴定才能知道，不过我觉得十有八九是毒药。钢笔芯里出现不是墨水的物质，本身就是不正常现象，加上碰上案件，不太可能是巧合。如果不是毒药，我实在无法想象那是什么，不过无法论证就是了。”

“你现在怎么什么都想着论证。”韩森小声、语气柔和。

“啊，习惯了。”

“所以你觉得钱明是凶手吗？”

“不是。”景帆肯定地说道。

“为什么？因为他没有动机吗？”

“不完全是，动机方面，据我刚才了解，钱明是他们部门的大领导，余秋和单诚则是他们部门的新人，而且余秋现在深受钱明的信任，属于那种很擅长应付人际关系的类型，天天琢磨投领导所好，身为技术人员，反而技术上不是那么上心。而单诚刚好相反，只关心工作技术上的问题，对人际关系则是一窍不通。以我对钱明这种人的了解，也就是处于社会中高层的公司领导，拥有一定的社会关系，就算有什么仇恨或者其他动机，都会偏向于利用工作或者社会关系来解决，杀人不是他们这类人会选择的方式。钱明又是单诚直属领导，在公司可以掌握单诚的很多东西，说白了就是想怎么整单诚这种从比较落后地区来的年轻人都可以，然而一旦杀人，性质就不一样了，而且要冒太大的风险。我不太擅长分析动机，但是你懂我说的意思吧？”

“明白，我也赞同你说的。”

“这点是心理上的旁证，不算是重点。”

“还有别的证据？”

“没错，就因为发现他的钢笔里有毒药，就说明了他不是凶手。”景帆说。

“什么意思？”

“如果他是凶手，毒药的发现，可以直接将他的可疑程度增加到最大，所以，如果他有机会将毒药处理掉，他一定会这么做。不被发现毒药，是最稳妥的做法。但是，他有机会，却没这么做。”

“什么机会？”

“他在警察来之后，去过卫生间啊，就是房间里的那个。卫生间有自来水，非常容易处理毒药。但他没有这样做，白白浪费了对于凶手来说这么好的机会。”

“嗯，如果在卫生间处理那只笔芯的话，就要用水冲对吧？”

“是啊，可以弄得很干净。”

“那，也许是他不敢这么做，虽然可以把笔芯冲干净，但也会过于干净。再被搜查到，虽然里面什么都没有，甚至连墨水痕迹都没有的话，还是会被怀疑。”

“嗯，你说得也对。但是，首先，对于凶手来讲，就算是十分干净的笔芯，也会比装有毒药被发现要更安全。其次，装过墨水的笔芯留下的墨迹，不会轻易地被冲干净，所以不成问题。”

“那这样的话，又回到原点了，钢笔的发现，相当于没发生过。”

“没错。”

“那这个案件,是不是存在多人作案的可能呢?”

“可能,但是看不出来意义何在。下毒这个事情,不需要两个人合力来完成。同样,就算两个人或者多个人参与,一样没办法让容器消失。所以,目前来看,就算是多人谋划,也只是一人行动,其他的人顶多算是知情人。”

“这样。”

“先回去吧,我爸妈刚才都打电话催我了。”

“好。”韩森发动汽车。

5

案件发生三天后的上午,也就是周一,景帆在家无事可做,周末她已经读了好几遍整理的案件记录,但是警方的调查结果出来之前,她认为信息还是不足以继续进行自己的推理。

周末,景帆和韩森一起去咖啡店聊天,他们俩都不喜欢比较流行的娱乐方式,就一直在咖啡店聊天。后来他们还去了他们的大学走了走,也没再提起案件的事情。

上午,景帆本想给 A 国的朋友打个电话。她在那边的朋友中,有一个人叫李因。李因是一个擅长逻辑思考的人,几年前,在一次机缘巧合的情况下,李因解决了一起景帆作为案件关系人之一,身陷其中的案件。之后,景帆也会向其请教一些工作中遇到的问题。

还有一个朋友叫狄清,他是李因的朋友,这个人没事就喜欢去找李因,有的时候把李因烦得不行,毕竟李因是喜欢把大多数时间用于自己看书或者思考的人。景帆也一直很好奇,以这两个人的性格,是如何成为朋友的。

本来想跟李因说一下这个案件,但是仔细想了想,就算要说,还是等更详细的调查信息出来之后再说吧。现在的信息太少,就算全部告诉李因,他也不会推测出多少,那个人,只肯根据确定的事实进行逻辑分析。

中午,景帆终于接到了付田打来的电话,从他那里得知了调查结果。钢笔笔芯中的粉末确实是氰化钾毒药,单诚的死因也是氰化钾中毒。付田本来想这个案件钱明有非常大的嫌疑,本想下午先申请对钱明的控制。但是景帆对付田说出了那天晚上在车里对韩森说的分析。

“这么说的话,案件岂不是又没有进展了?那个房间里所有的位置,都仔细找过了,根本没有所谓的容器。”付田非常着急地说。

“您先别急,这三天的调查,都还是那天你们六位警官执行的,对吧?没有新的警察过来?”

“没有,你问这个干什么?”

“嗯,这个问题现在不是很重要,不是向您隐瞒,之后一定会跟您解释。请问韩森和单诚的公寓有没有调查呢?”

“有,案件发生第二天就过去了,但是没有发现什么。”

“这样啊。”

“那我们继续调查吧,结果也都告诉你了,之后再联系。”

“好。”景帆说完,便挂断了电话。她手里拿着手机,站在原地不动,似乎是在思考,紧皱着眉头。

付田通知的调查结果如下：

1. 房间内,所有的位置,包括卫生间在内,全部进行了严密的排查,没有发现所谓的容器。

2. 法医对所有人的口袋和包的底部都进行了采样检查,都没有发现任何毒药反应。

3. 桌子上所有的菜品、盘子、茶杯、剩下的红酒瓶、醒酒器都没有掺入毒药。

4. 死者所使用的盘子(掉在死者右侧的所有碎片上)均未发现毒药。

5. 除了死者以外,其他人所用的红酒杯、筷子都没有掺入毒药。

6. 死者的红酒杯(碎片),死者红酒杯里的红酒(洒在地上的),死者所使用的筷子,均检测出毒药。

7. 钢笔中的粉末是氰化钾。

8. 桌子上,死者放红酒杯位置的旁边,所发现的粉末是氰化钾。

9. 所有出现的毒药都是同一种物质,也就是氰化钾。

10. 案发现场房间内,每个窗户都有不可拆卸的纱窗。

11. 同时,按照景帆的要求,询问相关人员时进行了确认,死者没有任何经常的不自觉的小动作,比如咬指甲之类。

景帆站在原地拿着手机,大概过了五分钟,这期间眼睛一直盯着几乎同一个位置。似乎思考完毕后,终于将目光转向了其他地方,但是紧皱的眉头还是没有放松。

“感觉这次信息已经很多了，可是还是不行。”景帆越来越着急，显得没有平常冷静。

“怎么啦这是，皱眉皱得这么厉害，”景帆的母亲走了进来说，虽然是周一，但是她今天不用工作。“小心会很快涨皱纹的。”

“啊，知道了！”景帆的思绪被打断，但是也没关系，似乎已经没法继续推理。

“是上周五案件的事情吗？”

“是啊，现在陷入了死胡同，但又感觉明明是很简单的一个问题。”

“可能是你太心急了吧。”

“没有啊，感觉和平时没什么区别。”

“那就好，你也多去和韩森聊聊天，上次他送你回来，我感觉这次事件，对他应该是有不小的打击，虽然他没有表现出来。”

“我也这么觉得，所以才在想这个案子。”

“要不晚上跟你爸爸商量商量。”

“算了，我和他的方式不太一样，他的调查方式不是很适合我。”

“那你不是有一个朋友吗？上次听你提起的，比你稍微大一些的那个。”

“你说李因啊，是啊，我一会儿就准备找找他呢。”

“那你也别太累了啊。”说完她就关上景帆房间的门走了出去。

景帆将所有案件信息整理成文档，作为附件发送到了李因的邮箱地址，并在邮件中解释了事情的经过，以及目前为止自己的推论。

发送成功后,景帆又用手机上的即时通信软件,给李因发信息提醒他看邮件。过了大概五分钟,李因在通信软件上用英文回复她:“知道了,今晚或者明天打给你(Noted, back to you tonight or tmrw)。”

景帆打算在他回复之前先暂停思考,也许真的是自己太着急了,只是自己没有意识到。下午先放松一下吧。突然,景帆的手机震了一下,又收到了一条来自狄清的消息:“你快变成律师侦探了,哈哈,就是那种书里的主人公侦探,走到哪都有案件发生的。”结尾还加了一个大笑的表情。

景帆轻轻地笑了一下,开玩笑地回复了一个再见的表情,放下手机,心情似乎愉快了一些。

下午三点左右,景帆在家依旧觉得有些无聊,尤其是停止思考之后,根本无事可做,于是穿好了衣服打算出门。她给韩森发了条信息。韩森回复说四点多就可以下班,于是他俩约在了韩森工作地点旁边的一家咖啡馆见面。

景帆走进咖啡馆时,才下午三点半,还有一个小时左右韩森才会来。于是她自己走到前台,先点了一小杯热拿铁。虽然是夏天,外面有些热,但是店里由于空调开得很足,她还是选择了热饮。

咖啡店人很少,景帆挑了一个靠窗的沙发位置坐下。咖啡端上来后,景帆喝了一口,感觉还可以,就是牛奶味道感觉比较淡。景帆拿出手机,无意义地随便翻看社交软件消磨时间。

大概四十多分钟后,韩森推开咖啡店的门走了进来,看见景帆坐的位置后,径直走过来坐在她对面。

“我看你一定是闲坏了吧。”韩森笑着说。

“确实,不过我也没别的朋友了啊。”

“也对……”韩森面无表情地说道。

“喝点什么?”

“先不喝了,一会儿一起去吃饭吧。附近有家不错的川菜馆,估计你会喜欢,我请客。”

“那我就不客气了。”

“我说,你怎么这么早就下班了啊。”景帆又问道。

“没什么事,也没人看到,就偷偷跑出来了。”

“这也行?一会儿回去打个卡?”

“无所谓,不打了。”

“厉害啊。”

“闲散人员,没人关注。”韩森说,“案件查得怎么样了?”

“没什么进展,没找到容器,只有死者的杯子和筷子有毒药反应。”

“那种毒药,是见效很快的毒药吧,量足够的话似乎马上就会毙命。这东西没有对应的解毒剂什么的吗?”

“不知道啊,就算有,当时也不可能来得及去找了,也等不到救护车过来,无论当场的人如何反应,也是救不了他的命的。”

“是这样……”韩森有些失望。

坐在他们旁边不远的桌子上,有一对母子,母亲五十岁左右,穿着职业装,儿子看起来十八九岁,还在上学的样子,应该读高中或者刚上大学。不过这个时间没在上学。应该是上大学了。他正拿着手机看动画,耳朵里塞着耳机。

“你都上大学了,怎么还在看这种小孩子看的东西啊。”女人扯掉少年一边的耳机对他说道。看得出来,这位母亲脾气不是很好，或者现在心情不好。“我看别人上大学都是参加社团，或者社交活动，进入学生会历练，怎么你天天看这些东西，多看看书不行吗？没事就会学人家来咖啡店，喝一杯东西就几十块钱？”

“不是你说，上了大学就可以随便玩了吗，我这才上了几个月？而且我今天的课也上完了，下午还复习了。”

“那就预习以后的课程啊，或者跟学长交流交流，该为以后步入社会做准备了。而不是在这看这种东西，之前高中的时候就总看，弄得成绩不好，我看人家学习好的孩子，都不看这些。”

“行了，知道了。”少年放下手机，摘下另一边的耳机，一脸无奈。

“你大学再不好好学习，以后能找到好工作吗，能有出息吗？以后你要去扫大街吗？”

“扫大街有什么错吗？”少年回过头来问道。

“你这孩子，能不能不要抬杠？你是打算要去扫了是吗？”

“我没抬杠，而且我是在问啊，并不是说我要去。”

“你要做挣得多，有脸面的工作啊，生活条件也会好，社会阶层也会比别人高。”

“行了行了，我知道了，我回学校了。”说完少年便拿着书包走了出去。过了不久，女人也走出了咖啡店。

过了一分钟，韩森还在看着刚才母子坐的位置。

“怎么了，觉得这母亲要求太多？”景帆问。

“也没有，不过这孩子，或者说，现在的孩子们，都不容易啊。当然，他们的父母也都不容易，谁都没有错。”

“怎么说？”

“我们也好，现在的孩子们也好，从小就在学习，从懂事开始，就会被说‘如果不学习，以后必定要受苦’。然而，这一学就是十几年，尤其是后几年，为了所谓人生中最重要的考试，数以千万计的学生们都上学到甚至晚上十一二点。”韩森面无表情地继续说，“我其实，在上学的时期就在思考这样一个问题，这种学习方式被制定，是主动还是被动呢。

“我的意思并不是孩子爱不爱学习，会不会去选择学习。主动，即是因为它对学生们更有好处而被选择，被动，则是环境因素使然没有别的办法。可能随着我的心理年龄慢慢长大，思考问题也变得更多，我也逐渐找到了这个问题的答案。其实孩子们也好，父母也好，甚至这种学习方式也好，大多是在被迫进行着选择。”

“明白，就是被迫选择和刻板印象，尤其是对于不习惯自主思考、特别容易被其他观点左右的人。就像是刚才那位母亲，就对于动画这种形式有很深的偏见。对我而言，或者说我看见的事实是，无论是动画、电影、小说等，都是信息的载体，他们向观众传达信息，输出价值观，每个种类的作品都有好有坏，并没有什么类型的载体就更适合什么年龄的人群这样的说法。我估计，那位母亲也不知道自己为什么会这么想吧。”

“没错，这位母亲坚信自己的想法，没有丝毫的怀疑。”

“曾有人对我说，任何事物都有其两面性。既然如此，从逻辑上来讲，这位母亲认定的事情也必然有其正确的一面。”

“也许吧。

“嗨，行了，再怎么说你也过了上学的时候了。”

“也是。你就当，听我替以前的自己发发牢骚吧。”韩森刚要拿起手机，没拿稳，手机掉在地上。捡起来之后发现屏幕已经完全碎了，怎么按按钮也不亮了。

“估计报废了吧，趁商店还没关门去买个新的？”

“哎，先回去吧，反正也没人找我。吃完饭去我那坐坐吧。”

“好。”

吃过晚饭，景帆还是没接到等待的电话，两人一起先回了趟景帆家，拿了一瓶她从国外特地带回来的红酒，去了韩森所租的公寓，同时也是案件死者单诚的住处。

进入房间后，景帆本来想去单诚的房间看看，但是想了想已经决定接到电话之前不继续思考案件了，而且警方已经进入过他的房间，没有发现什么对案件有帮助的线索。况且，这不是案发现场，调查这里会发现的，更多的会是死者人际关系，或者案件动机一类的信息，这些都不是景帆推理所需要的。于是景帆便直接坐在了客厅的沙发上，韩森拿来了两个玻璃杯。

“就拿这个凑合吧，我可没有高脚杯。”韩森拿来了两个圆柱形的玻璃杯。

“无所谓，对我来说都一样。”景帆说，“我说，你这也太简陋了吧，好像电视、电脑都没有。”

“没什么用啊，我们两个都喜欢安静，也不喜欢打游戏之类的，需要上网的时候就用用自己的手机。”

“现在你手机也没了。”

“没关系，这几年，我没事的时候，都是看看书，历史、哲学，还有我也看推理小说呢，差不多就这些了。”

“我刚才去看你的书架了，都是这些类型的书呢。”

“你在那边有没有什么有意思的案子啊，讲几个听听。”

“可以啊。”

景帆便开始和韩森讲述一些她在工作时遇到的案件，不知不觉过了一个小时。

“这个李因，那是四年多之前了吧，见识过他的逻辑推演，感觉是一个比现在的你还执着于逻辑和理性的人。”

“我还好吧，执着简直是不够形容他了，那家伙简直是理性的极致。”一瓶红酒快被他们两个喝光了，景帆虽然有点兴奋，但是大脑还很清醒。

“虽说见识过，也总听你提起他，但是还没有见过面呐。”

“下次你去那边找我玩吧，带你见见他本人。”

“嗯。”

九点半，景帆的手机响了起来，她看了一眼，是李因打来的。

“老师，好慢啊你。”

“没办法，下午有点事情，出去了一趟，晚上才开始看这些。你在家？”

“没有，我已经在和韩森喝酒了。”

“哦？聊什么呢？”

“正说到你。你想听吗？”

“这样，那算了，估计十有八九是在吐槽我吧。”

“不愧是老师，那么，我的推论和问题你也都看了？”

“看了，你的推论没问题，但是景帆，你这次是不是有些心急了？”

“欸？为什么？”没想到李因也这么说，和母亲说得一样。

“因为问题很简单，你停在这里之后，其余的问题也没有再继续想，对吧？”

“没错，我一般习惯先把一个问题解决，再想下一个。”

“那我们先来总结一下，这个案件是……所以，这样的话，逻辑链就可以继续下去。”

“原来这么……那我为什么。算了，总之今晚回去可以继续推敲案件了。”

韩森在一旁听着他们说话。

“我来跟他说两句，问候一下。”韩森说。景帆将手机递了过去。

“你好，李因，我是韩森。应该还记得我吧，就是大约四年前那个案件的。”

“当然，景帆也总提起你。”

“那个事件都没跟你道谢呢，也没有机会。”

“没关系，景帆已经给我谢礼了，所以已经两清了。”

“哦？是这样啊，倒是没听她提起过。”

“这次的案件，看来你已经心里有数了？”

“没错。”

“厉害啊。”韩森想站起来。

“我去一趟洗手间啊，顺便洗个脸清醒一下，要继续思考案件了。”景帆对韩森说。

“对了，有个事情想向你请教一下，不知有没有什么好的建议。”韩森又坐了回去。

“请讲。”

十分钟后，景帆从卫生间里出来，脸上还挂着洗脸时的水。她从桌子上拿了几张餐巾纸擦了擦脸。韩森将手机还给景帆。

“今天我就先回去了，我想自己待一会儿，进行思考，顺便还需要查看我的笔记。”

“好,我送你。”

“别了,喝酒了不能开车,我走着回去就可以了,距离又不远。正好清醒一下。”

“那行,那我送你到楼下吧。”说着韩森站起身来。

“好。”

走到楼下之前,两个人都没有开口说话,韩森走在景帆后面。景帆似乎已经在思考,韩森默默地看着她的背影。楼下,他们简单地道了个别,景帆便往家的方向走了。

景帆在路上大约走了二十分钟,她的表情越来越凝重。景帆拿起电话,拨通了一个联系人。

“您好,付田警官,我是景帆。不好意思这么晚打扰。”

“没关系,有什么新线索吗?”

“没错,明天您有空吗?我想向您说明一下我对案件的分析,可以的话可以叫上案件相关人员,可能会有帮助,不过不叫也可以。”

“你已经知道下毒的人是谁,和容器消失到哪去了吗?”

“是的。明天去哪都可以,告诉我一下就好。”

“还是去案发现场吧,反正那里也没有解封,不会影响饭店生意。那就中午十二点吧?”

“没问题,明天见。”说完,景帆便挂断了电话。

走在繁华的街道上,每隔一段距离,就有一个明亮的路灯,将景帆的影子照在水泥路上,随着位置变化,影子不断地变短又变长,她低着头,面无表情,双手插在两侧的裤兜里,慢慢往前走着。

6

案发四天后,星期二,中午十二点整,所有案发相关人员齐聚案发现场,也就是那个饭店的301房间。

只有韩森还没有到,景帆给他打电话打不通,看样子韩森的手机还没有修好,也没有换新。

最小的孩子小钱也没有来,由于星期二是要上课的日子,钱夫人强烈要求不要小孩子过来,怕耽误了孩子的学业。其他相关人员虽然悉数到场,但也都表现出了各自的不耐烦,毕竟都有成堆的工作要做,还要在工作日中午赶到案发现场,来做一些对自己并没有什么直接好处的事情。

“对了,韩森的手机坏了,您顺利通知他了吗?”景帆问付田。

“怪不得,同事说他的电话无法接通,我就派了一个人登门通知他了。”

“嗯。”

“要不我们就先开始吧,他一会儿能来再说。”付田说。

“好。”景帆回答。

“赶紧把这个事情弄清楚吧,我也不想再过来了。”郑俊说。

钱明和郑俊两家,五个人坐在休息区的沙发上,余秋站在旁边的窗户旁,付田和景帆站在大家面前,像是要发表演讲。

付田先开始讲话:“那我先来总结一下案情,上周五,在场的各位包括:郑俊、郑夫人、小郑、钱明、钱夫人、小钱、余秋以及死者单诚,在我们现在所在的房间吃晚餐,晚餐进行到后半段,死者突然出现十分痛苦的表现,接着倒地后就再也没有反应了。就在差不多这个时候韩森和景帆敲门,两人同时出现在门外,韩森走进来查看情况后,提出报警叫救护车,自己也去找来了饭店经理。饭店经理并没有进屋,而是和韩森和景帆三人一起在外等待,直到我们过来为止。

“我们对所有人进行了搜身检查,其中除了钱明的钢笔有问题之外,没有别的东西可能装有毒药,你们的衣服、裤子、口袋还有包底,都经过检查和取样化验。钢笔的问题是景帆的推理,我在之前拜访你们的时候也都解释过了。房间里的东西,除了死者所用的酒杯和筷子,均没有毒药。总体情况就是这样,景帆,所以你要说明的是什么?”

“我们上次在这里进行推论的内容就不用重复了,这次让我们从毒药的‘媒介’开始吧。”

“媒介?”余秋问道。

“没错,可能叫法有点问题,我也想不到别的更好的词,我的意思是,毒药是被下到哪里呢?”

“这不是明摆着吗?刚才这警察也说了,死了的那个人的红酒杯和筷子,都有毒药。”郑夫人说道。

“没错,所以你是说,凶手将毒药下在了死者的红酒杯和筷子上,对吗?”一边说,景帆一边用凌厉的目光看着郑夫人。

“当……当然了。”

“那么,请问为什么,凶手要同时在两个地方下毒呢?氰化钾是剧毒药物,一点点剂量就可以致死。同时,筷子和红酒杯在盘子两侧,不可能给一处下毒后,顺便在另一处下毒。更何况,死者几乎是全程坐在椅子上的,也就是说凶手需要下两次毒,当着在场的七个人面。”

“也不是完全不可能吧？也许是凶手过于谨慎，以免失败？”付田提道。

“没错，确实没办法百分之百确定不可能，我想说的是不要因为表面现象就不加思考地认定自己的想法就是事实。这样是不客观的。”景帆说完看了一眼郑夫人。

“欸，你……”郑夫人刚想说些什么，景帆没有等她说出来，就继续说话。

“那么让我们重新思考，关于这个毒药‘媒介’的问题。首先，我们罗列出所有的可能性，会导致死者中毒的可能‘媒介’包括：菜品（尤其是死者最后吃的那一道）、醒酒器、茶杯、盘子、红酒杯、筷子这几种。警方调查结果确定了，死者没有咬指甲之类的小习惯，所以将毒药抹在其他死者可能触碰到的位置，使其中毒，这种手段是不成立的。那我们一个个来看，第一个，毒药不可能被下到任何一道菜里。因为所有的菜，都是大家一起分着吃的，如果下到菜里，将不确定会被谁吃到，检测结果也说明了，所有的菜里都没有毒药。”

“如果是只下在一小部分，甚至是一块肉上，这部分被死者吃掉了，这样剩余的菜，就没有毒药了，同时死者的筷子上也有了毒药，如何？”付田问。

“这样的话，要如何判定，谁会夹起来那部分有毒的菜，从而中毒呢？”

“不可能是无差别杀人吗？”付田继续说。

“不是不可能，但是这种方式的话，首先，没有必要让容器消失，最重要的是，这样的话，红酒杯里不应该被检测到毒药。”

“那如果，凶手同时在菜里，和死者的红酒杯里同时下毒呢？

还是说和刚才说的‘凶手在筷子和红酒杯同时下毒’类似,凶手不太可能在两个不同的地方下毒?”

“不,这和刚才的情况不一样。同时在死者的筷子上和红酒杯里下毒,虽说会有更大风险,且无必要,但不是绝无可能,但是您提出的假设是绝无可能。”

“为什么?这不是一样吗?”

“您的假设是,凶手同时在菜里和死者的红酒杯里下毒。那我们基于这个假设继续推演,凶手在菜里下毒。并且按您的假设,一定是无差别杀人,因为无法确定谁会吃到,再看另一边,凶手在死者的红酒杯里下毒,这说明凶手的目标是死者,这与刚才提出的无差别杀人的意图相违背。所以,梳理一下,假设凶手确实在菜里下毒,那么凶手的目的一定是无差别杀人,那么凶手不会针对死者个人,再次单独下毒,所以死者的红酒杯里不应该被检测出毒药,但是这与事实相反,所以您的假设不成立。”

“啊,明白了。”

“同时,我们还可以证明,不可能是因为死者吃了有毒的菜,然后喝了红酒后,导致红酒杯里有毒药残留,因为事实上死者的行为刚好相反,他是先喝了红酒才吃的菜。”

“我还有一个问题,那如果是两个不同的人下的毒呢,一个下在红酒中,一个下在了菜里,这样就可以避免你刚才说的意图不统一的问题了吧?”付田继续提出假设。

“这是一个好问题,警官。”景帆微笑着说,“但是,同样是不可能的。”

“嗯?”

“您是说,有两个凶手分别对菜里和死者的红酒杯进行了下毒,对吧？那么有两种情况,第一,两个人是商量好的,也就是共犯,这样的话,两个人的行动依旧出现了意图相反的情况,所以这种情况予以排除;第二,两个人是没有商量过的,一个打算无差别杀人,一个打算杀死死者,不同的意图的确得到了解释,但是便会出现了这样一个事实:同一天,在这个晚餐的餐桌上,两个人用同样的氰化钾毒药进行杀人,无差别杀人和指向性杀人,无差别杀人的凶手所投的毒药杀死了另一名凶手的目标,并且,容器全都不见了。前提是在两人没有进行商量的情况下。”

“这……”

“对吧,这是不可能发生的。于是至此,我们完全排除了凶手在菜中下毒的可能性。”

“接下来,死者所用的茶杯,也是不可能作为‘媒介’的,因为从笔记和你们的描述来看,死者从未用过茶杯。并且,茶杯里也没有检测出毒药。”

“没错,其实大家基本都没有用茶杯。”余秋说道。

“同时,也不可能将毒药下在死者的盘子中,因为没有办法确定死者是否会使用到盘子。更重要的是,死者盘子碎片中也没有检测出毒药。”景帆继续说。“醒酒器也是一样,一旦下毒,肯定会被检测出来,并且所有人的酒里都会有毒。醒酒器也只是正常的醒酒器,并没有什么机关可以控制倒出来的酒是有毒还是没毒的。

“所以,我们只剩下了死者的红酒杯和筷子,这两个途径。因为这两种‘媒介’都被检测出了毒药,所以难以区分。于是,这个问题便会出现四种情况,也就是:

1. 两种都没有被下毒。
2. 红酒杯没有被下毒,筷子被下毒。
3. 红酒杯被下毒,筷子没有。
4. 两种都被下毒。

“首先第一种情况显而易见是不可能的,如果两种都没有下毒,那么说明一定有其他带毒的‘媒介’,这和我们刚才已经排除了其他‘媒介’这个事实相反,所以第一种情况是不可能的。

“第二种情况,只有筷子被下毒。这种情况下,毒药不可能跑到红酒杯里,因为我们刚才提到,死者是先喝了红酒,才吃了菜。所以第二种情况也不可能。”

“请等一下。”付田突然插话,“我有一个不太靠谱的想法,请别介意。”

“不,列出所有可能性是必要的,所以,您能提出新的想法是非常有帮助的。”

“我的假设是这样,你说的第二种情况,如果凶手只在筷子上下毒,也就是说,死者最后喝的酒,是没有毒的,死因是筷子上的毒。如果有人在死者倒下后,在没人看见的时候,又将毒药撒在了地面上的酒和玻璃碎片上,这样可能吗?”

“原来如此,那这样的话,凶手就必定有一个,必须让红酒杯被检测出毒药的理由,并且这个理由不是杀害死者,因为那个时候,死者已经中毒身亡了。”景帆说。

“没错。”

“那您觉得,这个理由是什么?”

“嫁祸以脱罪。”付田想了一下回答。

“对，只能是这个。否则，凶手绝对不可能在那种情况，冒风险做这个没意义的事情。要知道，所有的人都在关注着死者那个方向，所以，如果这么做，意义一定是十分重大的。但是实际情况是，我们在红酒杯里检测出了毒药，这个事实对于案件没有任何直接的帮助，那么凶手进行这个操作的意义，完全没有得以体现。

“举个例子吧，如果凶手想要让大家认为，凶手是通过红酒杯下毒的，并且以此嫁祸别人，那么一定需要一个可以被嫁祸的对象，这个人在红酒杯被发现有毒药的时候，会成为第一嫌疑人，比如他在所有人的面前，接近过红酒杯之类的，然而，根据记录，没有这样一个人，并且案件发生了四天了，这个人到现在也没有出现。这完全违背了凶手的意愿。故，此条不能成立。”

“明白了。”付田说。

“那我继续，这样的话，反过来的第三种情况，就是可以成立的。死者喝了有毒的红酒，同时马上又吃了菜，毒药便可以沾到筷子上。

“最后，第四种情况，两种都下毒，我们一开始讨论了这种下毒方式的问题，但是确实不能完全排除，两个地方都下毒的可能性。”

“那我们现在怎么继续？”付田问道。

“我一开始也是因为不知如何继续，暂停了思考。”景帆看了一眼门口，门开着，能看到走廊，依旧没有韩森的身影。

“我们继续吧，之前一直在思考着，反复读着案发情况的笔记，试图在第三种情况和第四种情况中找出出路。后来经过了别人的提醒后发现，事情竟然如此简单。”

“怎么说？”

“不需要找到出路,第三种情况,是在红酒里下毒,而筷子是被沾上的,第四种情况,是红酒里下了毒,筷子上也下了毒,对吧?那么也就是说,无论是哪种情况,死者的红酒杯里,一定被下了毒。

“所以,我们就可以暂时放弃思考‘筷子有没有被下毒’这个不确定因素,只关注红酒杯一定被下毒这个事实,看看能否发现什么,也就是说,我们可以把‘媒介’完全锁定为死者的红酒杯。”

景帆拿起来在路上买的矿泉水,喝了一口,然后继续讲述。

“于是,我们的目标,现在就是谁在红酒杯里下了毒。空间上的位置上确定了,我们来看看时间。”

“你是说凶手投毒的时间吗?”付田问。

“没错,虽然没法精准的预测,但是一目了然的是投毒的时间点。最早是在死者和大家倒数第二次举杯喝酒之后,因为那个时候死者喝了红酒,没有任何反应,证明了那个时间点杯子里没有毒药。

“然后,最晚的下毒时间点,则是死者最后一次喝红酒之前。因为如果是之后,就会变成凶手在死者死后,在红酒杯里下毒这种情况了,也就是之前被我们否定的警官提出的假设。说到这里,大家还可以理解吧?”

众人纷纷点了点头。

“那么我们现在的目标,就是找到这段时间内,有可能给红酒杯下毒的人。我们就暂时将这段时间命名为‘目标时间’吧?”

“感觉进入关键部分了。”付田说。

“让我先对当时的情况进行简单说明,按照案件记录,在我们的目标时间内,死者的红酒杯一直位于桌子上死者的左手边,也就是死者和余秋中间的位置。于是,想要下毒,必须靠近这个位置。”

“可不可能趁死者不注意,拿走他的杯子进行下毒呢?或者说,调换自己和死者的杯子,下毒后调换回来。”警官提出疑问。

“且不说这样做会更加危险,我们案发后不久,在死者放红酒杯的位置附近发现了毒药粉末。说明凶手在死者的红酒杯附近下毒,那么既然已经在那附近下毒了,就完全没有替换红酒杯的必要了,因为可以直接下毒到死者的红酒杯里,这样减少了一个步骤,风险也就降低了。”

“嗯。”

“让我们来逐个分析当时在场的人。首先是离死者最近的,其一的余秋,按理来说,这个位置下毒是最方便的。”

余秋警惕地看了一眼景帆。

“在大家倒数第二次举杯喝酒之后,余秋和死者便开始聊天,那么在这段时间内,所有人都是没办法在死者的红酒杯里下毒的,包括余秋自己,因为红酒杯的位置,位于两个人之间,两个人聊天的时候必定是面向对方的方向,红酒杯一直在他们的视线范围内。接下来,两人聊天之后,余秋马上起身,走过去找钱明和郑俊说话,直到大家最后一次一起举杯喝酒才回来,也就是说,除了和死者说话的时间,在我们的目标时间内,余秋其余的时间一直在钱明和郑俊所坐的位置附近。在那个位置,是不可能下毒的。所以,余秋没有任何下毒的机会。”景帆分析道。

余秋看似也松了一口气。

“同样的,郑俊和余秋情况是一样的,余秋站在那边的位置时,郑俊也是一直在场,所以郑俊也没有机会下毒。”景帆说完看了一眼他。

“接下来,郑夫人在目标时间内,一步都没有离开自己的位置,当然也是完全不可能。

“然后是小郑,排除掉余秋和死者聊天这段不可能的时间,余秋起身后,死者几乎紧接着和小郑聊天,之后小郑径直走进了卫生间,出来之后就没有回到餐桌的位置,而是去休息区的沙发上和小钱一起玩。所以,他也没有下毒的机会。

“钱夫人在目标时间内离开过座位,并且有经过死者的红酒杯,但是她去卫生间的时间和回到座位的时间,都是在死者和余秋聊天的时间范围内,两人结束聊天之后,钱夫人再也没有离开过座位。所以她也予以排除。

“钱明先生,在余秋过去您那边和郑俊说话后,期间您有一段时间过去和死者说话了吧?而且您是站在单诚和他的红酒杯之间,那个时候,死者是没办法看到自己的红酒杯的,您的左手也是空闲的。”

“你什么意思?”钱明显得有点生气地说,“你是说我杀了他?”

“请听我说,其实我们有一个假设还没有讨论,是关于容器的。”

“容器?”付田警官不知道景帆想说什么。

“没错,得知在警方如此细致的搜查之下,还找不到容器后,我便开始思考容器被藏起来或被处理掉的可能性。那么,在这个看似封闭的房间内,其实是有出口的,就是卫生间的下水管道。”

“你是说,凶手可能利用马桶或者洗手池冲掉容器?”

“我是这个意思,比如凶手用纸,塑料膜之类的软体容器带来毒药,容器就可以顺利被下水道冲走。”

“那么也就是容器早就不在房间里了？”

“您先别急，这样做的必要条件就是处理容器的人，必然要在目标时间起始之后，也就是大家倒数第二次举杯喝酒之后，进入洗手间，因为下毒是在那个时间点之后完成的，处理容器也必定在那之后。”

“没错。”

“那这之后进入洗手间的人都有谁呢，钱明，钱夫人以及小郑，只有这三个人，也就是说，如果凶器是按照这种假设消失的，处理者一定是他们三人之一。并且，这个时候，我们就不得不考虑共犯的情况了，因为如果仅仅是下毒，是不需要两个人完成的，多一个人毫无意义。但是，如果是下毒加上处理容器，是可以由两个人完成的，我们必须讨论各种可能性。

“钱夫人和小郑，虽然已经被证明不可能是下毒的人，但是，他们是不是处理容器的人，还是要重新论证。钱夫人和小郑是在案件发生之前进去的，钱明则是在案件发生，并且警察到来之后进去的。刚刚提到了钱夫人去洗手间的时间，以及回到座位的时间，余秋和死者还在交谈，这个时候下毒还没有完成，于是钱夫人不可能是处理容器的人。

“接下来，我们来说说钱明先生，他作为下毒者和处理容器的人，都是不可能的，就像之前我们讨论过的，如果钱明做过上面两件事，或者其中之一，那么，他一定会在去卫生间的同时，处理钢笔中的毒药。所以，虽然钱明有最合适的下毒机会和动作，但是他不是下毒的人。同时，在我们提出的利用卫生间下水道处理容器的假设中，钱明也不可能是容器处理者，他不可能只处理其中一样容器，而放弃处理钢笔。而且，根本没有使用两样容器的必要,更何况,另一样还消失了。并且我要提醒大家的是,我们现在讨论的处理容器的方式还只是一种假设。”

神经紧绷并且有些生气的钱明松了一口气。

“所以,目前我们看到了,按照假设,还只剩下小郑了。”

“我只是去了厕所,什么也没做。”小郑说道。

“别急,我们跟着推论走。”景帆说。

“等等,那么出现一个奇怪的问题。”警官说,“下毒的人排除了钱明之后,就没有人了。”

“还有一个啊。”景帆平静地说。

“还有一个?”付田疑惑地问。

“不是还有一个人,当时也在场,到目前为止都没有被提及吗?”

“什么?你是说小钱这个六七岁的小孩子?”警官一脸惊讶。

钱夫人的表情变得越来越狰狞,仿佛马上就要扑过去掐住景帆脖子。

“你说剩下的就是我家孩子了?他才六岁,你精神没问题吧?六岁的孩子怎么可能下毒?”

景帆正面迎着钱夫人愤怒的目光,淡淡地说:“请问孩子身高?”

“啊?一米一五。”

“事实上来讲,他的身高足够将毒药放入红酒杯了,从案件记录来看,您孩子在楼下的水槽中抓了一条鱼,而那个水槽在楼下,也和桌子差不多高,对吗?也就是理论上来讲,他是能够办到的。”

“我……我是说……一个小孩怎么能下毒呢?跟身高什么的

没有关系!”钱夫人有些语无伦次了。

“女士,我是在按照事实进行论证,您如果有其他方面的见解,请留在最后结束单独跟警方说,我的话也还都没说完。”景帆不再看着她说话。

“让我们继续,小钱有没有下毒的机会呢?有。

“在我们的目标时间内,他一直在房间内乱跑,在他坐在沙发上之前,虽然小郑面向着死者那边,但是他心不在焉地听着,目光也是留在地面上。也就是说,事实上,这孩子是有下毒的机会的。

“那下毒者这边,我们先暂时放在这,在刚才我们的处理容器的假设中,只剩下小郑还没有被排除。于是现在根据我们对于下毒者的推论来看,这种假设的最后一种可能,就是小钱下毒,小郑处理容器这一种组合。

“和之前的情况一样,死者和余秋聊天的时候,是不可能被下毒的,接下来,根据记录,我们发现小郑和死者谈话期间,一直都没有从他的口袋里拿出双手,这点郑夫人应该也看在眼里,因为郑夫人也在看着他们聊天。”

郑夫人点了点头。

“所以,谈话期间,小钱不可能把容器交给小郑。因为小郑起身去卫生间时,小钱已经坐在了休息区的沙发上,小郑和小钱接触是在小郑从卫生间出来之后,所以,小郑从小钱那里拿到容器,并且在洗手间处理掉这个假设,是不成立的,因为小郑去卫生间之前,他们没有接触。也因此,这个假设由于所有可能都被排除,它整体也就不成立,容器不是从洗手间的下水道被处理的。”

“那到底是怎么回事?”付田着急地问道。

“所以现在的情况是,我们拥有一个暂定的下毒者小钱,目前我们没有证据将其排除。同时,还有一个神秘的处理容器的方式。

“那我们现在转向讨论这个神秘的处理方式吧。经过警方的搜查,我们排除了容器还藏在屋子里的可能性,经过我们刚才的论证,我们证明了不可能通过卫生间来处理容器。但是,容器一定是存在的。那么只剩下一种可能了,容器被某个人带走了。”

“这怎么可能?那天,所有人都经过搜身之后,才可以离开这里。”付田大声说。

“没错,但是警官,您自己不就是进了屋子,并且可以随时离开的人之一吗?或者说,你们整个调查小队,包括法医都可以。”

“你说什么?”警官睁大了眼睛。

“但是你们确实是不可能的,从你们的对话中得知,你们当时是刚刚从外地出差回来,并且由于航班提前,提前到达警察局,才会被派来调查这个案件,没错吧?”

“对啊。”

“所以,你们所有人,根本无法预知自己会出现在案发现场,包括法医,也是偶然被派来现场的,因此,你们都不可能提前做出拿走容器的计划。”

“你连我们都怀疑啊。”

“警察是凶手的案子,恰巧我也遇到过。”景帆微笑着说。

“那然后呢?”

“同样,医护人员是不是被紧急派来的我不知道,但是他们只有一个人走进来过,而且那时在这屋里的每一个行为,都有你们警察在旁边看着,根本没有机会。同时,我跟您确认过,所有调查的警察,都是案发当天队伍中的人员,所以也不存在其他的调查人员在调查时带走容器的情况。

“既然这样，进入屋子，然后又离开，准确地来说，是警察来之前不需要被搜身出去了的人，就只剩下韩森了……”

“什么？可是余秋他们看到了，地上没有可疑物品，韩森也没有碰过死者可能藏东西的地方。”

“没错，所以又出现了矛盾，但是逻辑告诉我们，要拿走容器，就只有这种方式，要解决这个矛盾，就会出现以下事实：韩森进屋后确实拿走了容器，所以这个容器就摆在那里，余秋和钱明等人却没有发现，或者说，没觉得那是容器。”

“哈？”警官越来越糊涂。

“按照逻辑继续推理，这个容器必须拥有以下特征：

- 不能太大，这样韩森拿起来不方便，容易被发现。
- 位置必须在韩森进屋和出来所经过的路径中，尤其是死者倒下来的旁边，因为如果是在例如门口的桌子上拿东西，会被我发现。请注意，这里的死者旁边指的是红酒杯碎片散落的那一侧，也就是韩森蹲在尸体旁的那一侧，并不包括死者所用餐盘掉落的那一侧。
- 即使直接放在地面上，也不被余秋和钱明他们轻易识别出来。

“说到这里，大家明白了吧，容器只能是，伪装成红酒杯玻璃碎片的样子，当时散落在尸体旁边，里面本来装有毒药，粉末被用光之后，放在红酒杯玻璃碎片里，骗过了大家。这就是唯一符合逻辑推导的处理容器方式。”

“这,真的会有这种东西吗?”

“玻璃工艺就不是我擅长的了,我是跟着逻辑走到这里的,我们通过排除法得知,容器一定是被进来又出去的韩森带走了,韩森可能拿取东西的位置,只有尸体头部附近,也就是红酒杯碎片附近,地面上除了撒了的红酒,就只有玻璃碎片,余秋和钱明他们也没有发现别的物品,综上,我们得出了容器的特征。这是经过论证,推断出一定会有这样一个东西,仅此而已。

“同时,玻璃容器可以比地面上的碎片稍厚点,这样制作起来也应该更容易,就算厚一点也不容易被识别出来,中间切除的部分也不用太多,因为仅仅需要一点点的氰化钾就可以致死,同时,开口处应该有一个可以取下的盖子。

“知道了这些,让我们继续,容器是不能在死者倒下之前放过去的,因为提前放到地面上的话,一来不能确定位置是否准确,二来没有了玻璃碎片的掩护容易被人发现。于是,我们回过头来看看,刚才暂定的下毒者小钱。根据记录,他在死者倒下之后,马上就被钱夫人抱住,直到韩森离开都维持着这样的状态。那么,小钱是没有机会将容器放过去的。因此,小钱不是投毒的人。”景帆说完,看了一眼钱夫人。

“那这次岂不是真的全被排除了?”付田说。

“排除所有可能下毒的相关人员后,我们终于只剩下一个人了,下毒的只能是死者自己,没有其他可能。”

“啊?”警官已经惊讶的说不出话来。

“闹了半天还是自杀?”钱明说道。

“从结果上来讲,没错。但是从过程上来讲,这和一开始所认定的自杀有天壤之别。为了严谨,我还要再多说一句,我们更换了投毒者之后，刚才的假设，也就是利用卫生间处理容器的方式依旧不可行，钱明和钱夫人的情况依旧没变，小郑稍微有所改变，因为这种情况下，他距离下毒者单诚最近，有机会传递容器。但是依旧是不可能的，同样是根据记录，两人在聊天时，双手没有任何交流，小郑的双手甚至一直在裤兜里，同时，郑夫人也一直在看着他们。

“为了逻辑的完整，关于‘媒介’的问题，我还要啰嗦补充的一点是：经过我们的推理，已经确定了向红酒杯下毒的是单诚。那么，我们刚才提到的‘媒介’问题中，第四个可能性，也就是红酒杯和筷子同时被下毒的可能性也就可以排除了，因为是死者下毒给自己，完全不需要下在两个不同的地方。那么如果是不同的人，分别在筷子和红酒杯下毒，如果不是同谋的话就又出现了之前讨论无差别杀人的情况，这是不可能的。同样，死者给自己下毒，是不需要同谋和自己分别下毒的，所以事实是，只有第三个可能性是成立的，也就是只有红酒杯被下了毒。‘媒介’问题我补充完了。

“那么，经过这么长的推理，我们所获得的结果是：投毒者是单诚，带走容器的是韩森。”

7

从景帆开始说明，到现在已经过了一个多小时。韩森也依旧没有出现。得知推理结果的每个人，都还没从这个事实中缓过神来。景帆便又打开了水瓶，一边喝水一边看大家的反应。

“那这两个人是商量好的吗？为什么呢？”警官率先打破平静。

“动机之类的我就不知道了，也不想妄加推测，不过他们两个人应该是商量好的，否则这种特殊的容器，以及进门取走的时机都难以掌握。虽然死者已经不能再回答问题了，但是其他的一些还不了解的情况，是可以问韩森的。”

“那，暂时跟在场的各位没什么太多关系了，不过还是可能找大家询问一些信息的，各位可以请回了，感谢今天过来。”

他们似乎还沉浸在案件的推理，或是对于结果的震惊心情还没有平静，谁都没有怨言，默默走出了房间。

“那我们现在去找韩森吧。”警官说道。

“警官，我有一个不情之请，能不能让我自己先过去，你们先在楼下等一下，我想先独自和他谈谈。”

“这……”

“毕竟他也不是犯人，他是带走容器的人。”

“我也要向上级汇报才可以行动，你先过去吧，不过估计可能没多少时间。”

“谢谢。”说完，景帆迅速从饭店出来，打车去了韩森的公寓。

走到韩森公寓房间门口，景帆敲了敲门，里面没有回应。

“是我，景帆。”

过了十几秒，从屋内传出了声音。

“进来吧，应该没锁门。”

景帆走进去，屋里的窗帘半拉着，外面的天气虽然没下雨，但也是乌云密布，所以客厅里并不怎么明亮，也没有开灯。

韩森坐在沙发上，似乎什么也没有做，也不知道在想些什么。

景帆走过去,坐在了他的旁边。两人谁也没有说话,就这样静静地坐了几分钟。

“有什么想说的吗?”景帆问。

“看样子,案件已经解决了。”

“没错,昨天从这里离开后不久,就得出了答案。”

“那你过来,是想问我什么吗?”

“不,我自己也不知道,我过来要跟你说些什么,警方应该马上也会过来,对你进行询问,不过应该还有些时间。我只是觉得,我应该先过来和你聊聊,不知道为什么。”

“这可不像你啊,竟然解释不清自己行动的理由。”

“也许吧。”

“姑且问你一下,如果要说我从案发现场拿走什么东西的话,没有证据吧?仅以逻辑为基础在法庭上可不容易站得住脚。”

“你说得对,证据不确定,但是也许可以有。”

“哦?”

“那天,我刚见到你的时候,你是嚼着口香糖的,警方来了以后我看你说话的动作,不像还在嚼着了,也就是说你在去找饭店经理的时候将口香糖扔掉了。那家饭店,出了房间,都在监控范围内,所以如果要警方仔细分析监控画面,没准会发现你扔了口香糖的时候,还有什么别的东西。毕竟之后你被搜身时,身上是没有那个东西的,一定是在路途中扔掉了。”

“哈哈,了不起。”韩森继续说,“我没有想要否认,只是想知道你是不是真的能掌握证据。口香糖我平常不怎么吃的,由于我一定要在途中扔掉那个小‘药瓶’,如果有人看监控,我有那个动作的话,口香糖就是掩饰。不过也不一定摄像头就看得到吧,如果我把手伸进垃圾箱呢?"

"由于你靠近过死者,手接触过现场,加上那个容器很可能沾有毒药,所以你不能用握着它的手伸进嘴里来拿口香糖。那你应该只能将头伸到垃圾箱上方,将口香糖吐掉,你一只手需要扶着盖子,所以只要另一只手有扔东西的动作,就会遭到怀疑。不过这些我都不能确定,也没办法证明你一定这样做了,说这些的意义是,通过这些细节引起了怀疑,从而去调查监控录像。"

韩森不再说话。

"其实没什么理由,这只是单诚的选择而已,也许你们会认为,这是因为他接受不了前段时间母亲去世的事实。但是其实并不是这样,这个选择并不是由于他母亲去世而造成的,而是他母亲去世后,他可以执行这个选择了。说白了就是不必担心母亲,接受不了自己死亡的事实。"

景帆没有说话。

"听我给你讲讲他的故事吧:单诚是从周边的农村考上大学,从而来到了这个城市,在校期间成绩极其优秀,被保送上了研究生。虽然家庭条件比较困难,而且家里只有母亲和他自己,但是研究生期间有工资,再加上偶尔打打零工,他自己开销也不大,还能每个月给家里寄点钱。他的母亲非常高兴,觉得不枉自己对单诚从小苦口婆心,叫他好好学习,一定要考出农村这个地方,一定要去大城市上大学,在大城市定居。单诚虽然不明白为什么,但是还是照做了。他觉得,也许像母亲说的,以后自己就会明白了。

"临近研究生毕业,本来他是打算继续读博士的,不是因为他有多喜欢自己所学的专业,主要是因为他觉得自己适合做学术,他认为学术环境应该更加简单,只要做好研究就可以了,不用为了复杂的人际关系苦恼,他也不擅长。还有就是他有这个读博的机会,外加母亲的极力劝说。

“后来发生了一件事。他发现,他的研究生导师,在跟他讨论问题的时候,不仅对他的研究表现出了极大的兴趣,讨论的方式也很奇怪,经常会询问研究者本人,也就是站在单诚的角度才会思考的问题。他不禁意识到他的导师可能想要‘借用’他的论文和研究成果,于是他直接质问他的导师, 有时候真不知道他是聪明还是傻。他的导师竟也直接承认了。导师说‘早晚也会被他知道,早知道还能从他那得到更详尽的信息,就不用每次绕弯子问了’。更恶劣的是,那个导师用是否能毕业和以后的博士名额相威胁,他清楚地知道自己的这个学生出身、家境如何,他在这个城市根本没有退路,无论用任何手段也斗不过自己。

“但是关于导师的威胁,他计算错了两点,第一点是单诚性格倔强,不肯屈服,第二点是单诚来到这个城市,完全是出于母亲的意志,他个人反而更喜欢自己出生的老家,虽然破旧,但是可以享受大自然。就算设施不便利,但是可以和母亲待在一起,他也曾幻想过,如果有设施便利还能享受自然的地方就好了。

“基于这两点,这位导师最终也没能如愿拿到论文,而单诚的代价是研究生都没能毕业。看着平常从来不上课,且论文质量差,偶尔拿着礼品去导师办公室的同学却顺利毕业了。单诚也意识到,自己当初想读博士的第一个原因,完完全全是错误的。

“他将真实情况告诉了母亲,并说自己想回乡下,结果被母亲大骂了一顿。原因一个是自己为什么不能按照导师要求的去做,论文给他又怎么样?这样可以顺利毕业并且读博。第二个原因是,他有这么好的机会,怎么能有回到乡下的想法。如果真的回去了,其他的乡亲们会怎么看他,是不是会认为单诚能力不足只能回到那里,面子该往哪放等等。她还非常生气地告诫单诚,无论怎样都不能回去。

“单诚听了之后,完全不能理解。他发出了疑问:难道不是他的导师错了,而是他自己错了吗?难道拥有能力的人,就不能回到乡下这种地方生活吗?也就是说,一个拥有能力的人,必须全力发挥出自己的能力,否则就是错的,自己喜不喜欢反而不重要,是这样吗?

“自此,单诚陷入了更深的迷茫。他看似有两个选择,但都不是自己想要的。留在这个城市里,继续过不是自己想要的生活;回去,就要违背母亲的意愿。最终,他依旧听从母亲的意愿,在这个城市里找了一份工作,租了一个房子,也就是现在工作和住的地方。工作的公司是比较大型的上市企业,在全国各地都有分部,母亲知道了还是非常高兴的。

“即将走进社会的人,或多或少都会听说,甚至是被告诫,社会,远比校园更加复杂。单诚当然也做好了心理准备,觉得就算是自己不懂,只要不参与就可以了,至少可以明哲保身。

“然而事实是,他又错了,虽然知道社会一定是复杂的,但当具体的事件呈现在你面前,向你展示这个复杂性是如何体现的,你才会真正明白。否则,你可能永远也想象不出来,这就是经历的重要性。甚至有的人,身边已经发生了种种事情,他也没有意识到。当你想不参与时,其实你已经站在了所有利益相关者的对立面,已经身处被动。

“他公司的这几个人你也见到了,或多或少都能感觉到他们是什么样的人吧?我也和你一样,是第一次见到他们,之前都是听单诚描述的。余秋是和他一起被招聘进公司的,两个人都是同样的技术岗位。但余秋这个人深谙职场的人际关系。你也看到了,余秋已经是部门一把手钱明身边的大红人,整个部门都不敢轻易惹他。虽然职位没变,不过有关技术上的任务,他都会分给单诚大部分。自己的实际工作,则变成了帮钱明处理事务类的工作,比如这个晚宴的地点,也一定是余秋预定的吧。余秋因为专业技术一般,所以本职工作经常会犯错,只涉及部门内的就很好解决,毕竟都是钱明说了算。涉及部门外的甚至更高层的,都会将责任推卸给单诚,类似的事情比比皆是。

"其实单诚对这种事情并没有什么感觉,他并没有想过要在这个大城市,或者这个公司获得多高的职位和多高的薪酬。他只是遵照母亲的意愿,一步步走到了现在。

"但是他开始慢慢思考人生的意义是什么。如果说是为了母亲,可是母亲是为了单诚能幸福。可是,他真的幸福吗,这在他心中出现了巨大的矛盾。如果单诚还是像以前一样说服自己,'长大了就明白了',可他现在快三十岁了。

"于是他继续思考,如何才能化解这个矛盾。后来他发现,只有将这些认定为没有意义,才能解决矛盾。他母亲去世后,矛盾并没有消失,因为她所说的话,并不会随着她的死亡而消失。更重要的是,如果现在回老家,那么单诚之前将近三十年,遵照母亲意愿所做的,不更是毫无意义吗?所以矛盾依然存在,甚至更甚于从前。

"你看,他的思考都是循序渐进的,没有任何一次的思考和想法,是因为他情绪受到触动,冲动之下产生的,他一直都是理性地思考。所以他的死,你问我动机,我真的说不清。这种想法在常人看来，一定是不能被理解的吧？会被认为怪诞，或者是精神有问题等等，但是我却能理解。不知道你听了他的经历会有什么感受。

韩森说了一大段话，停下来歇了一会儿。他走到冰箱旁边，从冰箱里面拿出了两罐绿色包装的凉茶，递给景帆一罐。

“我能理解，但是对于主动失去生命，我始终是不赞同的，无论原因是什么。”景帆一边打开凉茶一边说。

“我们一起住了一年左右时间的时候，他对我说了这些，起因是我偶然间感叹了一句，我们的生活到底有何意义，我们便展开了探讨。之后他不知从什么渠道获取氰化物毒药，并随时做好了准备。单诚性格虽然内向隐忍，但是他绝不懦弱。他决定在自己的死亡上面做文章，回报给那些人。本来也包括他之前的导师，但是已经很久不见面了，很难创造良好的机会。况且单诚也并不想杀死他们，只是想给他们，单诚认为的对等的报复。单诚还认为，他的导师所做的事情，绝不是个例，这些如此对待别人的人，是不是自己也曾经受到过不公正地对待，待忍到出头之日，才会用不公平去对待新人。

“人无论做什么，都是有迹可循的，一个人去伤害别人，一定是有原因支持他这么做，哪怕是自己编造的，用来说服自己的也未尝不可。说白了，就是需要一个心理安慰和借口。比如，还是以他的导师为例，面对单诚这样的学生，却要施以恶行，也许他会告诉自己：以前我也是被别人这么对待的，所以我这么对别人，怎么了？再比如余秋，他了解自己涉足的环境，他也许会想：自己如果不抢先一步获得领导信任，那么被不公平对待的就会是自己。但是，单诚无法理解这样的事情。他认为，从哪来的原因，就要将结果还到哪去,向他人施恶是毫无道理的,只会造成恶性循环。

“这种自我欺骗的事情,在我们所处的环境中屡见不鲜。再举个例子吧,一个谁都必须承认的事实是,至少在我的认知中,富有的人,必然会得到别人的‘尊敬’,不论财富来源,不论过程方法。我想说的是,这所谓的‘尊敬’,真的是尊敬吗?会不会是觉得,这些人会为自己带来利益呢?但是人们当然也知道,这样想,会被叫作势利,然而没有人愿意如此定义自己。

“有点跑题了,说回单诚的公司吧,就像我描述的那样,于是,便有了这次陷害钱明的计划,单诚从来不参加他们所谓的‘家庭聚会’。这次,是他主动要求去的,作为借口,他故意在工作中,犯了唯一的一次错误,略微影响了钱明和郑俊的业务往来。这样,自己便有‘一定要亲口对郑总道歉’这个借口。

“必须向你承认的是,关于案件的细节部分,都是由我来策划的,单诚虽然智商很高,但是对人际交往了解的深度远远不够。你的出现当然不在我的计划范围之内,我也没打算用那支钢笔,就让钱明被定罪。我预计的可能性是一半对一半吧,这符合单诚心中的回报标准,他认为这个概率刚刚好。

“而且更重要的是,这个案件一定会对钱明等人产生影响,部门有人被毒杀,而且是在钱明和关键客人以家庭为单位进行晚宴的时刻。如果还被报道,一定会产生不小的负面影响吧,虽然钱明和郑俊都会动用社会关系极力掩盖这件事情。

“总之,单诚认为这个计划符合他的想法。他应该是在此次行动前,下班的时候,找机会把钱明的钢笔动了手脚。钱明用钢笔的次数不多,所以不用太担心。不过这个我事先是不知道的,所以那天晚上你说,钱明的钢笔里有毒药的时候,我很吃惊,但也马上反应过来原因了。你的出现和发言，让钢笔这个部分变得异常脆弱，而且关键问题是，这个华丽的饭店居然有独立的卫生间。我和单诚都基本不会去那种高档的饭店，甚至包厢都很少进过。说来有点讽刺，这给我一种适应这个环境的人，被这个环境所救的感觉。

“关于那个小容器，是我提出来的。我按照计划需求，提出了容器需要符合的特点。单诚负责去制作，虽然工艺不精，过程也不容易，但只是为了应付这次事件使用，也是足够了。

“他选择在事件发生的时间行动，我和他约好他会摄入毒药的时间，让他在保持意识的短暂时间内，先假装将红酒杯打碎，这也是必要条件，与此同时将容器一起扔到地面上，最好不要沾上红酒，但也不要掉得太远。

“我本来应该再早点到达现场，但是太早又会被摄像头捕捉到。万一有人查看，发现我很早在大厅闲逛，难免会起疑，再加上当时推脱不掉你。好在到的时间刚刚好，我也顺利取走了容器，自杀的可能就会大大降低，虽然还是你提出来的，不过就算你不提，我当时也会主动提出。”

“我现在明白，昨天在咖啡店，你对我说的那些话了，你也在思考和单诚差不多的问题，对吗？”

“可以这么说，不过我的思考，不只是针对我自己，也不是针对他，或者说，不是针对个人。尤其是最近这段时间，他越发觉得，这种无意义和矛盾，并不是由于他个人经历所致，而是这些本身，就是没意义的，至少他找不到意义。”

“什么意思？人生的意义吗？老掉牙的话题呀。”

“哈哈，你这么总结也可以，实质的内容是差不多的。就像我们在咖啡店看到的那个孩子，那就是我们身处环境的缩影吧？人无论处在人生中哪个阶段，自发地认为也好，有人告诫也好，等到了下一个阶段，就好了。大多数人，就是这样地不停向前走，直到生命结束。

“也许会有人说，每个人不都是这样吗？每个人不都是这样活着的吗？所以，每个人都是这样，这就是有意义的了吗？如果是，那么意义是什么呢？说这句话的人，对我进行反问的人，能回答这个问题吗？这和单诚在公司，以及在学校经历的事情是一个道理，每个人都是这样过来的，这并不意味着，你就必须放弃思考，做同样的事情。放弃思考的同时，也就放弃了选择的权利。

“所以又说了回来，意义是什么呢？也许，有人又会说，快乐的过好每一天就是意义。但是，请仔细想一下，你现在回想从前的痛苦，会如当初一样痛苦吗？你现在回想从前的快乐，会如当初一样快乐吗？

“有多少人，是怀着遗憾和不甘，回想当初的痛苦经历呢；又有多少人，是怀着想念和不舍，回想当初的快乐时光呢？所以，你经历过的快乐或痛苦，和你现在重新回想它们时的心情，是完全无关的。

“从前的经历，无论快乐还是痛苦，对于当下的你来说，其实没有太大的差别。那么，所谓当下，仅仅是一瞬间的。既然你现在的痛苦或者快乐，在未来都是不重要的，那么当下活得快乐，又有什么意义？毕竟，现在一瞬就会变为过去，当下转瞬即逝。

“我所说的内容，均没有对错之分。这些都只是我百思不得其解的问题，而人啊，除非生命结束，是没办法停止思考的。

“再者，通常，对人类发展做出极大贡献的人，会被认为人生有着极大的意义。那么这份意义，对于未来可以享受这份贡献的人又是什么呢？

“父母会觉得，将一切他们认为最好的东西提供给孩子，是他们的意义，那孩子的人生意义又是什么？是继续传递给下一代？这不就又回到了刚才说的那种递进关系，永远也不会有止境。

“单诚的经历中，母亲的意愿和自己的想法产生了矛盾，导致他开启了这样的思考。就算后来，他能做出自己以前想要的选择，这些思考痕迹也不会消失，所以，选择已经失去了其价值，看似有选择的无路可选，实则更加可悲。也有人说过，我们可以将人生赋予意义。这是一种很美好的想法，但这与我刚才所举的那些例子，没有什么本质不同，这不能从根本解决矛盾。对我来说，这只不过是一种浪漫的借口罢了。最终，我只能得出结论：人生，没有意义。

“你不在的这几年，我闲暇时读了些书籍，也有哲学方面的。偶然读到一位名叫叔本华的德国哲学家，我从这位大师作品的字里行间中，也感受到了类似的思考。不过你别误会，我不是读到他的书，才开始有这样的思考的。而是我先思考了问题，才去翻阅书籍的。他写过这样一句话：所谓辉煌的人生，不过是欲望的囚徒。

“我认为，很多人将‘人生的意义’这个概念，偷换成为了‘人生的欲望’，并还是以‘人生的意义’这个词本身讲出来。所以，我说了那么多，你能回答我，我所说的意义，到底应该是什么吗？”韩森微笑着目视前方。

“虽然我没有办法回答你的问题，但我可以说，我不同意这个观点。因为，如果以这个观点为前提继续推导，‘得出这个观点’

本身也是人生的一部分,同样也就不可能有意义。既然推导结果与条件出现了严重矛盾,就证明这个前提从哲学和逻辑上来讲是错误的。”

“或许吧。”

两人沉默了一会儿。

“好了,别说这些了,虽然你没有对死者的死亡造成直接影响,但也是有刻意隐藏证物、协助人自杀等问题的。”

“嗯,何止呢,整个案件都是我策划的。”

“单诚的动机我算是了解了,但是,你有什么理由要协助甚至替他策划呢?”

“看来,即便像你这般聪慧,也没能完全理解方才我所说的全部意思。”

“哦? 怎么说?”

“我确实解释了单诚的经历和由此形成的动机,然而,这所引出的后续类似哲学观点的探讨不仅仅是他的所想,更是,甚至可以说,原本就是我的。换言之,从我们谈话开始到现在,我一直都在向你表述我自己的思考和观点。而单诚的故事,以及此案的动机,仅仅是为了表达观点需要,所举出的实例而已。”

“你好像有些变了,这些年,有发生什么吗?”

“没有,每天如常上下班,仅此而已。”

“那你工作中,经历也如单诚这般?”

“类似,不过,这方面我的容忍能力比他强些。况且,大多数同事都是习以为常,甚至不断学习呢。我们定义的非正常,也许在很多人眼里是再普通不过的事了。”

“那么,难道是四年前……那桩事件……对你的影响。”不知为何，景帆貌似十分艰难地说完这句话。

“或许吧，几乎所有朋友都自那时离我们而去了，本科毕业后，你也出国读研。仔细想想，这些莫名其妙的思绪确实是在那之后不自觉地涌现出来。也许，孤身一人，更容易直视自己。”

“还因为……我的离开……”

“没有怪你的意思，更何况，就算有关系，主要也是因为那起事件。这样说的话，看来，因此而改变的不只有你一个人啊。”

“我……有什么变化吗？”

“你自己竟然毫无察觉吗？”

景帆沉默不语。

“罢了。”韩森摆摆手说，“那么，我的行为，是犯罪吗？”

“是。”

“我记得，自杀不是犯罪吧？但是帮助他人自杀却是犯罪？还是因为持有危险药品？”

“关于帮助他人自杀是否是犯罪行为这个问题，在我印象里没错的话，学界是存在观点展示的，一种观点认为，共犯具有从属性，既然自杀者无罪，那么，帮助者理应无罪。另一种观点认为，生命权要绝对保护，共犯从属性在此处应该被打破。同时，第二种观点为目前的多数观点。”

“那我现在应该怎么做？”

“你去自首吧，赶在警方主动来这里之前过去。一旦警方来到这里，你就不能算是主动将自己置身于司法机关的控制之下，自首也就不能成立。”

韩森没有回应。

“我来替你做刑事辩护。”

“你替我？”

“怎么，不相信我？”

“不是，你在国内没有资格证吧。”

“我现在去考。”

“别逗了。”

“总之，你先去主动找警察，这是很重要的。”

“知道了，小帆。”韩森温柔地对景帆说。

“我先去楼下看看情况，你收拾一下，赶紧下来。”

“你这几年，真是成长了太多，我已经从你身上，看到了将来能够独当一面的大律师的身影。”

说完，景帆便急匆匆地跑出门，一边下楼一边还打着电话问付田到了哪里。得知付田还有段时间才会到，便松了一口气。景帆又回到韩森公寓的房间门口，打算跟着他一起出去。

门还是没有锁。

进了屋，景帆发现韩森已经不在刚刚坐着的位置了，刚想喊一声叫他，她却看见韩森倒在沙发旁边的地上，左侧身体着地，双手在脖子附近的位置，身边有翻倒的饮料瓶。

景帆以最快的速度冲过去，抱起他的头，大声地叫着他，但是没有任何回应。景帆叫韩森的音量越来越低，大口地喘着气，浑身不停地颤抖。过了一会儿，她慢慢从口袋里拿出手机，拨通了付田的电话，之后就默默地保持这个姿势，抱着韩森的身体，直到警察们到来。

警察到来之后，景帆默默地放下韩森，瘫坐在餐桌边的椅子上。警察在韩森右手边口袋最深处，发现了一种药品，上面有白色的标签，盖子完好地盖着。药品交给法医后，法医看了一眼上面的标签。

“欸?”法医发出了声音。

“怎么了,是毒药?”付田问。

“不是,而且很奇怪,这东西在一定程度上可以减弱氰化钾的毒性。”

“你说什么?”景帆睁大眼睛看着他们。

配合付田录完笔录后,景帆再次走在昨天走过的街道上。她思考了很久,也犹豫了很久,最终拿起了电话,拨通了一个号码。

“老师,在忙吗? 我找你有事。”虽然极力克制,景帆的声音依旧略带颤抖。

“案子解决了? 跟韩森谈过了吧。”李因一定听出了景帆语气中的异样,却没有就此询问她。

“没错。”景帆向李因讲述了整件事情的经过。

……

“原来是这样。”

“我想说的不是这个,韩森刚才也摄入了毒药,已经……”

“嗯。”

“韩森身边发现了其他药品,在他裤子右侧口袋里,不是毒药。法医说,虽然不可能起到完全解毒的作用,也不能扭转他死亡的结果,但是,是有一定缓解作用的药品。

“我想说的是,不管那是什么,都不可能是准备此次计划时准备好的,因为他们两个的计划中,根本没有需要类似解毒作用的药品。而且如果是那时就准备好了,他也不可能在昨天问我,什么能解毒这个问题。所以,这一定是他从昨天我离开开始,到今天我过来这段时间内准备的。并且他一定已经知道,这个药品的功能。

“那他是怎么知道的？昨天从他问过我这个问题开始，一直和我在一起，直到晚上我回去。他要获得这种药品，总不能跑到外面去问‘什么可以对氰化钾有缓解作用’吧？他屋里没有电脑和电视，书籍也没有关于化学或者医学的。手机昨天还摔坏了，那么他是怎么知道的？”

李因没有回答。

“是你告诉他的，对吧？老师。在我去卫生间，你和他说话的时候，他说有问题要向你请教。我知道这里面有逻辑漏洞，他也可能去外面使用了公共电脑网络之类的。而且，我也不知道，那个东西拿来有什么用，但是我现在没工夫仔细推敲了，如果不是，请你告诉我，他向你请教了什么问题？”

“没错。你说得都对。”

“老师，你是不是知道他有服毒的打算。”

“知道。”

“什么时候？”

“昨天。”

“那你为什么不阻止他，或者提醒我？”

“景帆，我先问你几个问题，药物在口袋里的什么地方？是什么状态？他的双手在什么位置？”

“现在还问这些干什么？药物在口袋最深处，瓶盖盖得很稳，双手在脖子处，应该是痛苦导致的吧。”景帆闭上眼睛，不忍回忆当时的情景。

李因没有说话。

“老师，为什么！”景帆大声对李因喊道。

“这是他自己的选择,他仔细地思考过。”

“这些我都知道!”

“既然你知道,这是他经过深思熟虑后做出的选择,同时,相信他跟你说的,也更加详细透彻。那你一定十分明白,相对于现在他的生活,他想进行别的选择,你是一定要强行把他留在这里,宁可违背韩森他本人,经过仔细思考后的意愿?是这样吗?景帆。”

“老师,我不知道我在想什么。但是,不是所有的事情,都可以用理性和逻辑解决吧?就算他不愿意,救人性命,无论怎么说都是对的。更何况,他是……我的朋友。”

“我则是认为,经过仔细地思考,在自己意志下做出的选择,只要不伤害别人,应该获得的不是他人的劝阻。他人,无论是谁,无论关系如何,都没有资格。”

景帆沉默不语。

“昨天,他问了我两个问题。其中一个问题是,氰化物有没有解药,或者有减缓作用的也可以。而他问这个问题的起因,是在这之前,他提出的第一问题:‘自己选择死亡的人,会在执行之后后悔吗?比如选择坠楼的人,在下落的时候会不会后悔;服用毒药的人,在痛苦直至死亡的时间内会不会后悔,并且,如何传达?

“如果使用慢性的毒药,或者慢性的死亡方式,效果是完全不同的。人在濒临死亡,或知道自己随时都可能获救的情况下,想法绝对是截然不同的。

“但是,当真正濒死情况出现,往往也就没有传达的机会了。于是,才有了他口袋里的这个药物,韩森知道它的作用,他也知道,它就在他右边的口袋里。如果他后悔,就算可能救不回来,他也会自己寻找所有生还的机会，不可能放过这个药物。实际情况是，他的手直到最后也没有伸向那个口袋，药物还稳稳地放在里面，这是不是能说明，直到最后，他还坚持着自己的选择？”

“可能你说得对，但是我不能接受，更不会支持。我现在只是恨自己，我当时不应该那么傻，自己先过来和他谈，要是和警察一起来，也许就不会有现在的结果。更何况我根本不知道，我要来跟他说什么。如果他问我的问题，我能回答，也可能会改变他的想法，如果我刚才没有出去这一会儿，也不会如此。没有好好阻止他的人不是老师你，而是我才对。”

“没有人会在选择的时候就能知道结果，只要是经过充分的思考得出的，任何选择都没有错，哪怕结果不尽如人意。”

“我不知道，现在我什么都想不明白，脑袋一片混乱，先挂了老师，回去见吧。”

说完景帆便挂了电话。

回去的路上，景帆努力地迈出每一步，才能勉强维持自己踉踉跄跄的步伐。她的心绪，从惊慌失措到懊悔不已。席卷全身的，是似曾相识的无力感。她懊悔自己从来没有留意过韩森的心态变化，从几年前的事件，朋友们的离去，自己远走，让他感受不到意义的日复一日的工作，到这次的单诚事件，都是导致韩森如此结局的原因。而自己却如此后知后觉，以至于未能在他需要的时候，在任何一件事情上帮助到他。也许，只需斩断其中一角，结局就会有所不同。景帆陷入无尽的自责，仿佛陷入泥潭，无法逃脱。

一个月后，韩森和单诚的葬礼都已经顺利举办。韩森不是家里的独生子，他有一个已经成家，并育有两个孩子的哥哥。也许，这对于他的父母来讲,也是一种仅存的慰藉吧。

单诚已经没有任何直系亲属甚至朋友,老家那边,她母亲所谓的“熟人”们,也自然没有人自愿处理别人家的事情。韩森的父母从景帆那里得知真相以及单诚的情况后,便决定,由他们来操办单诚的葬礼。

葬礼之后,景帆又在家度过了几个月的时光。本打算在自己长大的城市尝试工作的她,放弃了原来的计划,决定回到A国的公司继续工作。虽然景帆年纪尚轻、资历尚浅,但她每次都倾尽全力,做好自己该做的事,之前的老板也非常高兴,表示愿意继续雇佣景帆。

这次的事件,渐渐淡出了人们的视野。虽被报道,但也没有受到过多的关注。韩森和单诚两人,均以自杀结案。虽然单诚的案件涉及人员众多,报道出来的内容却极为简单。对于具体相关人员、公司,都没有提及细节。没有人会根据报道,联想到相关人员的身份以及公司名字。

当然,就如韩森预料的,这些都脱不开钱明和郑俊的积极运作。况且单诚本就是自杀,有了这个真相加持,只要针对过程和描述方式,进行恰当的处理和重新编辑后,再酌情报道就可以了。

单诚突然不来公司的第一周,员工们也都是随意猜测,结果就是,公司传出了很多不同的版本,甚至比案件本身还精彩,可见谣言之可怕。除钱明和余秋外,只有少数的几位公司高层知道这个事件的全貌。

单诚是自杀,这是警方认定的调查结果,并且他也没有在世的亲属,公司不需要进行任何赔偿。

钱明、余秋以及郑俊三人的工作,几乎没受到任何影响。

如果非要说的话，可能是为余秋分担工作量和责任的人不在了。不过很快，又会有别人接替这部分任务。

公司又立即招聘了一个单诚所在岗位的新人，研究生毕业，刚刚步入社会。不久，公司已经没有人再谈论关于单诚的事情了。本身跟他有交集，或者熟识的人就极少。

公司、部门和每个人，每天都日复一日地运转着，就好像单诚从来都没有来过一样。

然而，社会的规模和时间的长度毕竟是有限的，所以，即使普通个体的贡献和付出对于庞杂的社会体系和恒久的时间洪流来说是极其微薄且容易被遗忘的，却也必定客观存在。

《囚徒的晚宴》– 完 –

岁末的秋天

The Year-End Autumn

0 替换

林姝收拾好自己的物品，准备去上班。上班的地点在她所就读大学的图书馆，离自己家很近，由于回家方便，她经常不在学校宿舍住。

今年，是她硕士研究生的最后一年，现在还是上学期期中，毕业论文已经准备得差不多，并且，已经得到了导师的认可。

林姝在图书馆做兼职，上班时间不固定，工作职位是图书馆管理员，工作内容是管理一整层图书馆的事务，包括帮助学生借书、还书，把还书台上的书籍进行整理、登记后放回其原本所在的书架位置等等。

不过，图书馆的每一层，都设有自助设备。大多数情况下，借阅者借书是通过这些设备自行完成。

她所管理的楼层内，所有书籍用的都是内置防盗磁条，可以进行充磁和消磁。当借阅书籍的人在自助设备上完成操作，书本也会被消磁。还书则只需要放在该楼层的还书台上，由管理员统一回收处理。虽说偶尔会有人寻求管理员的帮助，但整体来讲，这部分工作任务并不繁重。

步行十分钟左右，林姝便到达了图书馆正门入口。

图书馆大楼是一栋左右对称建筑，正门前是占地面积较大的圆形广场。图书馆建筑分为三个部分：中间较高的主楼和两边对称的侧楼,两栋侧楼分别和主楼相连。主楼平面上呈椭圆形,外表皮是灰色的。从立面上看,每个楼层的窗户成矩阵,有规律地排布着。两边的侧楼在平面上接近矩形,略微向下弯,似乎是为了配合主楼椭圆形的弧度。

林姝走到大厅电梯入口处,按下旁边向上的箭头,默默等待电梯门打开。进入电梯后,随着显示屏上数字的变化,电梯转眼间来到了五楼,也就是她工作的区域。

值得一提的是,图书馆五楼的装修风格与整栋大楼的外观,以及图书馆其他层明显不同,是属于欧洲古典风格的装潢。

传闻图书馆建立初期,本校有一位校长,十分欣赏这种风格的内饰,且极力建议,几乎是要求,把图书馆的这一整层如此设计。

林姝很喜欢自己的工作,其原因之一就是她也对这样的室内设计情有独钟。虽说是百年前的欧式古典风格,但其实图书馆的年龄,也只有不到二十年。所以,所有木制的书柜、桌椅等,都还没来得及刻上历史的痕迹,难免缺失了些许古老的悠久感。

时值初秋,距离学校的期末考试周,还有两个月多的时间,图书馆的使用率自然也就不高。而且,会来这一层的学生,本就不多,来的人也比较固定,可能都是被这里的氛围吸引而来。不知道是不是此处氛围与拥挤的人群不相称的原因,这里提供的桌椅数量十分有限,这可能也是来访者较少的原因之一。

就算在工作状态,林姝也会有不少闲暇时间。无事可做的时候,她会找本自己感兴趣的书,在工位阅读。在这样的氛围中,读书,无疑是最与环境相衬的举动了。

上午,馆内的人更是寥寥无几。有些人会在靠近门口位置的还书台还了书后,就直接离开了。快到午休的时候,林姝去还书台拿走所有归还的书籍,然后一本本进行扫描登记,最后把它们放回其原本对应书架的位置。

在将最后一本书放回指定位置时,林姝无意中瞥见了其旁边的一本书。她盯着它十几秒钟,好像在仔细观察书脊上的名字和作者等信息,同时也在思考着什么。她慢慢地把书抽出来,书皮是浅蓝色的普通纸质,她站在原地翻看了几分钟。合上书后,没有马上把书放回去,而是愣在原地,若有所思。

接着,林姝慢慢将这本书放回原位,观察这本书的周围,没有找到第二本相同的书。看来,这本书图书馆只有一本,因为一般有多本相同的书时,都会放在一起紧挨着,至少一定在附近。

似乎是想到了什么,林姝再次抽出这本书,并且从裤子左侧口袋里拿出手机,利用自己的手指和手机作为单位,测量书的尺寸。测量结果是,书长大概是手机加上她食指一个指节的长度,书的宽度大概等于手机的长度,厚度大概等于两个手机的厚度。

好像又想到了什么,她低着头向外面走了几步,假装不经意地抬起头。这里虽然设置了一些摄像头,但是就位置来看,刚刚那本书的位置,摄像头没办法捕捉到。林姝又走了回去,用手机拍下了这本书的正面、扉页图书馆印章、背面条形码和书脊底部的标签。拍完之后,她将书又放回了原位,便离开了。

下班后,回到家放下背包。林姝出门采购了些物品,购买这些物品耗费了她一段时间。倒不是想要的物品难找,重要的是,找到尺寸、颜色、材料等参数都合适的,并不是那么容易,至少比林姝想象的要困难些。

要找的物品,包括一本与那本书尺寸十分接近的书,甚至模型也可以。最终,她没有找到类似的其他书,倒是在装饰店买到了大小合适的一本模型书,这个模型尺寸完全合适,但是书皮的颜色却不一样。除了封皮和一页扉页,其他部分,是没办法打开的模型。侧面也做成了书的纹理,如果不翻开,几乎可以以假乱真。里面虽然不能打开,却也不是空壳,不知填充了什么材料进去,重量也差不多。

由于使用模型,其他需要的道具也相应变多。最终,林姝又购买了颜色和材料十分接近原书封皮的手工纸,还有与图书馆藏书上的标签和条形码近乎一样的纸张。

制作足够以假乱真的假书,花费了林姝几天的时间。还需要将这本原书上的标签和条形码取下来,书背面的还好,书脊的标签要格外细心才行。之前也没有过类似的经验,她的动手能力也只是一般,没有非常笨拙,但也没有特别出类拔萃。

关于如何将馆藏书书脊上的标签完好地撕下来,她上网查了些资料。就这些资料来看,纸质书皮的书要难一些。材质亮一些、硬一些、光滑一些的书皮相对来讲要容易很多,而且标签贴得越久,就越难完好地撕掉。

取下来的方式众说纷纭,有的人说,可以用热风边吹边一点点慢慢撕;还有的人说,用热水先泡一下贴标签的位置,但是可能会损坏书。从原理上来讲,都是将标签加热,达到使胶水融化的目的。

她选择了第一种方式,用吹风机和镊子。然后先用从图书馆借来的另外两本书皮类似的书做实验。实验结果是,虽然能取下来,但是标签中间的位置难免会粘掉一部分书皮。

同时,她在网上购买了图书馆和书店会使用的磁条,还定制了印章,备注解释是制作话剧道具所需,应该几天就能邮到。

她本想自己亲手刻制印章,购买材料尝试后,才发现对她来说有点强人所难。磁条的存在其实不影响大局,只能算是锦上添花。因为就算没有磁条,也不会轻易被发现。充磁和消磁只是贴一下的动作,不会去检查有没有磁条在里面,而且特意检查磁条的话,假书模型也一定暴露了。但是为了准备全面,她还是准备了磁条,只是最终没有贴进去。

几天后,又到了林姝的上班日期。就在她打算偷偷把那本书带出图书馆的那天,偏偏有一男一女两个学生,过来借走了这本书。当时,林姝正在书架旁边,观察这本书的细节,检查有无遗漏。这两个学生突然出现在她身旁,吓了她一跳,其中的女生说,他们正在找这本书,看到林姝也在看,女生还和她一起翻了几页,探讨了一些内容。无奈,她只能暂停计划,等待书被归还后再行动。

时间大概过了二十天,那两人中的女学生独自前来还书。从还书台将所有书登记扫描后,为了方便带回去,林姝没有给那本书充磁,她背对着摄像头用身体挡住视线,将那本书放进了包里。

她拿着包走进了卫生间,进入了一个里面有充电插口的隔间。之前她来这里踩过点,本觉得隔间不可能有充电插口,发现这里有后她也很意外。隔间内的充电口可以省去她很多麻烦,如果没有这个插口,就需要使用洗手台旁边的插口。如此一来就还需要以防万一,想办法阻止别人进来,可能需要用"正在维修"之类的牌子放在门口吧,就像电影中经常出现的场景一样。

她坐在马桶盖上,从包里拿出吹风机,插上电源。最近只要来图书馆上班,她都把吹风机放进包里携带。她按照在家里实验时的操作，取下标签，又用胶水贴在了假书模型上。条形码也是一样，条形码只贴在了书的背面，操作起来要简单得多。

将假书放在还书台后，林姝正常完成了整理还书的工作。过了不到两个小时，那本书又被借走了，好在借的人似乎没有仔细查看，直接把假书带了回去。更加幸运的是，虽然这个人还书的时候不是林姝上班，但她也没有从其他管理员那里听闻这本书有异样等消息。借书的人归还后，她偷偷去看过，确实还是那本假书，不知道为什么借书的人没有反应，可能不想管闲事或者是有什么自己不知道的原因吧。

直到林姝替换后的第三个借书人出现，才向管理员提出了这本书有问题。向图书馆负责人说明之后，校方也调查了监控，因为不知道是什么时候被替换的，所以时间范围相当大，根本无从查起，更何况，这本书原本的位置，并不在摄像头拍摄范围内。

图书馆的书被借走不还，或者丢失，本也不是十分少见的事。此书虽然只有一本，但本身也不是特别珍贵，并不是有价值的藏书，也不足以报警立案，于是，图书馆负责人最终决定，把此次事件当作书本意外丢失处理。

1 借阅

夏天已经过去两个多月，道路两旁的树上，树叶开始呈现出黄色，灰色的水泥路上已经有些许飘落的叶子。气温在几天之内，骤降了十几度，行人都穿起了较厚的长袖外套。

秋天,在艺术家的眼中,一定是一个充满意境的季节。在无数诗赋与歌词中,秋天,承载着悲伤与离别,同时也意味着漫长寒冷的开始。

陆雪悦和颜言走在他们所就读大学的校园里,慢慢地朝着图书馆的方向前进。小假期刚刚结束,开学也才一个多月,去往图书馆的路上,学生并不多,而且是在上午,只有零零散散的几个人与两人向着相同的方向前进。

两人都是大四学生,明年即将毕业,他们是修同一专业的同学,刚上大学不久就认识了,经常一起讨论学业问题。说是讨论,陆雪悦成绩十分优异,基本都是她在辅导颜言,但是在与人相处或社交方面,颜言要比她成熟许多。

颜言穿着深灰色的风衣,手里拿着类似电脑包的手提包。陆雪悦身穿浅粉色的长外套,高领毛衣的白色与她十分相衬,搭配浅蓝色的牛仔裤与黑色的女士皮鞋。时不时有风吹过,她不经意地轻轻整理自己的头发,用指尖把一侧的黑色直发梳向耳后,顺着脖颈散落在肩上。

“天气有点凉了啊,夏天这么快就过去了。”颜言说。

“是啊,总感觉夏天很短。”

“嗯,也就几周的样子。”

“一会儿借到书,我们去吃点热乎的吧。”

“比如?”

“面条怎么样?”

“好吧。”

“不想吃?”

“没有,只是觉得前两天刚吃过。”

“先去借书吧，但愿可以成功借到。”

“应该没问题，来之前，我登陆了图书馆系统的网页，那本书还在，没有被借走。”

“之前我们过来好几次都没有借到呢。”

“估计是因为我们专业的人太多了。这次的作业，可以借助这本书完成的部分也有不少，老师又没有电子版。虽然他说用不用都可以，不过看来，爱学习的人还是不少啊。”

“比如说你？”

“谢谢夸奖，明明是你要借的。”

“既然老师都推荐了，学习认真点总是更好嘛。”

“行吧。”

“嗯……”陆雪悦好像想说什么。

“怎么了。”

“没什么，你出国留学的学校，申请得怎么样了？”

“递交了几个，还在等结果。”

“嗯，加油。”

两人像散步一样来到图书馆，在大厅乘坐电梯，前往图书馆的五楼。这里的装修很特别，他们都很喜欢。

当陆雪悦走进图书馆的五层，她浅色的着装，在深色的环境里十分显眼。图书馆的华丽室内装潢正在逐渐模糊，变为了背景，而她，则是镜头中的主角。

她仿佛完全融入这里，好像她原本就属于这里一样，从他们第一次来到这里的那天起，颜言不止一次这样感觉。当时，陆雪悦倚靠在一处栏杆上，颜言也在环顾四周，偶然看向陆雪悦的侧脸。她文静清澈的气质，在这种古典书香的环境里，再合适不过了。每次来到这里,颜言都会忍不住,不停地看向她。

“看我干什么?”陆雪悦发现颜言在看她。

“看你好看。”颜言慌忙找了个借口,用看似开玩笑的语气说出自己的想法。

“谢谢,我知道。”她对这点从来都不谦虚,但也只是面对熟悉的人才会这样。

两人寻找着想借的书,一边找,一边左右看看。虽然来过几次了,但是每次进来,都像是第一次来参观一样。

找到了书的位置后,他们看见一个像是图书馆工作人员的女人,正在书架旁边仔细观看一本书。感觉上,不是在看书的内容,而是在看书的装帧细节,当时两个人都没有意识到这一点。她年龄大概在二十五到三十岁之间,戴着眼镜,身材样貌中等,胸前带着管理员的工作牌,牌子上写着姓名:林姝。

陆雪悦慢慢走过去,发现想要借阅的书的位置,就在这个人旁边。这个人看到她走过来,让出了一个位置。陆雪悦在书架上寻找,并没有找到自己想要的书。

颜言看向工作人员拿在手里的那本,稍稍低下头瞄了眼书脊上的书名,对工作人员说:“您好,我们想借您手里这本书,您看完了能不能借给我们?”

“啊?”她显得有点不知所措。

“不着急,您慢慢看,我们可以在这里等。”两人显然不明白,为什么她会有这种反应。

“啊,没关系,你们拿去吧,我只是在闲暇时间随便拿了一本。”

“您也对这本书感兴趣吗?”陆雪悦随口问道。

“还好。”她淡淡地回答。说着，她把书递给了陆雪悦。

“谢谢。”陆雪悦轻声道谢。

拿到书之后，陆雪悦随便翻了翻，确定了这本书的内容确实对他们的学习有所帮助，还跟这位管理员讨论了几句书中的内容，一边说一边拿着书，管理员也跟着两人走到自助机器的位置。

“终于借到了，不容易。”颜言说。

“是啊。”

“但是，其实不确定具体哪些地方要用到它，可能还了之后，突然又出现需要它的地方，所以没办法集中解决需要这本书的问题。借书的期限是四周，能还了马上直接再借吗？”颜言转头问管理员。

“不能的，还书之后，要等管理员从还书台整理归还书籍，操作登记，放回到书架之后，才能再次借走。我们处理还书的时间不固定，这个时间也不能保证，不过不会超过一天，一般第二天来借稳妥一些。”

陆雪悦在用自己的学生卡操作自助借书，颜言和管理员在后面交谈着。

“那样还是容易被别人借走啊。”颜言自言自语。他向前迈了一步，和陆雪悦肩并肩站在一起，看着她操作。

“要不我们把书偷走吧！”陆雪悦用开玩笑的口吻对颜言说。似乎忘记了管理员这个‘外人’还在后面，管理员没什么反应，不知有没有听到这句玩笑话。

“别闹了，一本书而已，又没什么大用。”

“开个玩笑啦。”

两人完成借书后，和管理员道别，走出了图书馆。

陆雪悦和颜言几乎每天都去学校的自习区域学习,陆雪悦在辅导颜言的同时,也在研究这本借来的书。随着一周的学习,她对颜言说,越来越发现这本书对这学期学习的重要性,并且从她个人的角度,也十分喜欢这本书。颜言偶尔也拿着这本书翻看,没发现什么特别的,把自认为值得学习的部分拍了照,同时也拍了正反面,可能是为了以后方便找它。

颜言的学校申请还是没有答复,就算是申请通过了,由于颜言还没有毕业,录取通知书也会附带条件。除了英语成绩外,学校还会针对最后一年的课程考试提出要求。一般情况下,要求都不会太高。根据颜言认识的人,以及父母认识的朋友家孩子的情况来看,一般入学要求都不苛刻。但是要顺利毕业,却要付出更多的努力,属于"宽进严出"。陆雪悦也在完成自己学业的同时,更加认真地辅导颜言,但是心情却显得有些复杂。

"呦。"颜言向陆雪悦打招呼,并坐在她旁边。

"哈喽,来啦。"

"你怎么还在看这本书啊。"看到陆雪悦在看他们借来的那本书,颜言问。

"因为值得看啊,不仅仅是知识,我发现里面的描述方式,以及各方面,我都很喜欢,很容易接受,我刚才上网查了一下,好多书店都没有卖这本书的。"

"这本书真的这么有用吗?"颜言问。

"是啊,你没发现很多问题,都可以从这本书里找到更好的答案吗?"

"没觉得。"

"也对,你学的东西都是我看完了教给你的,你根本没怎么看呀。”

“谁说的,我也有看。”

“什么时候?”

“刚拿到书的时候,还有现在。”说着,颜言拿起书,又尝试着读了读。但是似乎并没有发现,这本书有着如同陆雪悦所描述的特别之处,可能真的像她说的,自己都是被陆雪悦辅导的,不太习惯自己主动从书本或者其他资源获取知识吧。

“好吧,也许你说得对。”

“什么?”

“我看了看,确实没发现什么特别的,可能真的需要你来教我吧,不然给我什么好资源,我也没法学好。”

“虽然你说得对,但是也别气馁。你可以的,我会教你嘛。”

“你这不像是在安慰我吧。”

“当然是安慰你。”

“好吧,今天学什么?”

“还是跟昨天一样,那个部分还没给你讲完呢。”

“好。”

“哎,没有我教你,你可怎么办啊。”

“你教不就得了。”

自习室窗外刮起了风,树枝也跟着摇摆,完全变黄的叶子被风吹落,飘在空中,像是在宣告,季节已经正式进入了秋天。

“你说,未来,会是确定的吗?”陆雪悦突然问道。

“啊?怎么突然问这个?”

“就是突然想起来了呀,之前也有想过,但是忘了问你。”

“我觉得是吧。”

“为什么?”

“说不上来,感觉吧。你觉得呢?”

“我觉得也是。”

“但是想想又不太对,那也就是说,我现在无论做什么,也都没有什么用了?因为是确定的。”

“不知道啊,确实有点难以得出答案。”

又过了一周,在自习室完成一天的学习后,陆雪悦突然对颜言说:“明天我打算把书还回去了。”

“为什么?今天我看你还在用,而且还没到时间。”

“最近几天用得频率不太多,我想先把用不到的地方学完。这样,还书之后下次再借又可以借 28 天了,反正,现在继续借意义也不大。”

“行,反正主要是你看,你说了算,那你把书给我吧,我早上直接去图书馆还。”

“不用,我自己还就行。”

“还书也不需要本人去,放在还书台就行了,我比较顺路。”

“那也不用,我自己来。”陆雪悦坚持。

“好吧,那我和你一起去吧明天。”

“行吧。”陆雪悦犹豫了一下答应了。

第二天,两人在去往图书馆的路上会合,然后一起走向图书馆。

“书带了吧?”

“当然了。”

“再给我看一下那本书呗,毕竟要借一次也不容易,而且我还是不明白这书有这么大作用?”

“呃，不用看啦，反正也都是我来教你，你看了也没用。”

不知不觉走到了图书馆门口，刚要进入主楼大厅，陆雪悦停了下来。

“吃早饭了没？”

“吃了点，你没吃吗？”

“没呢，还有点渴了，要不你去帮我买个面包和一盒热牛奶吧，多谢啦。”说完，陆雪悦便走向了大厅。

“欸。”颜言停在原地显得有点无奈。过了几秒，还是向反方向走去了。

超市距离不远，往返大概十多分钟就够了。等颜言回来的时候陆雪悦早就在图书馆门口等他了。

“谢谢。”陆雪悦接过塑料袋。

“这么客气干什么。”

“走吧，去自习室。”

“要不去图书馆坐会儿把东西吃了？”

“不用了，去自习室吃吧。”

“好吧。”

陆雪悦在自习室吃了早饭，两人便开始了这天的学习。

“那个，你自己先学会儿习。我出去一下，一会儿就回来。”颜言突然说。

“嗯？你干什么去啊？”

“渴了，出去买瓶水，你要吗？”

“那你继续学，赶紧照着我教你的看看，我去买水。”

“不用了吧，还是我去。”

“刚才你也替我买东西了，该我去了。”陆雪悦坚持。

颜言拗不过陆雪悦，她其实一向不太会拒绝别人。既然她坚持，也只好让她去，自己则在教室里学习。

不一会儿，陆雪悦回来了，两个人就这样一直学习到中午，一起去吃了午饭后，又回到了自习室学习。午饭后，颜言本想要回宿舍午睡一会儿，但是被陆雪悦拉了回来，说他每天都是在教室桌子上趴一会儿，今天回去干什么，而且要是回去的话就会睡太久，太浪费时间。于是，两人在自习室度过了一整天。陆雪悦和颜言依旧经常去固定地点学习，每隔几天会有一天休息，放松一下，做些自己喜欢的事情。就如陆雪悦所预测的，在集中学习了不需要那本书的部分后，还是出现了一些需要它的地方。陆雪悦本身也很喜欢那本书，但是两个人还书之后，却再也没有机会借到。

还书之后，两个人大概用了一周多的时间学习了不需要它的部分。当他们再想去借那本书的时候，发现它已经被别人借走一段时间了，这也在两人的预料之中。

于是颜言回去登录学校图书馆网页，查看了这本书的借书信息。在学校的网站上，可以看到这本书是否被借阅。如果被借阅，也能看到借阅开始的时间，和最迟的还书时间，也就是借阅开始时间，加二十八天。

颜言所查看的信息显示，这本书在陆雪悦还后大概两三个小时就被再次借走，可能是偶然被发现，也可能是借书的人也看准了还书的时间过去的。

虽然没有借到书，不过好在影响也不是很大。陆雪悦很擅长学习，颜言虽然需要她不断地辅导，但是他理解能力非常强，有时候陆雪悦甚至怀疑，以颜言的学习和理解能力，竟然还需要她来辅导。颜言基本每天都会看一眼图书馆网页，似乎比陆雪悦还要更加关注。

没过几天，大概是陆雪悦和颜言还书的十天后，在两人休息，没在一起学习的一天下午，颜言发现，这本书已经被还回来了，于是便去了趟图书馆。可惜的是，最后还是没有成功借到书。颜言到达图书馆的时候，发现一个穿着浅蓝色格子衬衫，戴着眼镜的男同学，正拿下这本书向自助机器走过去，颜言也没办法，只好上前打招呼试探情况。

“嗨，您好，不好意思。”

“啊？”这人显然毫无准备，没想到颜言会跟他打招呼。

“您是要借这本书吗？”颜言指着他手里的浅蓝色书问道。

“是啊，怎么了吗？这本书。”

“啊，不，没有没有，只是我也想借来着，刚刚到这里，眼看着被你拿走了，有点可惜。”

“这样啊，不好意思，我也要用，可以的话，等我还了你再来借吧。”对方丝毫没有让出来的意思。

“好，能不能请问一下，您想要借书多久呢？这样我提前知道，可以以免再错过。”见没有希望，颜言尝试问出对方还书的日期。

“估计要用整整四周了，不好意思。”

“好吧，那打扰了。”

“放心，我会在借书期限那几天还书，不会提前太多还，这样你知道时间的话有个准备，到时候自己多刷刷网页，快点来吧，不好意思了。”

“没关系，本来也是你先来的，多谢了。”

结束对话后，那人走向自助机器。颜言则走出图书馆，一边走一边打电话，告诉陆雪悦没有借到书的前后经过。不出意外地，陆雪悦安慰颜言说没关系，没有书自己一样能学得很好，并温柔地邀请他一起吃晚饭。

2 事件

由于之前发生的事件，景帆心情持续低落，虽然已经决定回去原来的公司工作，但是还没想好什么时候离开，也暂时没有买机票。她暂时没有事情可以做，也什么都不想做。

母亲很担心，一方面想到女儿又要离自己那么远，难免有不舍。另一方面，听说了之前事件的始末，很担心景帆会不会变得太消极。面对父母的时候，景帆尽力表现出无所谓的样子，就算无法做到很开心，但是也没有表现出让人担忧的样子。

某一天晚上，父亲突然提起，听在景帆本科大学就职的朋友说，学校图书馆有很特别的一层，是欧洲古典风格的内饰，自己很感兴趣，拜托景帆有空的时候去看看，拍两张照片，给工作繁忙的他看。景帆知道，父亲是想让自己散散心，反正自己正好想出去走走，于是马上就答应了。

第二天上午九点，景帆从床上爬起来，拉开窗帘。虽然已经进入深秋，但是今天天气不错，天空只有寥寥几片云，完全不足以挡住太阳。树枝摆动幅度不大，看来也没怎么刮风。她决定今天就去看看，完成父亲交给她的“任务”。

她拿起手机，点亮屏幕，只收到了一条消息，来自邮件：

Good morning Fan,

Hope this email finds you well in your country.

As you may know, I also have a position of professor in M Uni. Recently, M Uni is planning to launch a new program to attract more excellent international students to come for education, for both postgraduate and undergraduate study. The successful candidates will be sponsored a fantastic 85% scholarship, but the requirements are certainly restrictive. Just wondering you may know some potential applicants from your country who would be interested in?

Let me know if there are any. Please find details in the attached documents. Look forward to seeing and working with you back here soon.

Cheers.

Kevin

是景帆之前公司的上司发来的。邮件内容是关于这位上司作为客座教授所在的 M 大学，正在计划开启招收优秀国际学生的项目，并为他们提供丰厚的奖学金。他想要景帆帮忙推荐认识的优秀申请人，景帆粗略地翻了翻附件，介绍上有写，专业主要还是她所修的刑法学及相关专业，但也有其他专业的名额。

父母都已经去上班了，景帆洗漱后，从厨房拿了一片面包当作早餐，又看了天气预报。休息了一会儿后，她从衣帽间拿出一件黑色的大衣。这件衣服还是上本科的时候买的，现在再穿着它去学校，感觉很合适。简单的花十分钟，收拾了下自己的仪容后，她拿起车钥匙，向地下车库走去。出发的时候，已经快中午了。

开车来到学校附近，在学校外围的小路上找了一个停车位。学校可以开车进去，但是一般外来车辆要登记，也要有正当理由，景帆觉得麻烦，正好她也想走一走。停好车，景帆便绕到学校的正门走进去。

在这条景帆已经走过无数次的道路上，她慢慢地前进着，欣赏着眼前的一切都还是自己熟悉的模样，几乎没有任何改变。

现在走在这个充满回忆的地方，看着这些学弟学妹在自己曾经生活的环境里，过着与当时的自己类似的学习生活，有一种说不出的特别感觉。景帆在曾经常去的咖啡馆独自坐了一会儿，吃了些东西，喝了咖啡后，打算前往图书馆，这时已经是下午了。

来到图书馆门口，刚想进去搭乘电梯，但是景帆突然想到，父亲没有告诉自己那是第几层。于是，景帆给父亲打了电话，父亲说他也不知道是第几层。可能人家说了，但是他没听清或者忘了，反正他留下一句，“既然已经知道是哪栋楼了，应该难不倒你，你自己想办法吧，景律师”，就挂断了电话。

景帆很无奈，她翻着通讯录不知道该问谁，一是自己熟悉到可以联系的大学同学，一个也没有了。其次是自己上了这么多年学，一次也没听说过这个地方，估计别人知道的可能性也不大。

于是，她拿起手机打算上网查查。进入学校图书馆网页后，依旧没在明显的位置看到自己想要的信息。

这时，景帆抬头，发现一个看似学生的年轻女孩从她面前走过，几乎同时，从门里面走出来一个男孩，两人看到对方后，均露出了灿烂的笑容。

“怎么才来？”男孩问。

“收拾了一下。”女学生轻声地回答，她面带微笑，嘴角两边向后，带有一点弧度，给人一种很腼腆的感觉。

“那本书应该还回来了。”

“嗯，你来这多久了？”

“早上就来了，在这自习来着，顺便注意下那本书，早上的时候还没还呢。”

“辛苦啦，明明今天说好休息一天的。”

“没事，反正我也没事做，就来这里待会儿，也没有全在学习，偶尔玩会儿。”

经过一秒钟的犹豫，她跟了上去，叫住了两人。

“两位，麻烦问一下。这个图书馆，是不是有一层装修风格和其他楼层不一样的，我不知道在第几层，你们知道吗？”景帆看着两个学弟学妹。

“真巧，我知道你说的是哪里，我们正要去那里借书呢，我们带你去吧。”女孩声音很轻，长直的黑发散在双肩，中分发型显得脸更加小巧，腼腆文静的气质让第一次与她见面的景帆留下了一个印象：她一定是一个温柔的女孩。

旁边的男生没有说话，按下了向上的电梯按钮。他个子略高，头发两边和后面剪得较短，上面的头发和刘海梳向左侧。等电梯的时候，景帆与两人闲聊。

“你们是学生吧？”景帆问。

“是的，您也是吗？您是哪个专业？”男孩反问。

“法学，不过我已经毕业好几年了。”

“是学姐啊。”女孩感叹。

“我叫景帆，你们呢。”

“我叫陆雪悦。”女孩跟着说出自己的名字。

“颜言。”

“景学姐，你是回学校来看看？还是有什么别的事？”颜言问。

“没什么事，只是我昨天听说图书馆有一层很特殊，之前竟然没听过，更没来看过，就过来看看。”

“确实，这一层明明很有特点，但是人每次都很少，甚至知道的也不多，这里的书籍也不是很常用到的那种。”

“我刚才碰到你们之前，看了看学校图书馆网页，学校好像也没有宣传。”

“可能有人喜欢，有人不喜欢吧，毕竟审美因人而异，而且装修风格属于欧式，肯定不是所有人都会喜欢并且接受，加上里面可能灯光较暗，不适合长时间学习。”

“你们是来这里借书？”

“是的。”陆雪悦回答。

“其实借不借都可以了，之前有几次没有借到。今天，系统网页显示，书还回来了，我们就顺路过来看看，而且我们也很喜欢这里的氛围。虽然在这里学习光线有点暗，但是有机会，我们就过来看看。”陆雪悦继续说。

谈话间，电梯到达了一楼，电梯门打开，离电梯门最近的颜言让开位置，让陆雪悦和景帆先进去后，自己最后才进去，他按下“5”，电梯门慢慢地关上了。

当电梯门再次打开，眼前的装饰，看起来似乎和平常没有什么不同。不过景帆马上意识到，这是入口处的空间。前方两侧，分别有两个通道，看起来通向相同的地方，每个通道入口处的两侧,都设有检测装置,用来检测是否有未经登记消磁的书籍被带出图书馆。

从明亮的入口处通过其中一个通道后,景帆到达了她的目的地,光线突然变暗,仿佛进入了另一个世界。

门口处有一张桌子,桌子边缘挂着一张板子,上面写着"还书处"。

景帆继续向里面走去,昏暗的灯光下,放满书的书架,铺满四周的所有墙壁以及每个区域的格挡。深色实木的材料透着古老的气息,仔细看却很新。就像颜言说的,这里的人非常少,现在目光所及范围内大概只有五六个人。

"学姐,我们带你到处转转吧。"陆雪悦说。

"没事,你们不是要借书吗?我自己就可以,不用麻烦你们了。"

"没关系,这个地方也不大,用不了太久。"

"那这样吧,先去看你们要找的书,之后你再带我逛逛。"景帆提议。

"好,其实我不打算借书了。"陆雪悦转头对颜言说。

"为什么?"

"因为长时间拿着书,意义也不大。很多情况下,我也不知道什么时候,会出现需要用书的问题。而且,上次我们借书那段时间,我基本也把问题集中解决了。剩下的问题,用到的地方不会太多。我打算在这里把上次积攒到现在的几个小问题看一下就可以了。之后如果再遇到问题,就下次攒一些过来再看一下,不过我觉得不会有什么特别需要看的了,这样效率应该更高,同时也能让别人有机会借书。"

“行,你决定就好。”

景帆跟着陆雪悦和颜言来到书架的位置,陆雪悦从书架上抽出了一本浅蓝色书皮的书。和其他书一样,这本也贴着图书馆的标签,背面贴着条形码。她打开书翻到大概中间的位置翻找着,在某一页停了下来。

“很快的,马上就好。”陆雪悦对颜言和景帆说。

“没关系,你慢慢来。”景帆一边看着书上密密麻麻的字,一边说。

看了大概两三分钟,翻了大概几页。景帆看见陆雪悦从同样铺满文字的一页上把书合上,放了回去。

“好啦,走吧。”

“这么快。”颜言说。

“因为目标很明确啊,很容易就找到了。”

陆雪悦和颜言引领着景帆,在这一层绕了一圈。向景帆介绍了他们所知道的一些关于这层图书馆的事情。

这一层似乎最多只有七八个人,都在座位上看书或者看电脑,偶尔站起来走动,找些书籍。他们还碰到了上次借书时候的管理员,两人也笑着跟她打了招呼。大概二十分钟后,景帆逛得差不多了,她拍照后,三人便向电梯走去。

“对了,学姐。”陆雪悦想起什么事情。

“嗯?”

“你本科学的是法律吧,现在在做律师吗?”

“是的,不过是在 A 国,我硕士研究生学位在那边读的,之后就在那边工作了。”

“A 国?”

“是啊,怎么了?”

“啊,没有,颜言正在申请那边的学校呢,可能明年毕业之后会过去。”

“还没定呢,只是家里有这个想法。”颜言有点吞吞吐吐。

“学姐经历过有意思的案件吗?给我们说说啊。”

“我工作时间还不长,不过案件倒是有可以讲的,我可以给你们说说。”

“我也很感兴趣,不过今天计划要学习,改天吧,你说呢?”颜言问陆雪悦。

“也是,那下次吧学姐。”

“好,今天多谢了。”景帆向两人道谢。

“不客气,恰好碰见了又顺路。”颜言说。

“也算是缘分。”陆雪悦补充。

“下次你们有空,我请你们喝咖啡。”

“好的,我们也想听听有趣的故事。”颜言说。

“嗯,留个联系方式吧。”

三人拿出手机,景帆和两人交换了联系方式。他们在图书馆主楼门口分别,也就是他们刚才遇见的地方。

一周后的下午,天气有点阴沉,温度也越来越低。

景帆收到陆雪悦发来的信息:“学姐,我是陆雪悦,现在有空没?上次我们看的那本书出了点状况,有没有空来学校一趟啊?”

景帆有点纳闷,又看了一遍信息。还是没想象到,她所说的状况究竟指的是什么。景帆本想给她打个电话,问问具体情况。转念想了想,还是决定过去一趟,于是她回复了信息,说半小时左右后在图书馆门口见。

过了大概半小时，景帆到达图书馆门口。见到了在那里等待她的陆雪悦和颜言。景帆走上去问："什么情况，书有什么问题？"

"嗯，这个情况有点难说明，有点神奇。"陆雪悦说。

"我来说明吧。"颜言接过话题。

景帆看向颜言，等待他说明事情的原委。

"是这样的，我们今天中午吃完饭后，路过图书馆正门的位置。这时候，看见有一个男学生，从我们旁边走过，手里拿着一本浅蓝色的书，向图书馆的正门走去。"

"浅蓝色书皮的书？你们觉得，是你们之前在图书馆看的那本吗？可是光凭颜色还不好确定吧？"景帆问。

"是的，她只是看到书后想起来，最近有几个小问题，想看看那本书来着，也许会有所帮助。但是，那本书在景学姐你和我们一起去图书馆那天，咱们走后不久，就被借走了。这几天因为不太需要，我们也没有经常看图书馆网页，去关注这本书的动态。于是我们就商量了一下，去看看这个人是不是要还书，还有书是不是那一本。就算不是的话，我们也可以去看看那本书在不在。"

"对，本来颜言还打算直接去问那个人的。但是我们商量过后，那个人已经走远了，我们到达电梯的位置时，他也已经上去了。"陆雪悦补充。

"我们到达五楼，走过入口处后看到，刚才那个人和管理员一起，像是在研究这本书，不知道在讨论什么。我们凑上去看看情况，看到他们拿着的那本书的正面和书脊后，认为那就是我们之前看的那本书。他们说的问题是，这位借书的人称，他拿到了一本假书。"

“假书？”景帆也有点惊讶。

“没错，不是那种盗版书，或者影印书的意思。指的就是字面意思的假的书。根据他们的对话，除了正反封面和扉页，其他的部分，准确的说是其他的页数，只是一个模型，边缘做成了书的纹理，不拿起来翻，是不容易发现的。而且这个模型不是空心的，重量控制得也和真书几乎一模一样。”

“也就是图书馆偷书行为了。那位还书的人还说什么了？”景帆把双手插在裤子口袋里说。

“他说，他拿到书的时候，书就是这个样子。”

“等等，你刚才说，咱们去图书馆的那天，书就被借走了。到现在已经过了一周了，他为什么到现在才过来说呢？啊，不好意思，我只是提出疑问，你知道吗？那人有解释这个没？”

“他有说，他说，回家后才发现书是这个样子。但是，由于不在宿舍住，家离得不算很近，不想马上折腾回来。这一周上了几节课，但是都忘了带这本书，所以一直到现在才来。”

“这样，那管理员说了什么？”

“我们四个一起去书架和还书台都看了，确实没看到那本真书，她也不知道怎么回事，说会向负责人反映。这次的管理员不是上次我们见到的那个，是另一个人。”

“我明白了。”

“遇到这个事情，我就想起了学姐。所以就给你发了信息，毕竟那本书我也很喜欢，不忍心看它丢了。”

“你主要很好奇，这到底是怎么回事吧，才找景学姐。”

“算是吧，一开始颜言还很反对，说不想给你添麻烦，但是我实在是……有点好奇，他也就答应了。”

“还要耽误时间呐，还要麻烦景学姐。”

"没关系,反正我也很闲。现在是下午,距离图书馆关门,还有段时间,我们上去看看吧。借书的人应该走了吧,我们先去跟今天的管理员聊聊,你们有空吧?"

"有,既然叫学姐来了,怎么能让学姐一个人跑腿呢。"

3 调查

三人乘坐电梯,再次前往图书馆五楼,走过入口处过道,进入主要区域。人还是非常稀疏。

路上,颜言向景帆说明了他们之前借这本书的缘由和过程,从两人第一次借书开始到现在,讲得很详细。

陆雪悦还在一边补充。一边说着一边寻找管理员,刚刚讲完,他们便在一处书架的位置,找到了今天上班的图书馆管理员,景帆见到她觉得有点眼熟。

"你们好,是刚才的两位,欸? ……景帆?"

"李稚?"

"好久不见啊,你怎么来这里了,我记得你不是出国了?"

"最近有点事情,回国一趟,你留在学校工作了?"

"没有没有,是兼职,现在在读博士学位。"

"好厉害啊。"

李稚是景帆的大学同学,不是同专业,交流也不是那么多,只是知道彼此的名字,见过几次。当时李稚就知道景帆学习很好,也知道她毕业后会出国。

"这两位学弟学妹说,有一本书刚才出了点状况,所以过来看看。”

“这样啊，景帆你是学法律的吧？这和你的工作有关吗？”

“没关系，只是上周，我来这里参观的时候，认识的他俩。上次来的时候，好像不是你在这里，是另一个管理员，戴眼镜，身高和身材中等的女性，年龄也不大。”

“那应该是林姝吧，我们有三个管理员轮班，一男两女，你说是女性，除了我应该就是林姝了。”

“你们排班时间固定吗？”

“不固定，一周七天没办法整除三个人嘛，我们是按照一个月三十天，一人上十天，具体日期我们三个自己商量就行。当到了有三十一天的月份，多出的一天就由我们自己决定谁上，多上一天多一天工资嘛，所以也没什么难沟通的。”

“每个人上班一定是一整天？”

“没错，没有半天换班的情况。”

“刚才那个还书的人。到底怎么回事？听说书是假的？”

“是的，我刚已经给负责人打电话解释了。他说书先放在我这里，先设置成被借阅状态，不要让别人再借走，一会儿他会来。”

“能详细说说，刚才那个人还书的过程吗？”

“可以啊，不过怎么，你还接这种案子啊？”

“没有，只是这两位学弟学妹很在意这本书，我就随便问问。”

李稚又向景帆介绍了一下当时的经过，几乎和颜言陈述的别无二致。

“大概就是这样，怎么样？还有什么问题，都可以问我。”李稚好像也有点兴趣。

“这本书很有价值吗？”景帆问。

“这个我还真不知道，不过我想就算有价值，应该也不是很贵吧。顶多就是那种绝版书,或者货量不大的稀缺书。这种书,市场价格在几十元到几百元不等,不过我不确定它就是这种书啊,只是猜测。”

“我觉得,应该不是什么特别有价值的书吧,如果真的价值不菲,类似稀缺古籍之类的,或者有大师作者签名的,肯定会有所保护,甚至当作文物看管。”颜言说。

“嗯,我看到门口有检测装置,那个不是摆设吧?”景帆继续问李稚。

“当然不是,不过我也很久没试过了,可能坏了也说不定。”说着便带着三人拿着一本书,走到检测装置附近。她把书放到检测装置中间,装置马上亮起红灯,发出了滴滴的警报声。

“声音好像不是很大,可能不被人发现吗?如果响了的话。”

“不太可能,首先,这一层人一般很少,所以很安静,这种声音会特别明显。其次,最重要的是就算没听见,这个响了的话,是会在电脑端留下记录的。”

“那记录你可以看到吗?”

“可以,我刚才也看了,半年内都没有响过了。所以你刚才问我好不好用,我也有点犹豫。”

“那这半年内,这个装置维修过,或者有不好用的时间没?”

“没有,半年之内,都是我们仨作为管理员在工作。我没有听说,如果有人修这个,会需要我们配合,至少会通知我们,我们三个都会知道才对。”

“那图书馆的书,检测的机制是什么,是书里有磁条吗?”

“没错,别的楼层我不太确定,这一层是这样的。书里面会在随机位置粘一条特别不明显的磁条,可以充磁消磁,不仔细看是找不到的。”

“那也就是可能被找到,并且处理了?”

“反正不能排除这种可能性。其实,现在技术是可以做到,扫描条形码解码,同时消磁的。但是这一层图书馆似乎是要配合这复古装饰一样,图书馆系统整体更新的时候,这一层还是保留了旧的方法。”

“那就是,每次借书都需要充磁消磁喽?”

“没错,借书可以由管理员在我们的工位处完成,也可以通过自助的方式在机器上完成。机器也有消磁功能,但是需要借书登记完成,扫描学生卡后才能使用,并且一次只能消磁一本书。”

“借书的天数呢,限制是多少天?我记得是二十八天吧?”

“没错,四周,也就是二十八天。”

“可以延期吗?”

“不行,只能先还了再借。”

“原来如此,摄像头呢?可以派上用场吗?”

“可以,但是,不是所有角落都能看得到。”

“这本书所在的位置是固定的吗?”

“是,所有书的位置,都是规定好的。”

“摄像头能看到吧?”

“我刚去保安室看了,可惜的是,这本书不能,但是能看到周围的部分。”

“原来如此,所以有谁到过这个区域,是可以看到的,对吧?”

“没错,其实就算是能拍到,用处可能也不大。如果背对着摄像头,用身体挡住,谁做了什么,根本说不清。”

“也是,还书台呢,那里摄像头拍得到吗?”

“能,但是这一层人本来就少,借书还书的也就比较少。所以,还书台那也不会拍到几个人。况且,和刚才说的一样,如果背对着摄像头，做什么也是看不到的。”

“嗯……有个不情之请，能不能帮个忙？”

“什么啊？”

“图书馆网站上，应该能查到借书时间，但是查不到借书人的信息吧？能把上一个借书的人，啊不，是从这两位同学借书之后，所有的借书人的姓名和联系方式，还有借书时间给我吗？”由于涉及隐私，景帆已经做好了被拒绝的打算。并计划尽量问出名字，再去教务处想办法弄到联系方式。

“可以啊。”没想到李稚很爽快就答应了。

“多谢，我不会跟别人说的。”景帆说完，看向了身后的陆雪悦和颜言。

“我们也不会说的。”颜言马上反应过来。

“没关系，这也不是什么大事情，你们说了我也不会承认，哈哈。”李稚开玩笑说道，“你们在这里，稍等一下。我写在纸上给你，对了，你们俩谁借的书，告诉我名字和时间。”

“好的，真的多谢。”景帆再次道谢，这省去了很多麻烦，节约了不少时间。

“所以说，这本书是怎么通过检测装置的呢？”李稚转身离开后，颜言问景帆。

“可能是有什么花招吧，不过，谁说书一定就被带出去了呢？”

“啊？好不容易替换偷走了书，如果不带出去，做这些还有什么意义？”

“只是说，这种可能性还不能排除。动机上来说，替换的人，可能是想要得到这本书。如果是这样的话，可能是想，等事件平息再来取。现在事件刚发生，如果书在图书馆内被找到，这个人也不会有太大的危险。”

“这个人一定是想要得到这本书吧,不然做这些有什么用。”

“也不一定,这个做法不是还有一个作用吗?向相反的方向思考,那就是,让这本书的真书,在图书馆消失。如果是这样的话,便不需要带出图书馆,那么就不需要考虑检测装置的问题了。从客观角度来讲,图书馆这一层不小,我们也没办法仔细翻看,所以,没办法确定有没有可能把那本真书藏在这里。更何况,这里是图书馆,无疑,是最适合‘藏木于林’这种方式的环境,别说这个人可能利用书皮之类的改变书的外观方式,就算是直接放在那里,不用说我们,管理员也可能很难发现。”

“经过学姐这么说之后,我确实也觉得,可能会把真书藏在图书馆。毕竟,通过检测装置也不太可能啊。刚才那位学姐的朋友也给我们看了,装置是有用的。并且,通过装置是需要消磁的,消磁如果不是管理员操作,那就需要刷学生卡正常操作,那也就跟正常借书没区别了。”陆雪悦说。

“还不能轻易下结论,将书带出去的方式有很多。比如这个人在书中找到磁条把它揭下来呢?虽然刚才李稚说了,磁条不容易发现,但也不是不可能。”

“可是,就算是找到了,也要花费一定时间弄下来吧。”颜言说。

“没错,但是在图书馆弄就好了,时间限制并没有那么严重。更何况,极端一点,直接撕掉那一页也不是不可能,不过我想,既然花心思偷走这本书了,想必,这个人也不愿意给书造成损坏,除非迫不得已。”

“有没有可能,这个人带了什么机器过来,可以产生强大的磁场,自行进行消磁?”

“不是很懂,不过也不能排除这种可能。总之,把书带出去这个可能目前还是不能排除的。”

“那岂不是无从下手了?”陆雪悦担忧。

“先看看,能不能搜集到其他信息吧。如果能顺利获得在你们之后,所有借书的人的联系方式,我也想听听他们怎么说。”

刚说完,李稚便拿着一张纸回来了,她把纸递给了景帆。

“谢谢,那个,其实还有个请求。”景帆也有点不好意思了。

“还有啊? 说吧,看在是老同学的份上。之后回 A 国了给我邮点土特产,听说那的护肝片不错啊,给我邮点,读博士真的伤肝啊,还要兼职工作。”

之前景帆跟李稚交流不多,没想到她是这种外向的性格。

“没问题,能不能让我看一下那本假书,还在你这里吧?”

“在啊,可以,这个更简单。”说着,李稚示意让景帆他们跟着她过来。

走到管理员的工位,也就是图书馆帮人办理登记借书之类的咨询台,她拿起一本浅蓝色封皮的书,递给景帆,景帆递给陆雪悦让她先看。

“哇,看起来和真书外观真的很像。”陆雪悦一边说,一边尝试着翻页。

陆雪悦翻到扉页,还看到了图书馆的印章,想继续翻的时候,却发现后面只是模型。但是侧面纹理做得很逼真,翻到背面,条形码还是贴在之前看到的位置上。书脊上的标签也贴在下侧的位置,标签长度有四分之一延伸到了正面书皮,一半在书脊,另外四分之一在背面书皮。陆雪悦看过之后,递给了颜言。

“书皮是新做的,不算采购材料的时间,制作这个模型,大概至少要一个小时? 不,也许两个小时。”景帆预计。

“要取决于这个人的手工技术了。不过景学姐估计的一个小时，应该是至少的。”

“如果不翻开的话，能分辨得出来吗？”景帆问。

“估计不能。”颜言说。

“我肯定不能，我有点近视……”陆雪悦说完，景帆看了看她。

“没看你戴眼镜啊，是度数很低，不看文字的话，平常不需要戴吗？”

“算是吧，我只是不太喜欢戴眼镜。”陆雪悦好像有点不好意思，旁边的颜言轻笑了一下，好像想到什么有意思的事情。

景帆也没有追问，便把假书模型还给了李稚。

“还有件事。”

“还有啊！”

“我们想把这个模型借走，下午你下班之前还你，可以不？”

“这个可能不行，万一一会儿负责人来了，问我这个东西去哪了，我怎么解释呀？”

“他确定会来吗？”

“反正刚才说，一会儿就过来看看。”

“那这样，他来了之后，应该短时间内就不会再来了吧？至少今天不会马上又过来，他走了之后你给我打电话，我们过来拿，半小时之内保证还给你。”

“哎，你到底要折腾什么啊？”

“还不知道，一切都只是想法，拜托了。”

“行吧，知道了，只要不被负责人发现就行了，之后请我吃饭！”

“一定！”

景帆和李稚互相留了联系方式，三人道谢后，离开了图书馆。

“趁着这段时间，我们先去问问这三位借书的人吧。”景帆拿着李稚给她的那张纸说。

“要不我们分头行动？这样可以节约三分之二的时间。”颜言提议。

“啊？”陆雪悦显得有些不情愿。

“一起行动吧，我还是想亲口听听他们的说法。我还有一些问题要问他们。”景帆犹豫了一会儿回答。

“嗯嗯，我自己去的话会显得有些尴尬……”

“好吧。”

首先，景帆打通了第三个借书的人柯智杰的电话。可能因为图书馆的信息，是从最近时间开始，由上至下倒序排列的。所以李稚给景帆的纸上，也是从陆雪悦借书之后的第三个借书的人开始的。

对方很愿意配合，而且还记得当时他去向图书馆说明情况的时候，陆雪悦和颜言也在旁边。他刚才离开之后，去附近吃了点东西，刚要回家，还在不远处。于是，和景帆三人约了在附近的一个教学楼见面。

“您好，请问，您是在图书馆，刚才还书的人吧？”颜言见到柯智杰之后打招呼。

“啊，是你们啊，怎么，那事情有什么进展了吗？”

“还没有，我们只是想跟借书的人聊聊，看能不能获取一些信息，打扰了。”景帆说。

“没关系，你们说吧，我也很想知道是怎么回事啊，要是再被怀疑就不好了。”柯智杰显得很担忧。

“请问你借书的时候，拿到书，它就是这个样子的吗？”景帆问。

“没错，我在图书馆的时候没有翻开，拿出书就走了。回家之后,第二天要翻看的时候才发现。”

“然后那一周,你有点别的事情,所以没过来对吧?”

“没错,所以今天才过来跟图书馆说明情况。”

“你是在图书馆系统上,看到这本书可以借了,才去的?”

“是啊,不然容易白跑一趟。”

“你是通过自助机器借书的?”

“对,一般都会通过自助机器,借书很少有人会去找管理员。”

“你去图书馆的时候,那一层人多吗?”

“不多,五到十人的样子,我没注意看。不过差不多是在这个范围,当然这是我看见的,被书架挡住的可能还有,我也不确定。”

“请问你借书期间,有没有出现什么特殊的情况?”

“特殊的情况,是什么意思?”

“比如,有没有别人碰过那本书? 包括在路上和在家里。”

“没有啊。我想想,借完回去的路上,这本书,呃,或者说假书一直在我的包里。今天过来的时候,我一直是手拿着,从来没有放下过。”

“在家的时候呢? 有没有可能被别人碰过?”

“不可能。我和爸妈一起住,他们从来不会对我的学习资料感兴趣。何况,我借书这件事,也没有告诉过任何人。”

“家里有没有去过客人,或者被盗之类的事情?”

“啊? 没有啊。别说被盗,就算是有客人去,爸妈也会告诉我,更何况就算有客人去,也不会进我的屋子。”

“嗯,好的。我大概也就这些问题了,你们有没有问题?”景帆问陆雪悦和颜言。

两人摇了摇头。

“耽误你时间了,非常感谢。”

“没事,我正好也没走呢。”

“刚才是我给你打的电话,那个号码是我的手机号,想起来什么事情的话,可以联系我。”

“好的。”

说完柯智杰向校门的方向走去了。

“看起来好像没什么问题。”颜言说。

“是啊,这人看起来很老实的样子,不像是说谎。”陆雪悦跟着说。

“那这样看来,柯智杰拿到的书就是假书。再加上,我们在柯智杰借书不久前,刚看到真书。也就是说,书就是在这个时间之内被替换的,范围一下子小了很多。”

“你说呢?景学姐。”看景帆没有说话,颜言便追问。

“理论上是这样,但是光凭这点,还不足以从当时在图书馆的所有人里,找出替换书的人。”景帆好像在想什么。

“怎么了学姐,是有什么问题吗?”

“啊,没有,颜言说得是对的,确实是如此,只有一个小问题。”

“什么问题?”

“我们没办法确定柯智杰的话能不能相信,只从表面看,不能排除他说谎的可能。”

“那我们要怎么知道,他是否说了实话呢?”颜言问。

“现在还不知道,需要更多的信息,以及时间来思考。”

“也是。”

“对了,我忘了问你们这个问题了,你们借书期间,没有别人碰过吧?”

“没有,一直都是我拿着,没有其他人碰过,也没其他人知道。最后还是我自己还的,那天早上过去,整个过程,颜言都没有碰过。出发之前我还翻过,那时候没有问题。”

“好,我们继续见下一个人吧。”

接下来,景帆又给另外两人都打了电话。但是他们一个不在学校,另一个下午没有空。于是,便约在晚一点的时间,在学校见面。

刚想着去哪里打发时间,景帆就接到了李稚打来的电话。说是负责人来过已经走了,可以过去拿假书模型。

因为需要快点把模型还回去,景帆决定三人分头行动,颜言去图书馆拿模型,陆雪悦去宿舍拿景帆想要的工具,景帆则先去三人约定的地点附近,找些别的东西。

同时,景帆本来还想给颜言布置一个别的任务,并叮嘱颜言先去做这个任务后再去找李稚拿假书模型,后来想想算了,先只拿模型。于是,三人约定半小时后,在景帆指定的约定地点见面。

4 实验

大约二十分钟后,陆雪悦到达约定地点。虽然没有跑步来,但是由于走得很快,她有些喘不上气。她手里拿着一个塑料袋。

过了几分钟,颜言也跑了过来,由于需要半小时之内把东西还回去,几个人动作都很快。

他们约定见面的地点是学校的建筑系大楼。陆雪悦和颜言也不知道景帆为什么会选择在这里,也没有时间问。

“如果我记得没错的话,这里有一个工作室。一般建筑专业的学生会在这里做作品模型。”景帆一边走,一边解释。

“所以呢?”颜言问。

“所以会有各种各样的道具,你们去取东西的期间,我进去绕了下,找到了我想找的两样道具。”

说着,景帆带着两人,来到了建筑系学生工作室。里面的空间很大,每隔一定的距离,便会有一处摆放了四个长方形桌子拼在一起的大桌子。几乎每个桌子上面,都堆满了做模型的材料:雪弗板、泡沫板,甚至亚克力板。还有长格尺、美工刀、U胶、热熔胶之类的工具。

各种各样的成品和半成品模型,杂乱地摆放在各个位置。有的能看出大楼的形状,有的则只是一些条状材料拼凑在一起,可能是概念模型,用来展示设计理念。

工作室里有零零散散的不到十个人,几乎都在对着自己的笔记本电脑,甚至有几个人在工作室里设置了台式电脑。也许,他们在这里度过的时间,比在住处还要多。

三人在一处周围几乎没有人的,相对来讲干净的桌子旁边坐下。陆雪悦先拿出了景帆让她取来的工具:一个热吹风机。

颜言则是拿出了刚从图书馆李稚那里取来的假书模型。陆雪悦和颜言看了看摆在景帆面前的两个道具,一个小镊子和一个小铲子。

这个铲子是小型的油灰铲,有一个木制手柄,其余部分是金属。金属部分是平的,整体呈倒三角的形状。靠近手柄的那端窄,远离手柄的那边宽,边缘很薄,但是不至于锋利,不会伤人。

“学姐,这两个道具是哪里来的啊?”

“在这里翻出来的啊,我觉得,这里肯定能找到各种各样的工具。”

“嗯,看来景学姐对学校还挺了解的,我还是头一次来这里。”

“来这里还有一个好处就是,我们要做的事情,在别的地方可能会有点奇怪,但是在这里应该还好,因为这里的人一般都很忙,没空看我们。而且主要的一点是,我们要做的事情,在这里做,看起来也不那么违和。”

“我们到底要做什么?”颜言问。

“做手工。”景帆回答。

“手工?”

“没错,你们两位,谁动手能力比较强呢?”

“她比较擅长,她之前还亲手做过一个小物件给我,做的很精致,我也尝试过给她做一个来着,结果因为不太擅长,失败了。”

“哦?”景帆微笑看向两人。

“欸? 我怎么不知道你也做了?”

“嗯……失败了就没跟你说啊。”

“哦!”陆雪悦像是赌气一样的语气。

“先开始吧,第一个任务很简单,雪悦,麻烦你用镊子、油灰铲,先把假书书脊上的标签弄下来,我先用吹风机吹一会儿,让胶水融化一下更方便取。然后你一边用油灰铲慢慢小心地操作,一边用镊子一点点撕,尽量别弄坏,我预料没错的话,应该不会太难撕下来。”

一番操作过后,陆雪悦按照景帆说的方法,成功把标签取了下来。标签覆盖的部分,稍微有一点刚被加热过还没有凝固的胶水。

景帆把标签翻过来,看了看背面,发现白色的标签背面,粘着浅蓝色的纸张残骸,便猜测是刚刚撕掉标签的时候,把封皮的一部分粘掉了。残骸的位置位于标签背面中间,应该是贴在书脊的部分。两边贴在正反书皮的位置,没有浅蓝色残骸。

景帆又拿起模型，观察贴标签的部分，一点损坏也没有。看来并不是像猜测的那样从模型上的书皮粘下来的。景帆仔细观察标签背面粘的浅蓝色书皮残骸，只有一层，纹理非常连贯，且没有断的部分。

“有什么发现吗？”陆雪悦问。

“看起来，这些粘掉的书皮，是‘仅一次’撕掉标签的结果，而不会是‘第一次撕掉标签后，粘掉了一部分，把标签抹上胶水后又贴回书上，第二次再次撕掉标签，又粘掉了一部分’这种情况。因为这样的话，两次粘掉的部分可能叠在一起，会明显比现在看到的结果要厚，残骸也不会连贯。”颜言分析。

“没错，分析得很到位。这种纸质书皮上面的标签，要撕掉的话，特别容易粘下原书皮，一不小心就会损坏。而且时间越久，就越难完好地撕下来。”景帆边说，边拿出自己的手机，给标签的背面、假书的书脊底部、正面、反面、扉页都拍了照，最后用胶水把标签又贴了回去。

“条形码需要撕下来吗？”陆雪悦问。

“不需要了，标签这一块就足够了。”

“现在需要做什么？”颜言问。

“颜言，麻烦你，把假书还回去。然后还有一个任务交给你。”

“什么任务？”颜言看着这位学姐。

“去图书馆还了这个之后，借三本书。你跟李稚说让她帮个忙，三本书的书皮颜色无所谓，内容也无所谓。但是，书皮材质，一定要跟那本被替换过的书极其相似。还有，这些书来到图书馆，被贴上标签的日期。第一本，一定要比那本被替换的书早，最好能早半年左右，不过不强求；第二本随意，不过最好时间接近。最后一本有点难度，要最近时间的，越近越好。对了，还有，问下李稚,你所拿到的这些书,包括那本被替换的书,标签是不是自从来了图书馆就没有换过。如果回答是'是',你就直接回来就好了,如果不是的话,给我打个电话。"

从颜言和陆雪悦的表情来看,他们都不明白景帆的目的是什么,不过颜言什么也没问,转身向外面走去。

这段时间,景帆拿出笔记本,在上面写着什么。有时候停下来思考。陆雪悦在一旁没事做,一直在看手机,偶尔向门口看一眼。

"对了,学姐。"

"嗯?"

"你觉得,未来是确定的吗?"陆雪悦也不知道,自己为什么想问景帆这个问题。

"哦? 哲学问题吗? 还是科学问题?"

"其实我也不知道。"

"我想想看啊。"景帆放下手中的白色钢笔。

"好。"

"我觉得是确定的,不过是从科学的方面来讲。"过了一会儿景帆回答。

"科学方面?"

"我的意思是,我只能说个大概理解啊,我也不是很擅长这方面。"

"嗯嗯,学姐你说。"

"比如说,世界上,甚至宇宙中物体的运动,这取决于他们的受力情况。所以,如果受力情况是确定的,那么他们未来的运动就确定。"

"嗯。"

“物质上很好理解，难以推断的是生物的行为。比如人，人的行为看似取决于自己大脑所做出的决定和下达的指令。但是大脑也是由物质组成，虽然人体结构复杂，脑内传递的信息、化学反应，也依然不能脱离物质本身的规律。我们无法预测大脑的思考，也许是因为我们所获取的信息不足。或者说，没有获取大脑全部信息的技术，并且，没有通过这些信息，推断大脑思考结果的手段。”

“大概能明白。”

“大脑的想法取决于，脑内物质的信息传递和化学反应。这些也涉及微观原子之类的引力和斥力。我想说的是，我感觉，这和物质的运动，本质上是一样的。每个结果，都是它的原因导致的，每个原因，又都是上一个原因的结果。如果追本溯源，也许所有的东西在一百三十多亿年前，宇宙大爆炸的时候，就已经确定了。”

“从来没这么想过，虽然还是一知半解。”

“这只是我的想法，对于这些科学的知识，我也不是很熟悉。”

“除了科学呢，这个问题还涉及其他领域吗？”

“可能会引起哲学讨论？我也不知道。不过我可以问问，我认识的人中，有对哲学研究感兴趣的人。”

“啊，不用了，我只是随口问问。”

“没关系，那个人……闲着也是闲着。”

“那谢谢学姐。”

“对了，你们之后要去留学吗？”

“不是，只有他去，我没有这个计划。”

“啊？那你们不是……”虽然景帆从未问过，但是从两人的互动中，能很明显地感受到，两人对彼此的态度。

“我当然有自己查过相关资料,申请倒是还好。只不过,费用有点超出预算了。我爸妈从来没有提过这方面的事情,估计也没有类似的打算。我也不好意思主动要他们出钱呀,而且数额确实有些勉强。”

“那你们谈过这个问题吗?”

“和颜言?没有,都只是正常地问他,进度怎么样了之类的。”

“他什么时候开始有这个想法的?”

“好像刚上大学就有的,一直有这个计划。”

“这样。”

两人不再说话,景帆思考了一会儿后,继续对着笔记写些什么。陆雪悦不再玩手机,一直看着窗外,像是在发呆,也像是在思考。偶尔看下门口,似乎是在看颜言有没有回来。

时间过去了一个小时左右,颜言带着三本书出现在门口。景帆合上笔记,准备进行下一步实验。

“怎么样,这三本标签问题如何?”

“都是按照景学姐要求的,一本是最近两天才贴的标签,一本是和被替换的书差不多的时间,最后一本,是比那本书早半年的。并且,她说,图书馆那一层的所有书,贴上标签之后,一直都没有再动过。”

“好!”

“景学姐,接下来我们应该怎么做?”

“首先,递给我最近才被贴上标签的一本。”

颜言看了下三本书的书皮上贴的黄色正方形纸,将其中一本递给了景帆。景帆接过来,看了看,上面的黄色纸条是用来区分三本书的,看字迹,和李稚的很像。

“雪悦,麻烦你了。尝试不用吹风机和道具,从正面用手撕一下试试，撕掉一点就可以。然后从背面，不用吹风机，但是用油灰铲和镊子撕试试，然后我看一下，再粘回去就行了。”

“啊，好的。”

陆雪悦从正面书皮的标签处尝试用手撕，只撕下来一点点，就粘掉了一部分书皮。

“呀，好像弄坏了。”

“没关系，这边可以了，我拍个照，然后把它粘回去。从反面用油灰铲试试。”

“嗯。”

景帆用手机拍照之后，陆雪悦把正面撕掉的部分粘回去。然后把书翻到背面，拿起了油灰铲。结果和用手基本一样，也是仅仅撕掉了一点，就粘掉了一部分书皮。

“好，也可以了，我拍照后粘回去吧。第一本书就用到这里。麻烦递给我第二本书，贴标签时间和被替换的书接近的那本。”

颜言又看了看黄色纸条，递给了景帆其中一本。

“雪悦，麻烦用手头的三种工具，把标签全撕下来吧。”

“嗯，好。”

陆雪悦开始行动，她先用吹风机，对着书脊上的标签，吹了半分钟。然后用油灰铲，轻轻地搓起一小部分标签，接着用镊子小心翼翼地剥。

由于胶水融化，很容易就撕下了一点，并且完全没有粘掉书皮。撕下一部分后，后面的部分又难以继续。于是，她又拿起吹风机，重复刚才的操作。

全部撕下来后，标签背面的情况，和从假书撕下来的标签背面非常接近。不过，粘下的书皮少了一些，可能是因为她动手能力更强吧。景帆拍照之后，又让陆雪悦用胶水将其恢复原样。

“最后一本了,这次麻烦你们两人一起来。颜言来操作,雪悦用吹风机。”

“我来?”

“嗯。没关系,我知道你手工不好。”

“好吧。”

操作方式和之前类似,只不过这次颜言不需要停下来用吹风机,因为有另一个人帮忙,陆雪悦一直用吹风机吹着书脊。

“啊!”颜言缩回手。

“怎么了?烫到了?”陆雪悦慌忙把吹风机对向别的方向,关切地问。

“嗯,不能长时间对着这里,像吹头发那样来回晃一晃吧。”

“好。”

不一会儿,颜言就把标签完整地剥了下来,并且背面没有一丝痕迹,没有粘掉一点儿书皮。同样是拍照之后,用胶水恢复原样。

“好的,这样就可以了。”

“景学姐,你是要用这个实验,来考虑共犯问题吧?”

“没错,你可真聪明。不过现在来看,信息还是不够的,等我们跟剩下两位借书的人谈过之后,再看看有没有什么进展吧。”

“现在时间差不多了吧。”陆雪悦触碰了一下放在桌面的手机屏幕,看了看时间。

“嗯,我们走吧,这几本书都可以还回去了,拜托你再跑腿一次了。”

“没关系。”

5 调查

颜言将书还给李稚后，三人在学校正门口汇合，在这里等待第二个借书的人魏茂星出现。

天色稍微有点黑了，他们都留意观察着，寻找哪个人像是和人有约的样子。

“我应该能认出来，这个人借书的时候，我碰到了。那天，我看到图书馆网站显示，这本书还回来了。于是就过去了，刚好这个人先拿走了。”颜言说。

“你自己还去过？”陆雪悦问。

“是啊，那个时候，你不是想要看来着。”

“嗯。”

“啊，应该是那个人吧。”

顺着颜言的目光，景帆看见一个穿着羽绒服、中等个子的男生向这边走过来。

“是你啊。”他看见颜言说道。

“您好。”颜言礼貌地打了招呼。

接下来，景帆先是直截了当地介绍了这本书的情况。同样问了他，和问柯智杰一样的问题。得到的回答也基本相似：他借书期间，没有人碰过这本书，除了颜言问过他还书时间之外，他没有告诉别人他借书这件事，他也是通过自助机器借书的，当时图书馆人同样不多。

“对了,你拿书的时候碰到他了啊。”景帆瞥向颜言。

“是啊,怪不好意思的,他好像也想借书。但我也要用,告诉了他我大概什么时候还,我就走了。”魏茂星回答。

“这样。”景帆回应。

“对了,还有,刚才忘了确定了。你拿到的是真书,还的也是真书,是这样吧?”景帆想确定下,这最后一个问题。

“嗯,其实我拿到的就是假书了,之后我还的也是假书,我也是回去才发现的,中间我怕跟图书馆说,会引起误会,怕被怀疑,就一直没说。而且我答应他说会在期限届满的那几天还书,所以也没有提早去还。嗯,不好意思。”

“什么?”景帆非常惊讶。陆雪悦也露出了惊讶的神色。

“怎么了吗?”魏茂星不知道她们惊讶的原因。

“没……和你借书没什么关系,只是,你确定吗?”

“确定啊,这有什么不确定的。”

“也是,不好意思。我没什么问题了,耽误你时间了,刚才的手机号是我的号码,如果有什么事情,想起来可以打给我。”

“啊,好。”

“这人撒谎,学姐你说呢?”魏茂星离开后,陆雪悦问景帆。

“是啊,不然,这与我们看到真书的事实,就不一致了。”

“那么,就是这个人替换书喽?”

“我也不知道,但是,如果不是替换书的人,撒这个谎没有任何好处,还会招致怀疑。但是,你们想,如果他是替换书的人,那么,替换时间一定在我们看到真书之后。也就是,他也知道其他人有可能在他借书之后,看到了真的书,那么,他撒这个谎的意义,是什么呢?唯一的作用就是让我们知道,他在撒谎。”

“那到底是怎么回事呢?”

“我也不知道,我们先跟第一位借书的人谈完再说,这人叫霍麟。”

最后这位,也就是在陆雪悦还书之后,第一位借书的人。霍麟的情况更加简单,也更加特殊。他由于借书当时和之后都十分匆忙,从头到尾都没有翻开他借的这本书,所以他自己也不能确定自己借到的是真书还是假书。同样,在他借书期间,他可以确定别人没有碰过,也没有告诉过任何人,他也是通过自助机器借书的。

“现在怎么办,好像没什么实质性的进展。”颜言说。

“一会儿,我给李稚打个电话,有事情要拜托她。今天先到这里吧,我们去吃饭吧,我请你们。”景帆邀请两个学弟学妹。

“好,麻烦景学姐了。”

“谢谢学姐。”

“不客气,上次还没谢谢你们呢。想吃什么?”

“不知道呀,我俩都行。”陆雪悦回答。

“附近有什么好吃的?我好几年没在附近吃饭了。”

“那边有个酸菜鱼,还不错,怎么样?”

“走。”

第二天,景帆收到了李稚发来的信息。内容是景帆要她帮忙调查事情的结果。

景帆要调查的是图书馆的监控录像。调查的目标时间,是从陆雪悦借书开始,直到柯智杰还书给李稚这段时间内。并且包括,书在图书馆的时间内,靠近过书所在位置这个区域的人,也包括，书在还书台的时间。这段时间，也就是四个借书人借书的间隙，前一个借书人还书，到下一个借书的人借书之间的时间段。

由于，书所在书架的位置不能被直接拍到。所以，便调查了进出过这本书的书架所在区域的人，以及在还书台停留的人。

李稚一开始嫌麻烦，说监控不是她想看就可以看的。景帆让她想想办法，找找借口，并加上李稚提出的以后去找她玩，包吃包住的条件，才让其勉强同意。

不知道她用了什么借口查监控，调查结果如下：

1. 监控中显示的人，不知道姓名的，用字母数字表示，由于去图书馆这一层的人并不多，所以，涉及的人员总数也不算太多。

2. 那本书所在书架，在监控盲区。同时，盲区内还包括部分学习区，配有公共桌椅。所调查的监控，指的是在指定时间进出这个区域的人。

3. 从陆雪悦还书，到霍麟借书期间，在那本书所在书架区域的人，包括：A1、A2、A3、A4、A5、A6、霍麟、林姝。霍麟是借书的时候去的，出该区域时，手里拿着一本浅蓝色的书。当天，为管理员林姝上班。

4. 从霍麟还书，到魏茂星借书期间，在那本书所在书架区域的人，包括：A3、A5、A6、A7、魏茂星、颜言、男管理员。颜言来过两次，中间间隔不到半小时。魏茂星是借书的时候去的，出该区域时，手里拿着一本浅蓝色的书。当天，为男管理员上班。

5. 从魏茂星还书，到柯智杰借书期间，在那本书所在书架区域的人，包括：A4、A7、霍麟、柯智杰、景帆、陆雪悦、颜言、林姝。柯智杰是借书的时候去的，出该区域时，手里拿着一本浅蓝色的书。当天，为管理员林姝上班。

6. 所有还书的人，都是到还书台还书，并且马上就离开了。

7. 每个还书与借书间隙，均为 2.5 小时左右，包括了管理员登记、放回书的时间。

8. 监控显示，所有的相关人员，除了景帆、陆雪悦、颜言三人一起去图书馆那次和管理员以及借书的三人以外，均在所对应 2.5 小时内，位于监控所拍不到的区域内。偶尔有人进出，出去时间都不超过 15 分钟，都没有走出这一层。所以他们是否去到那本书所在位置，去的具体时间和先后顺序，无法通过监控获取。

9. 在这三段时间内，除了还那本书的人、颜言和当天上班的管理员外，没有人靠近过还书台；颜言在魏茂星还书后靠近过还书台，但马上就离开了。

10. 只有提及的人进入过该区域，也就是说，除了管理员之外，所有其他图书馆工作人员，安保、保洁等，都没有进入过该区域。

11. 除了午休时间，图书馆管理员都没有离开图书馆超过十五分钟。

景帆仔细阅读李稚发来的调查结果，在笔记本上写写画画，偶尔停下来思考。不知不觉，已经到了中午。从她的表情来看，经过一上午时间的思考，依旧没有得到一个令人满意的结果。她打算吃过午饭后，约陆雪悦和颜言见面，告诉他们监控调查的结果，顺便听听他们的想法。

下午，景帆和两人约在学校里面的咖啡馆见面。点单之后，景帆向两人详细说明了调查结果。但是，没有说出自己推论的内容。毕竟没有得到结果，大多数情况下，景帆不愿意说出没有得到答案的推论。

“相关人员比想象的多啊。”陆雪悦听完后说。

“要从这些人中，找到替换书的人，目前信息还不够吧？”颜言说。

“确实是少了点什么。”景帆回答。

“学姐，我们要对这些人一一进行访问吗？”

“我暂时没有这样的打算，这样太耗费时间了。而且我觉得，可能作用不大。能问出来的，无非就是他们自己有没有靠近过书架。对于别人有没有靠近，他们可能不会太注意。况且，其中两段时间，已经过去几周了，可能会出现记忆偏差。”

“嗯，也是。”

三个人不再说话，喝着各自点的饮品。景帆盯着自己的笔记思考，用白色外观的钢笔上下移动，随意点着上面的内容。突然，景帆手上的动作停了下来，并且，发出了一声类似疑问的声音。

“欸？”

“怎么了，学姐？”正在看手机的陆雪悦，抬头看向景帆。

“有了新的发现，不过还没有解决问题。但是，至少有了新的调查要做了。”

“是什么？我们一起去吗？”

“不用，在这就能完成。”

景帆拿起手机,拨通了李稚的电话,并且请她再帮忙调查一下监控。

“又调查?我不是给你结果了吗?姐姐!”

“时间不一样,拜托了。”

“我还要找借口啊。”

“你上次用的什么理由,这次说还有没调查清楚的就行了。麻烦了,这次真的是最后一次了,应该……”

“行了行了,知道了,那作为回报……算了我还没想好,想好了告诉你!”

“没问题。这次的范围是,你已经帮忙调查过的某天,全天!当然,之前已经调查过那天的那段时间,就不用再调查了。也就是说,要调查的是那天全天,减去已经调查过的那段时间。调查内容还是像之前一样,结果还是像上次一样发给我就行。”

“这么长时间?”

“没错,但是人应该不多吧。可以的话,就快进着看吧。对了,新出现的人,可以不用在意。我是说,上次调查结果中,没有包含进去的人。”

“知道了,祖宗。”说完,李稚便挂断了电话。

“景学姐,那段时间,有什么特别的吗?范围加的如此之大。”

“特别倒是说不上。但是,绝对有调查的必要,希望能顺利吧。”

大概一个多小时后,景帆收到了李稚发来的新调查结果:

1. 调查时间为,景帆三人去图书馆那天。除了上次已经调查过的时间外,其余的图书馆营业时间。

2. 调查结果为：A1，A2，A3，A5，林姝去过那本书所在的目标区域。

3. 当天为林姝上班。

4. 这次由于时间范围较长，除了管理员外，所有人都不是一直在该区域。A1，A2，A3，A5 只是上午在该区域待了一小时左右，各自的时间都不一样，中途未离开，也只来过一次。

5. 还书台那边监控显示，有三四个人在还书台处停留，曾背对监控面向还书台，其中还包括魏茂星和颜言。还书台距离监控位置较远，看不清桌上的东西变化。

6. 所有靠近还书台，并且停留的人，都未进入过目标区域。

7. 颜言没有去过目标区域，但是在别的监控的可见区域学习。在图书馆的时间为早上到下午，时间最长。

陆雪悦和颜言看着调查结果，表情没有任何变化。景帆的眼神倒是出现了些许改变。

"景学姐，有什么新发现吗？"

"有，但是，需要时间整理和思考。"

"嗯。"

"需要一段时间，这样吧，今天先回去。明天下午，午饭过后，我们还在这里见面，到时候，我应该可以对你们说明一些东西了。"

"是这个事情的真相吗？你已经知道了？学姐？"陆雪悦追问。

“还不敢说。”

“别问了，景学姐没有完全弄明白之前，是不会透露自己的推论的，没错吧，景学姐？”

“算是吧。”景帆没想到，被这个学弟看出了自己这方面的习惯。

“好吧……那就明天见吧。”陆雪悦还是有点不甘心。

“坚持一下，我可以答应你，无论今晚思考的结果如何，我都会告诉你现在我所有的推论。”景帆对陆雪悦说。

“好！”

晚上，景帆用大概两个小时的时间，思考整件事情。得出结论后，景帆合上笔记，不再皱着眉头，准备去洗个澡。

洗完澡后，景帆坐在电脑前扫了扫邮件，突然想起来，之前被陆雪悦问的，“未来是否确定”的话题还没有向李因咨询，便看了下时间，觉得李因应该还没睡。景帆拨通了他的电话，问了他关于这个问题看法的同时。还向其介绍了这次图书馆的事件和自己的推论。

虽说景帆已经得出了结果，但是还有一事不明，并且无从查起。她也知道，这个问题，就算问李因也不会得到答案，因为信息不够不说，这也不是他所愿意思考的范围。

第二天下午，三人按照约定，在昨天的咖啡馆见面。和昨天一样，三人点了自己的饮品。颜言给三人的玻璃杯里倒满了饮用水。陆雪悦和颜言都在等着景帆先开口。

“按照我昨天说的，现在，我将告诉你们，我对于事件的所有推论，也就是……这个事件的真相。”

挑战读者

其实，很早就想写下这个环节了。但是，由于这种做法略显张扬，暂时搁置了。直到这一篇，终于还是忍不住。

容笔者拙劣模仿前人，在此向各位读者发起挑战。所有必要的信息，都已经直接地呈现在各位读者面前。替换书的人，在首章就已经给出。所以，偶然猜中的情况不会出现。

我向各位挑战的内容是：您能通过已经获得的信息，通过逻辑推导，证明林姝一定就是替换书的人吗？

需要补充强调的是，对于整条逻辑链所需要的条件，均是以直接方式给出，所有旁白描写中，没有任何虚假信息，没有任何企图误导读者对时间、空间以及人物，产生错误认知的描述。

必须承认，隐藏的不能提及的内容确实存在。但是，这部分内容，与逻辑推导完全无关。甚至，在您完成逻辑推导之后，便会发现所隐藏的内容是什么。

另外，请不要在动机方面花费过多的时间。

祝各位，阅读愉快。

李　因

6 推理

陆雪悦和颜言的眼神,都变得兴奋了。

“与其说是真相,但是并不是完整的真相,还是有不知道的事情。我所指的真相,重点是‘是谁替换了那本书’这一个核心问题。”景帆补充。

“我们首先来回顾一下这个事件吧。”景帆准备开始。

陆雪悦和颜言都静静地看着这位学姐。

“图书馆的一本书籍,被替换成了仿真的假书。假书制作得很精细,带有图书馆的条纹码、标签和扉页的印章。显而易见,是为了这次的行为精心准备的。按照我们已经获取的信息,我们可以轻松地推断出,这本书籍被替换的时间范围。雪悦在借书时和管理员一起确认了,书籍是没有问题的。同时,雪悦还书后第三位借书人,柯智杰,在还书的时候向管理员说明了书的问题。也就是说,他们一起确定了,那个时候,书已经被替换。”

“请等一下。我们一起去图书馆那次,不是也看到了真的书吗?是不是时间范围可以缩短了?”陆雪悦问。

“确实,我们都在那个时候,亲眼看到了真的书。虽然,前后两个借书的人,也就是魏茂星和柯智杰,都说他们拿到的是假的书。但是,我们自己亲眼看到真书,这一事实是不可动摇的。不过,我还是把时间范围的开始,设定在你们借书的时候。也只有这么做,才是对的,一会儿我会解释为什么。”

“所以说,书被替换的时间,就是在这段时间内,对吗?”颜言回应道。

“就结果来讲,是对的。但是,在这之前,我们要先证明这四位证人,雪悦、林姝、柯智杰和李稚,没有就此事件说谎。”

颜言的目光变得有些警惕。

“我说的是实话啊。”陆雪悦看着景帆说。

“并不是说你说谎了,只是为了排除各种情况的必要过程,别介意。”景帆拿起咖啡喝了一口,接着说:“在这个事件中,我们可以认为,如果一个人不是替换书籍的人,那么,当他被告知事件,并且被问道,他某一个时间看到的是真书还是假书的时候,是不会说谎的。当没有人特意询问的时候,拿到假书的不知情人,可能什么也不说,就放回去或者还回去。但是,当有人将发生的情况都告诉他们,再进行询问的时候,他们为了避免被怀疑,是不会说没有任何意义的谎话的。在是否拿到,或者看到真书这件事情上,撒谎对不是替换书的人来说,毫无意义,反而,说谎被发现才容易被怀疑。”

“嗯,没错。”颜言说。

“接下来,我们还要讨论一下,有没有可能是两个人,都对替换书的计划知情的情况。”

“是说共犯的意思吗?”陆雪悦说。

“不完全是,其实,替换书籍的这个动作和整个过程,一个人就足够完成了。没有哪个环节,是特别需要共犯帮助的。我的意思是,有没有可能,除了替换书籍的人之外,还有人知道这个行动。并且,在被问起的时候,会给予帮助。这个讨论,仅限于我们刚才提到的陆雪悦与林姝同时看到真书,和柯智杰与李稚同时看到假书这两个情况。”

“我明白了,你是想说,有没有可能,陆雪悦和林姝是共犯,或者柯智杰和李稚是共犯,从而说了谎话,导致我们推断的时间范围不准的情况,对吧?”颜言喝了一口水。

“没错。还有一点。这次的事件,一定是经过详细计划的,从仿制的赝品质量,我们就可以看得出来。替换的人,对于细节的把握非常严格。如果能扩大书籍被替换的时间范围,他一定不会选择缩小时间范围。利用模型替换书籍,也可能是模糊被替换的时间。那我们反过来看看前后两组证人吧。雪悦和林姝一起看到真书,如果她们都说谎,证明他们之中,至少有一个,是进行替换的人,另一个是愿意给予帮助的知情人。假如她们说谎,那么,实际上,他们那时候看到的已经是假书了,但是,他们的谎言导致了什么情况呢?时间范围缩小了。如果他们说‘他们看到的也是假书’,时间范围的起点,还可以向前延伸。所以,陆雪悦和管理员不可能同时说谎。”

“呼!”陆雪悦看似松了一口气。

“同时,柯智杰和李稚的情况也是一样。如果他们两个,一个是进行替换的人,另一个是愿意给予帮助的知情人。他们却在还书的时候,被我们发现,还主动向我们介绍了情况。如果不被我们或者任何人发现,时间范围无疑是可以延长的,所以他们两个也不可能同时撒谎。

“一个人是替换的人,而另一个人在不知情的情况下,两个人是不可能同时说谎的。就算两人中,真的有替换书的人,这个人会想到,另一个人会说真话,他自己也只能说真话。否则,马上就会被另一个人怀疑，何况，在上一种情况中，我们也说了，他没有说谎的必要，只有风险和坏处。

“现在，我们可以说，他们说的都是真话。而时间范围，也可以确定为我们刚才提到的那样了。”

“但是，这只能证明我没有说谎，并不能说明我不是替换的人，对吧？”陆雪悦看着景帆说。颜言面无表情地又喝了一口水。

“没错，我们之前只是说，没有替换书籍的人，一定不会撒谎。但是，替换书籍的人，不是就一定会撒谎。”景帆又转过头看着颜言说：“你放心，我没有在怀疑雪悦，而且，我会在后续的说明中，给出相应的解释。”

“这样的话，也就是说，第二个借书的人，魏茂星，是不是就撒谎了呢？因为他说，在我们看到真的书之前，他借走书的时候，他拿到的就是假的书呀。”

“是的，我正要解释这里。魏茂星和柯智杰提供的信息，是我们这次事件中的突破点，也是逻辑链的起点。”对面的颜言和陆雪悦都在认真地听景帆说明，陆雪悦时不时用小茶匙喝咖啡上的奶沫。

“这两个人都声称，他们拿到书的时候，就已经是假书了。表面看起来，魏茂星一定说谎了，因为我们在他还书之后，看到了真的书。柯智杰呢，虽然我们证明了，他还书的时候没有说谎。但是，仍然不能排除他的嫌疑，也不能说明他的话是真的。

“这两人说的话，都有可能是假话，所以会出现：

1. 两人都说了假话。

2. 魏茂星说了真话，柯智杰说了假话。

3. 魏茂星说了假话,柯智杰说了真话。

4. 两人都说了真话。

这四种情况。

“首先,第一种情况,两个人是替换书的共犯,我们把实际行动替换书的人称为 X 吧。如果有共犯,则称为 Y。刚才,我们讨论过类似的问题了,共犯在这次行动中,几乎是没有价值的。更重要的是,如果两个人是一起计划这次的替换事件,那么,他们两个人分别借走书两次的意义是什么呢?况且,第二次柯智杰借走的是替换的模型,又还了回去。在有别的事实支持这个假设的情况之前,这个假设毫无意义,也不可能发生。”

“也是,这个事件,不像是多个人操作的样子。”颜言说。

“第二种情况,柯智杰说谎并且是 X,魏茂星说的是实话。这种情况,也是不可能的,如果柯智杰说谎,那么他拿到的是真的书,魏茂星说的是实话,那么,在魏茂星借书之前,书已经被 X 替换了。柯智杰不可能拿到真的书,况且,柯智杰也不可能在魏茂星借书之前就去替换掉,因为根据我们知道的所有相关人员来到图书馆的时间信息,柯智杰在魏茂星借书之前的那几个时间段里,根本没去过那里。

“第三种情况,魏茂星说谎并且是 X,魏茂星拿到的是真的书,然后借书期间替换了书,这明显与我们之后看到了真书这个事实不符。”

“这种情况下,魏茂星也可能是在我们看到真的书之后替换的书吧?”陆雪悦问。

“他没有机会,因为他在还书之后根本没有去过那里。”景帆解释。“所以，如果魏茂星是X，并且在这件事情上说谎，那么他借书期间，是他唯一可以替换书的机会，所以，这个假设也是不可能的。”

“那么，就只能是两个人都没有说谎？”颜言问道。

“我们只剩下这种情况了，但是，这样就又回到了我们一开始说的问题。如果魏茂星没有说谎，我们怎么能看到真正的书呢？”

“那四种情况，就都不可能了。”陆雪悦说。

“但是只存在这四种情况，不可能这四种情况都不成立。最大的矛盾点在于魏茂星拿到假书后我们看到真书这个问题上。要解决这个问题，并且让这四种可能不出现全部不成立的情况，就必须让‘魏茂星拿到的确实是假书，并且，我们也确实看到了真书’这种情况成立。”

“这可能吗？”颜言看向景帆。

“可能，只要书被替换了不止一次。”景帆一边咽下咖啡一边说。

“什么？”陆雪悦十分吃惊地看着景帆。

“没错，这本真书，被偷了至少两次。以我们看到真的书作为分界线。第一次替换发生在那之前，第二次则发生在那之后。并且在第一次之后，直到我们看到真的书之前，有人又将真的书替换回去过。如果算上这次，一共至少被替换了三次。只有这样，才不会出现四种情况全部不成立的结果，这也是为什么，我不用我们看到真书这个时间，作为时间范围的依据。

“先不说为什么会有人将真书替换回去，我们先反过来再看看这四种情况，完全出现了新的变化。第一种情况，两个人都说谎了，两个人都拿到了真书，并且进行了替换，这样的话，在书被替换两次的情况下,这就是可以成立的了。而且如果这种情况成立,那两个人一定是共犯,因为如果不是这样,那就说明两个人在不知道彼此计划和手法的情况下,进行了完全相同的替换行为,并且相隔时间很短,这是不可能的。同样,柯智杰也不可能知道书被魏茂星替换过这件事情,所以根本不可能出现两人运用同样手段的情况。

“第二种情况,柯智杰是 X 并且撒谎了。魏茂星没有撒谎,他拿到的书,确实是假书。在这种情况下,柯智杰就是第二个替换的人,并且,在魏茂星借书之前,书已经被进行了第一次替换。

“第三种情况,是第二种情况反过来,魏茂星是 X 并且撒谎了。柯智杰没有撒谎,他拿到的书确实是假书。那么,结合我们那次看到真书这个情况,魏茂星替换书则是第一次替换。而我们看到真书之后,到被发现书被替换这段时间内,发生了第二次替换。

“第四种情况,两个人都没有说谎,都不是 X。那么,第一次替换则发生在魏茂星借书之前,第二次替换,发生在我们看到真书之后到柯智杰借书之前。请注意,我这里说的第一次和第二次替换指的都是‘真书被替换成假书’。”

“这样一来,岂不是所有的情况都是可能的?”趁着景帆休息一口气的时间,颜言问道。

“那么之前的分析,是不是只是绕了个圈子啊?什么也没有发现。”陆雪悦也补充道。

“如果,你说的是从四个可能性中,找出突破口的话,那确实没有任何进展。我们以上的推理中,得出的结论是:书被替换了至少两次。这个,才是我们得到的结论。”

“但是,如果没有别的突破口的话,推理也无法继续吧?”陆雪悦问。

“没错,但是在下一个突破口之前。我们要先确定一下另一个很重要的因素,也就是X到底是单独作案,还是有共犯呢?两个互不认识的人共同作案的情况我们已经排除了,就不再考虑了。”

“我觉得是单独作案吧,之前学姐你也说了,只是换书这种行为,不需要两个人,一个人就能轻松完成。而且,人少,引起怀疑的可能性就更小。还有,我觉得两个人都想要这本书的概率,不是很大吧?如果只有一个人想要的话,也不能拉别人作为共犯吧?”陆雪悦说出自己的猜想。

“我也认为这次的事件是一个人完成的,也就是X。但是你说的理由不能完全排除别的可能性,我们需要更加严谨的讨论这个问题。首先,我们已经证明了书被替换了两次。那么,也就是说,我们拿到并进行试验的假书模型,是最近才做好的,包括上面贴上的标签。因为这本书,图书馆只有一本,X又不可能把好不容易替换的书,自己又还回去。所以,第二次的替换,不会在X本来的计划范围内,那么第二次替换用的模型,也不可能提前准备。而一定是在第一次替换和第二次替换之间准备的。

“我们找了三本书皮都与原书相似度很高的书。第一本,标签是最近这两天贴的,时间一定接近,或者晚于两次替换;第二本,贴标签的时间,和被替换的书差不多;第三本,贴标签的时间,早于被替换的书贴标签的时间。那么,我们来看看我们实验的结果。”

景帆一边说一边拿出打印好的照片。

“第一次，无论是用手还是油灰铲，只要不用吹风机，马上就会粘掉书皮；第二次，由雪悦自己，尝试撕掉标签。由于一个人无法同时操控三种工具，虽然她操作得很仔细，还是粘掉了一点书皮，在标签中间位置，和X弄下来的标签很类似；第三次尝试，颜言操作，虽然颜言不擅长手工，但是雪悦在旁边一直用热风吹。这本标签贴上去的时间虽然一定比假书要长，但标签很容易就撕下来了，并且很完整。”

“没错，这说明了什么？”颜言问。

“说明三点。第一，一个人来做的话，就算是心灵手巧，也会留下些许痕迹；第二，相反，如果两个人一起操作，很容易就能把标签完整地撕下来；第三，如果不借助加热融化胶水，那么是绝对不会达成我们看到的效果的。因为我们经过实验，撕下来一点点也会粘着书皮。那么我们来看看，第二本假书的标签，是什么样子的？它背面中间部分粘着一小片书皮，但是要比雪悦独自操作粘下来的书皮面积大。首先，这说明这个标签不是为了第二次替换X新做的，而是从第二次替换的真书上面弄下来贴上去的，而且粘掉了一小片书皮。重点是，我们实验的两本书和真书书皮材质非常接近。我们还知道，两个人很容易就把标签撕下来了。”

“好像有点乱。”

“我总结一下吧：

“第一，标签贴得时间越长，撕下来的时候就越容易粘掉书皮；

“第二，假书的标签，一定是从被替换的书上面弄下来的，因为背面还粘着书皮。我们实验用的假书模型，撕下标签后，书脊处没有任何破损，也说明了这一点。但暂时不知道是第一次替换造成的，还是第二次替换造成的；

“第三，由第一本书实验看出，X一定借助了吹风机或类似的加热装置。因为我们实验了不加热直接撕，结果是，撕下一点点标签，背面都会粘着书皮。这和我们发现的标签，只有中间部分粘着书皮不符。我们的第一本实验用书，是最近才贴上标签的，如果这本书实验结果是这样，X无论是在第一次还是第二次替换中，如果撕掉标签时不加热，一定会比我们粘掉书皮更加严重；

“第四，由第二本书实验看出，如此操作，实验结果和X撕标签的结果十分相似；

“第五，由第三本书实验看出，两个人操作，很容易不留痕迹地撕下标签。第三本实验书贴标签的时间，要早于被替换的书半年左右。所以，一定更加难以完好地撕下标签，并且，颜言的手工不算太好。所以，X如果有共犯可以一起操作，一定也可以完好地撕下标签。

“所以，X如此精心地准备替换书这个行动，从准备这么细致的假书就可以看得出来，却在撕下标签的时候，弄出这种瑕疵。更何况，X所操作的那本书的标签，可能是刚刚被贴上的，难度要比我们实验时的简单。在这种情况下还有书皮被粘掉，这只能说明，X没有共犯，所以，他（她）无法像我们对第三本书进行试验那样操作。”

“我们看到假书模型的标签，背面粘着的书皮，一定是第二次替换弄的吗？有没有可能，是第一次替换弄的？”颜言问。

“完全有可能，但是不影响结果。凭我们观察到的假书模型标签背面来看，书只有一次发生过撕掉标签，并且粘下了部分书皮的情况，而且一定不是雪悦操作的这次，因为假书模型完好无损,对吧?"

"没错。"

"但是我们现在确实不能确定,到底是第一次替换粘下了书皮,还是第二次替换粘下了书皮。我说的是现在不能,随着推理进行下去,我们一会儿是可以确定的。"

"所以说……"

"但是无所谓,我让你去借书做实验的时候,明确让你跟李稚寻求帮助,找的第三本书是进入图书馆的时间,比这本被替换的书的时间,要长至少半年的书。并且,中间没换过标签。我们知道,标签贴得越久,撕掉就越容易粘下书皮。所以,我们实验的难度一定比 X 操作要大,无论是第一次替换,还是第二次替换。即使这样,我们两个人操作,还是很容易毫发无损地拿掉标签,X 明明难度更小,却不能做到。所以,X 没有共犯。"

"我明白了,可是这样,是不是有点草率了?可能 X 认为,反正标签后面也不会轻易被发现。就算被发现了,也不会有什么问题,就没有叫来共犯动手呢?"

"不只是标签贴住的部分,撕标签很可能会带来别的风险。毕竟,这是可能破坏书籍的行为。第一,如果 X 想要这本书,不惜这么大费周章弄到它,一定不希望有任何损坏。其次,撕标签如果操作失误,是有可能造成标签范围以外的书皮受损的,只是简单叫来知情的共犯,就能消除这种风险,X 不可能不做。"

"嗯,这样的话可以理解。"

"但是 X 为什么不找个东西固定住吹风机呢?或者直接放在桌子上对准,这样自己就可以操作了。"颜言问。

"还记得你们两个当时操作的情况吗?如果长时间对着吹,

手会受不了高温的，当时你自己不也抱怨了？当然，也可能是 X 没有想到，不过无论如何，X 都没有这样做。”

“嗯。明白了。”

“这样，我们可以证明，这件事情是由同一个人完成的，整个过程中没有共犯参与，包括两次替换书，两本假书的制作，都是由 X 一个人独立完成的。”

“如果是独立一个人完成的话，我们下一个突破点是什么呢？”陆雪悦问景帆。

“先别急，在下一个突破点出现之前，我们需要先整理清楚，事件时间范围内的相关人员，以及他们行动的顺序。”

“学姐，你别卖关子啦，直接说出来吧，我好着急呀。”陆雪悦好奇地催促。

“不是景学姐卖关子，如果前提分析不说明白，很难继续推理，对吧？”颜言帮景帆解释。

“确实没错，所以你再忍耐一下啊。”景帆对这个学妹很温柔。

接着，景帆拿出写好的笔记，梳理了事件时间范围内的顺序，如下：

1. 范围 1：陆雪悦将书借走，到陆雪悦还书。

解释：陆雪悦和颜言说，书一直都在他们手里，并没有发生过特别的事情。

相关人员：书如果在这个时间内被替换，X 只能是陆雪悦，或者颜言。

2. 范围 2：从陆雪悦还书，到书被霍麟借走。

解释：这段时间内，书在还书台上，或者在原本的书架位置上。如果书在这个时间内被替换,那么所有在这个区域经过,或者一直在这个区域的人,都有嫌疑。其中,还书台可以被监控看到,有人还书的时候会背对摄像头,有可能会发生替换书的行为。但是,没人在还书台停留。书在书架上的位置不能被摄像头拍到,但是,附近的区域都可以拍到,可以看到,在什么时间,有谁可能去过这本书所在的区域。

相关人员:A1、A2、A3、A4、A5、A6、霍麟、林姝(其中,霍麟是去借书的。另外,陆雪悦虽然去还书,但是去了之后,马上就走了,监控录像也可以证实。而且,陆雪悦如果要替换书,完全可以在上一个范围,也就是,书在她手上的时候进行,不可能还书后再去替换书。)

3. 范围3:从霍麟借走书,到霍麟还书。

解释:霍麟自己说,他借阅的时间内,书没有被别人接触过。所有的借书人,都说明了在他们借书期间,书没有被别人接触过。而且,如果是借书期间被外人替换,那么借书的人自己就不是X,没有必要撒谎。并且,他的情况很特殊,由于他有别的事情要处理,这本书从头到尾他都没有翻看过一次。后来,觉得自己不需要,很快就还了。所以,他不知道自己拿到的是真书还是假书。

相关人员:如果书是在这个时间内被替换,那么霍麟一定是X。

4. 范围4:从霍麟还书,到魏茂星借走书之间。

解释:同范围2,不同的是,颜言自己来过两次。

相关人员:A3、A5、A6、A7、魏茂星、颜言、男管理员(其中,魏茂星是去借书的,同范围2,霍麟虽然去还书,但是马上就离开了。同样，他如果要替换书，完全可以书在他手上的时候进行，不会过去还书后再替换书。）

5. 范围5：从魏茂星借走书，到魏茂星还书。

解释：同样，没有被外人接触过书。魏茂星在被询问的时候称，他拿到的时候，书就是假的，但是怕被怀疑，一直没有跟图书馆工作人员说，直到还书截止日期最后一天才还。

相关人员：如果书是在这个时间内被替换，那么魏茂星一定是X。

6. 范围6：从魏茂星还书，到柯智杰借走书之间。

解释：基本同范围2，特别的一点是，景帆三人也是在这个时间来到图书馆，并且在书架上看到了真书。颜言虽然靠近过还书台，但是由于景帆三人随后就看到了真书，所以，颜言不可能在这个时间段将真书替换为假书。

相关人员：A4、A7、霍麟、柯智杰、景帆、陆雪悦、颜言、林姝（其中，柯智杰是去借书的，同范围2和4。魏茂星虽然去还书，也是马上就离开了，同样，他如果要替换书，完全可以书在他手上的时候进行，不可能还书后再替换书。）

7. 范围7：从柯智杰借走书，到柯智杰还书。还书的时候柯智杰和李稚都确定了书被替换。

解释：同样，没有被外人接触过书。柯智杰在被询问的时候也称，他拿到的时候，书就是假的。但是那几天有事情，想着有空的时候。再把书还回去，然后跟图书馆人员说明情况。

相关人员：如果书是在这个时间内被替换，那么柯智杰一定是X。

P. S. 1. 所有的相关人员，都在相对应时间范围内，进入过监控拍不到的那本书所在的书架区域；2. 该区域包括部分学习区，配有桌椅，所有以字母和数字表示的人在时间范围开始之前，就已经在此区域，在时间范围结束后才离开。所以，没有办法确定他们是否接近过那本书所在的书架，以及先后顺序；3. 除了管理员之外，所有其他图书馆工作人员，安保、保洁等，都没有进入过目标区域；4. 管理员不是一直都在目标区域，都是在时间范围内进去又出来。

“以上就是事件发生的时间顺序。”景帆对着自己笔记中的图表讲解。

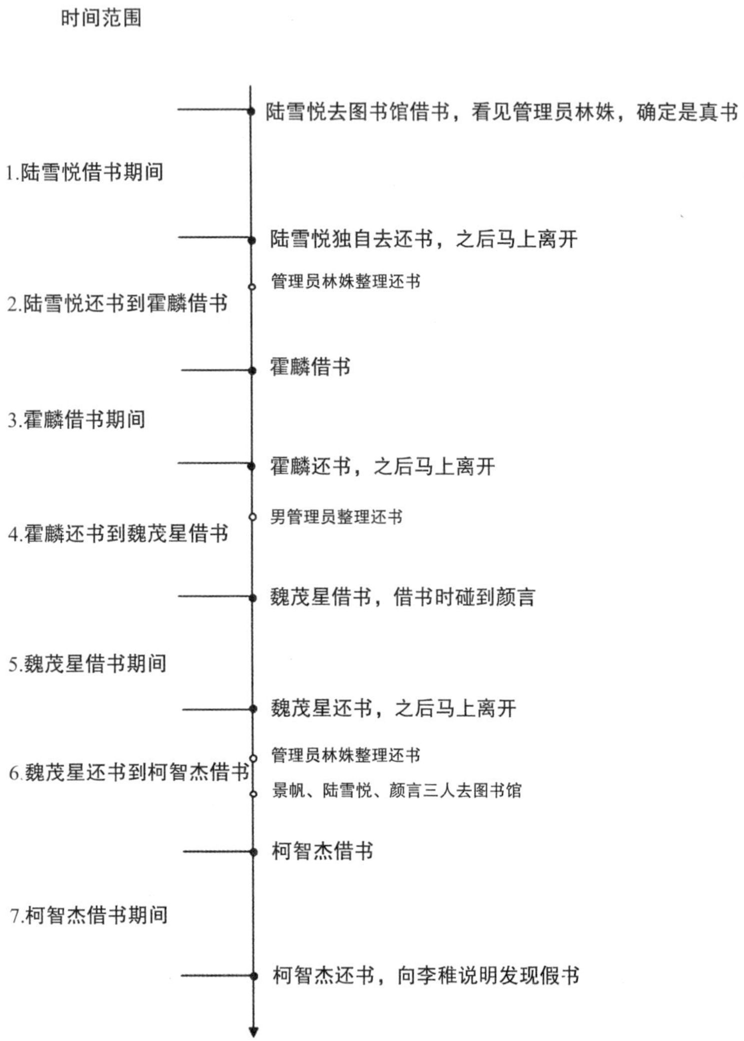

“所以我们要做的，就是先找准偷换书的时间段，然后一点点把 X 筛选出来？”陆雪悦问。

“正常的思路是这样，我一开始也是这样尝试的。但是，这样会发现，没有信息可以进一步锁定时间，这条路也就进行不下去了。”

“没错，缩小时间范围的话，需要更多有人接触书的信息。我们目前能确定的，只有我们自己看到真书的那一次。更何况，现在书被替换了两次，我们看到真书，这个最可靠的信息，也派不上用场了。”颜言说出他的分析。

“所以，我们要尝试其他筛选方式，找出突破口。既然筛选时间上行不通，我们可以尝试筛选人员，利用他们的行动条件，作为突破口。这么想之后，就会发现一个非常简单，简单到会被忽视的突破点。在我们推理出，书被替换了两次，并且都是同一个人所为的时候，这个突破点就已经浮现出来了，那就是：X 必定去过那个区域，至少两次。”

“也就是，在时间范围内找出至少两次去过图书馆那个区域的人？”颜言说。

“没错，而且必定是在这本书没有被借走的期间。被借走的期间，只有借书人，才有可能接触书。”

“啊，那这样的话。”陆雪悦一边拿过来景帆笔记中的图表，一边说：“A1 和 A2 都不可能。他们只有在时间范围 2 的时候，去过那个区域，其他时间都没有去过。同时，魏茂星除了借书那次去了那个区域，并在那停留，还书的时候是马上就走了的，所以也是只有一次。其他的人都是两次。”

“还有一个特殊的人，就是李稚，根据条件，她明显是不可能的，这毋庸置疑。但是，我们所获取的监控视频信息，都是从她那里获取的。所以，我们有必要证明她不是 X，没有说谎。如果是李稚替换了书，这与她配合我们提供信息这个行为相矛盾。所以，我们可以确定，监控录像信息是可信的，因为李稚不是X。”景帆解释。

“所以，我们就可以排除这四个人了？他们不可能是X，因为行动的次数不够。”颜言补充。

“没错，根据我们的推理所限定的条件，他们确实没有机会。剩下的人都去过两次，但是需要特别提到的是，对于借书的人来讲，‘借书’这个行为也相当于一次机会，也和‘去过那个区域’拥有等同的效力。不过，每个借书的人之前都有一段时间待在那个区域，两个时间段是连起来的。所以，暂时也就不那么重要，除了对一个人来说。”

“谁？”陆雪悦很好奇。

“就是雪悦你自己呀。”景帆看着陆雪悦说，又转过头看着颜言。“雪悦借书的那次算是一次。她的情况很特殊，和其他三个借书人不同，她和管理员在借书的时候，确认了书还是真的，没有被替换。她在那个区域滞留的时间也就被排除在时间范围之外了，所以‘借书’这个行为为她增加了一次机会，但是其他三个借书人在那个区域的滞留时间，本来就在时间范围里面，所以‘借书’行为，暂时也没有给他们增加一次机会。

“这样的话，雪悦也就有两次机会。第一次在借书阶段，第二次是我们一起去图书馆的那次。但是，第二次我们去的时候，三个人一直在一起，根本没有机会做出替换书这样的行为，直到你把书放回去，我本人就能确定，你放回去的是真书。所以，你的实际机会也就只有一次，根据我们刚才限定‘两次机会’的筛选方式，你不可能是X。”虽然景帆分析的是陆雪悦的情况，但却一直看着颜言在说。

三个人沉默了一会儿，颜言虽然没有说话，但是表情看起来明显比之前轻松。过了一会儿，陆雪悦率先打破沉默："可是，这样的话，还是有很多人没法排除。"

"所以，如果要继续缩小范围，就必须要添加新的筛选条件。"颜言跟着说。

"新的筛选条件，也很简单，只要顺着这个条件，继续想就好了。"景帆马上回答他们。"X 自己是不会把好不容易替换的书还回去的，不然就没有替换的必要了。我们也知道，X 没有共犯。那么，把真书还回去这件事情，就是在 X 的预料之外的。"

"没错，可是，这能成为筛选条件吗？"颜言发问。

"可以，如果是在预料之外的事情，X 就不可能提前多准备一本假书，并随身带着。也就是说，X 在发现真书被还回去之后，到 X 进行第二次替换之前，还需要再准备一本假书。这个事情，不是在图书馆短时间内就可以完成的。我们之前也说过，就算是有充足的材料，不用花时间去购买，就算第二次制作技术已经熟练，光是制作一本假书，至少也要花上一个小时的时间。加上要回去拿材料或者回去制作后再拿回来，怎么也要至少一个半小时到两个小时的时间。在范围 2、4、6 这三个范围里，时间根本就不够用，没有人离开过那么久。所以说呢，'意识到书被替换成真书'和'第二次替换'不可能发生在上述的同一个范围里。X 需要额外地多一次机会，用来'发现书已经被替换回了真书'。我们的筛选条件变成了，在时间范围内，至少三次去过那个区域的人。"

"那我看看啊。"陆雪悦又拿起了笔记筛选起来。"咦？这样的话，好像就没有人符合条件了啊。我看看，就连行动时间最充裕的管理员,都不符合这个筛选条件了。而且,要解决这个问题,就不是添加新的条件这么简单了。但是,学姐提出的这个筛选条件又是不可撼动的。”

“又出现了不可能的情况,所以,我们这条筛选先暂停。之后再回来排查问题,但是第一次的筛选,也就是,需要‘两次进入那个区域’这个条件筛选出来的结果,是要保留的。那次的筛选并没有发现问题,只是没有限定到足够小的范围。所以,暂时没有理由怀疑。那我们先把这个放一放,来说说归还真书这个事情吧。”景帆转换了重点。“替换回去的真书,不可能是本来的那一本,因为X没有同伙,在不知道事情是X做的情况下,就不可能从X那拿走真的书。所以,这本书一定是另外一本真书。”

颜言和陆雪悦都没有说话,无论是对景帆突然转换话题,还是对于这个新话题,都没有发表看法,也没有提出疑问。于是,景帆继续说,“那我们就来推断这位还书的人,以及还书的时间吧。我们从时间开始,能够把真书替换回去的时间范围,只有范围2、4、6,因为三个借书的人是不可能把假书替换成真书的。”

“也是,没有哪个借书的人,会发现书是假的之后,自己特意去买一本替换回去吧。”陆雪悦说。

“如果他们这么做了,也没有撒谎的必要。”颜言补充。

“嗯,还有就是,如果他们这么做了,又实在不想让我们知道,他们直接说拿到的是真书就好了。如果情况是,一开始拿到的是真书,就不会有假书替换真书这个情况发生。”景帆说。

“所以说,用真书替换假书这个事情,时间范围就限定在了范围2、4、6里面。”陆雪悦说。

“那么,我们还是要分开讨论,这三个范围的可能性。如果,真书是在范围2被替换回去，会发生什么呢？那说明，这之后，直到我们在范围6，看到真书之前，这期间，这本书一直都是真的。这样的话，魏茂星就说了谎，他就是X。但是，我们刚才已经通过第一层筛选证明，魏茂星一定不是X。所以，在范围2把真书替换回去的假设，不能成立。"景帆喝完自己杯子里最后一点咖啡，继续说；"那么范围4呢？情况跟范围2一模一样，理由也是一样的，因为'从范围2，到我们在范围6看到真书'的这段时间里，完全包括了，'从范围4到我们在范围6看到真书'的这个时间范围。"颜言拿起水壶，向三人的水杯中添了一些温水。

"最后一种情况，在范围6替换回真书。这样，只要在我们当时看到真书之前替换，就还是有可能的。但是，由于我们刚才说了，X在范围6这个时间范围内，发现假书又变成了真书，并且准备假书，进行第二次替换，时间是远远不够的。那么，就只有柯智杰有可能，或者说，有时间，在真书被替换回去之后，完成'发现'和'第二次替换'。在这种情况下，柯智杰的'去那个区域'和'借书期间'，便可以当作两次机会使用。这种情况下，只有柯智杰可能是X。但是柯智杰和魏茂星的情况一样，都被第一轮筛选证明不可能是X，所以，这种情况也不能成立。"

"啊？又都不能成立啊。"陆雪悦发出疑问，颜言没有说话。

"没错，所以，我们得出了结论，归还真书这个行为，没有发生在范围2、4、6里面。"

"那这件事情，既没有发生在借书期间，也没有发生在刚才分析的范围，那是怎么回事？"

"因为这位还书的人，创造了'时间差'。"

"时间差？"陆雪悦发出疑问。

“没错，只有制造出‘时间差’，增加时间范围，才能打破上述推理结论不可能的情况。”

“还是没听懂，具体要怎么做呢？”陆雪悦问。

“其实很简单，这位还真书的人，可能也并没有想这么多，造成这样的谜团只是一个偶然。”景帆解释。“‘时间差’的意思就是，还真书的时间，是在某一位借书的人的借阅时间里。”

“这怎么可能，那个时候书还没有还回来。学姐你也说了呀，借书的人称，借书期间都没有任何异常，这些话也是可信的。”

“没错，所以，真正发生的情况，需要满足让两件事情都可以发生，而且不冲突。即，所有借书人借阅期间，确实没有异常。并且，归还真书的人，确实在这期间还了书。”看两人都没有说话，景帆继续说：“因为之前我们一直在讨论，用假书替换真书，所以我们有了先入为主的观念，那就是，我们误以为归还真书的两个动作‘放回真书’和‘拿走假书’一定要同时完成。”

“这两件事，可以不同时做吗？”

“可以，试着设想一下就知道。还真书的人，可以在借书人还没有还书的时候，直接归还真书。然后，等借书人还书的时候，再从还书台将假书拿走。这样就可以制造出‘时间差’。”

景帆叫来了服务员，又点了一杯咖啡，还问两人要不要再点些什么，两人都摇了摇头。

“我们继续，虽然我们知道了这种归还真书的方式。但是，我们还不知道究竟发生在哪个借书人的借书期间。我们要试着分析各个借书人的借书期间的可能。”

“那第一个借书人，应该是我吧？”

“没错，不过，在你借书期间是不可能的。因为，雪悦你已经被第一轮筛选排除了。颜言在这段时间,也是不可能替换书的,因为雪悦说了,你在归还书之前,书还一定是真的。并且,这之后,直到你放到图书馆还书台之前,颜言都没有碰过书。再加上,我们断定,还真书的人不可能是X。所以,在你还书之前,还真书的人,不可能意识到书被替换成假书,那这个人归还真书的理由也就不存在了。所以这种情况是不可能的。

"接下来,是霍麟借书的期间,也就是范围3,这明显也是不可能的。因为,我们已经证明了,魏茂星说拿到假书是真话。再加上,我们确实在范围6看到了真书。所以,从归还真书,到我们看见真书这个期间,书就应该一直是真的。于是,在我们现在讨论的这种假设下,魏茂星就不可能看到假书。所以,'替换回真书发生在范围3'的假设,不能成立。"

"不会又出现都不可能的情况吧?"

"别着急,这次不会了。然后,是魏茂星借阅期间,也就是范围5。在这个期间归还真书,符合魏茂星拿到的是假书这个条件。并且,可以满足我们在范围6看到了真书这个情况。这种情况是可以成立的。

"最后一种情况,就是在柯智杰借阅期间,也就是最后的范围7。这也明显是不可能的。因为这是时间范围中的最后一段,这段时间结束,就是假书被发现的时间,X没有足够的时间意识到,并且做出第二次替换。"这个时候服务员端来了景帆的咖啡,她接过来,说了声谢谢,放到嘴边喝了一口,然后抿了抿嘴。

"学姐,我有个问题。"

"你说。"

"在柯智杰借书期间的可能性,不能完全排除吧?如果归还真书的第一步‘放回真书’时间早一点，并且‘拿走假书’的时间晚一点，中间是足以创造出足够的时间，让 X 意识到，并且进行第二次替换的吧？”

“你说得没错，就这点来说，确实刚才的理由不够严谨。你提出的假设确实有可能，但是，还有别的更简单的理由，可以否定这种情况。”

“别的理由？”

“你们记得，我们是如何知道书被替换的吗？是柯智杰拿着假书，直接找到李稚的。”

“啊！”

“对吧，所以这位还书的人，根本没有机会拿到假书，如果不回收假书，这本书在图书馆就会多出一本，这是不可能的。因为，李稚问了柯智杰拿书的位置，柯智杰和她一起去看了，架子上也根本没有真书。再加上，李稚在之前的时间范围，都不是上班时间。管理员的上班时间，都是一整天不会换人。所以，她根本没有机会成为 X，她也就没必要在这件事情上撒谎。”

“所以说，只有在魏茂星的借阅时间，才是有可能的，是这样吧？”好久没说话的颜言突然开口。

“没错。”景帆说完这句话，又开始喝起了咖啡。

过了一分钟，见没有人说话，景帆直截了当地问：“归还真书的就是你吧？颜言。”

“没错，是我。”颜言也毫不畏缩地承认，仿佛已经有了被问的准备。

陆雪悦转过头看颜言，但没有说话。

“不过，理由的话我不想说，这也不是犯罪行为吧。”

“从法律上来讲,确实不算。不过,如果是在正式调查中,你的行为和事件有着紧密的联系,警方有权要求你提供信息。”

颜言没有说话。

“放心,这本书的价值,还不足以立案进行调查。所以,也不会有人来询问你。图书馆或者校方人员,也是没有权力要求你阐述原因的。”颜言还是没有说话,景帆继续说:“我也没有问你原因啊,何况你的理由,对推理能够进行下去没有任何影响,我们继续吧。”

“多谢景学姐。其实锁定时间范围之后,就很容易锁定我了吧。”

“你说得没错,因为将真书替换回去,需要满足三个基本条件。一个是进入图书馆,第二个是知道书被替换成了假书。这两个帮助不大,但是最后一个最关键,那就是,一定要知道,魏茂星还书的具体时间。如果计算借书时限,赶在借书的截止日期过来,魏茂星也有可能提前把书还了。但是,又不能天天在图书馆等他,这样反而更引人注目。所以,知道魏茂星具体会还书时间的就只有你。同样还可以知道,你是想这件事情越早做越好,但是,又不能太早做。太早的话,万一魏茂星比告诉你的时间提前还书,就会马上被发现有两本书,一真一假,你就没有退路了。”

“不愧是景学姐。”

“对了,说到这里,还要补充一点。虽然,归还真书是可以利用‘时间差’这个方法的。但是,X 却不能利用‘时间差’,因为我们之前说了,利用这个方法,必须要知道借阅人还书的具体时间,至少,要精确到天,这对于 X 来说是不可能办到的。因为,除了颜言问过魏茂星,借书人说了,他们借书没有别人知道。我们知道颜言是归还真书的人,他不可能是X。”

这回换做陆雪悦好长时间没有说话,她突然开口:“那,这和我们继续筛选出X,有什么关系?”

“当然有,之前我们在哪里暂停了?你们还记得吗?是在我们确定X需要三次进入图书馆那个区域的时候。但是,根据我们获得的信息,在相应的时间内并没有符合条件的人。现在呢,由于颜言还书造成的时间差,使X有机会替换书的时间范围,比我们刚才推理用到的要多。也就是从‘颜言归还真书’到‘魏茂星来还书’这段时间。而且,魏茂星那天还书是下午,颜言的话,为了万无一失应该会很早过去,这段时间相当充裕。”

“没错,我确实是早上过去的。”

“于是,我们又多了一段时间范围:

“1. 范围5.5:从‘颜言归还真书’到‘魏茂星来还书’。

“2. 相关人员:A1、A2、A3、A5、颜言、林姝。”

“所以学姐,你才在那个时候,要求加上我们去的那天一整天的监控信息。”陆雪悦说。

“差不多。我们继续吧,这样的话,突破口就被完全打开了。因为我们多了一段范围时间,相关人员又多了一次机会。我们的筛选条件‘X三次进入图书馆那个区域’就可以发挥作用了。”

“原来如此。”颜言说。

“在继续之前,还要说一下刚才埋下的伏笔。我之前说‘一会儿我们就知道现在这个标签,到底是最一开始的书上的,还是新做的’,对吧?现在我们知道了,归还真书的人,在拿到假书之前,就归还了。所以,他一定是新制作了标签。之前的标签也就不重要了。而那之后,X替换的时候,必定撕下了这个标签,放到第二本假书上。因为,我们在那本假书标签背面,看到了撕下来粘掉的书皮。”

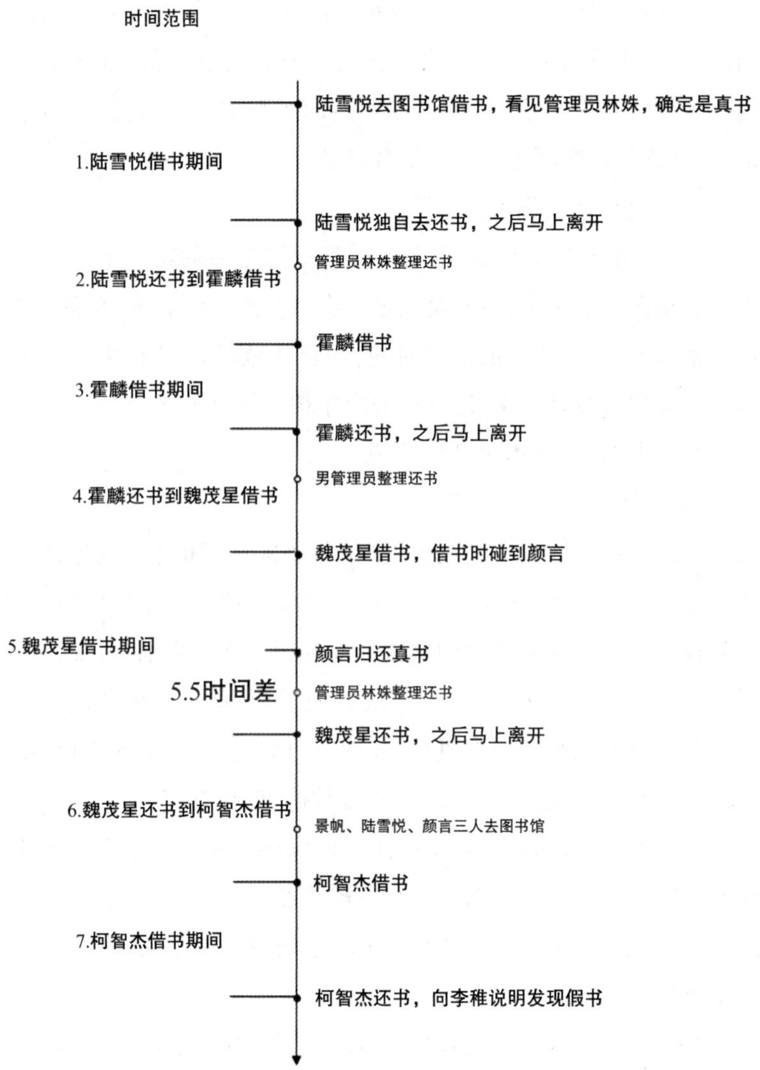

“确实，现在可以这样确定了。”

“筛选之前，我们先来分别看看雪悦之后三个借书人的情况吧。因为他们比较特殊，是可以把‘借书’这个行为和其中的时间，作为一次机会来使用的人。我的意思是，他们可以在去借书的时候，在图书馆‘意识到’书被替换回了真书。之后，把这本书借走，并在借阅期间进行第二次替换。”

“嗯，这个之前你也说过了。”

“雪悦就不用说了，那首先，我们来看，之后的第一个借书人霍麟。从次数上来讲，霍麟是满足三次机会的。你们看，在范围 2 他过来借书，范围 3 是他借阅时间，而且在范围 6，他也去过那个区域。虽然次数是三次，但是行为顺序却不能匹配。”

“我明白你的意思了。”颜言说。

“我也差不多明白了。”

“没错，把‘借书的时候去图书馆那个区域’和‘借书期间’当作两次机会来使用，前提条件是，这两次机会是‘意识到’和‘第二次替换’。但是，霍麟的这两次机会却在第三次机会前面，那样的话，第一次替换就会发生在第二次替换后面，这是不可能的。剩下的两位借书人都有两次机会，即他们可以进行‘意识到’和‘第二次替换’，但是他们却没有‘第一次替换’的机会。”

颜言似乎在认真思考，左手握着玻璃杯。杯子里还有一半饮用水，他左手手掌不动，用手指水平转动着杯子。

陆雪悦也没有说话，右手放在自己的右肩散下来的头发上，用手指转着圈。

“好了，我们要进入推理的最后环节了。现在来看看，范围 2、范围 4、范围 6 以及后面追加的范围 5.5。在这些时间范围里，有至少三次出现的人是谁呢?"

陆雪悦又拿起了笔记。

"A3,他去过三次,分别在范围2、范围4和范围5.5,但是他不可能是X,因为我们看到真书,是在范围6,那之后必定发生了'第二次替换'。但是,之后A3就没有去过了。同样,A5也是一模一样的情况,也予以排除。"

颜言和陆雪悦一起盯着笔记中的图表,也一边听着景帆说话。

"所以,我们只剩下了最后一位嫌疑人,也是仅有的可能性,就是管理员林姝,只有她能满足X的所有条件,她就是X。"

7 终章

听到推理的最终答案,颜言和陆雪悦并没有表现出很惊讶。

"嗯,确实是,她在范围2、范围5.5、范围6都在图书馆上班。但是,范围5.5和范围6是在同一天,这样时间会不会有点紧?"颜言问。

"确实有点紧,但是是可能的。如果林姝住处离图书馆很近,或者有其他可以放东西的地方。中午午休,如果可以再早走一点晚回来一点,时间上是完全可能的。她也只能利用午休时间,因为监控显示,管理员除了午休都没有离开过图书馆超过十五分钟,所以她也不可能在同一段时间范围内完成'意识到'和'第二次替换'。根据逻辑,X只能是林姝,只要她有可能的机会,那这个结果就不会变。”

“那她为什么要这样做呢？花费这么大功夫。”颜言问。

“至于她的动机和背景故事，我们就不得而知了。至少根据现有的信息，我们连有根据的猜想都很难做到，更不用说推断。”

“可是，还是很好奇这个。”陆雪悦说。

“未知的事情，确实让人好奇。有时候，还会让人不安，甚至恐惧。但出现未知也是常态，不能总是过于执着追寻。”

“嗯嗯，我知道。”

随着X身份揭晓，三人的推理讨论也迎来了尾声。陆雪悦和颜言没有在看笔记，也没有说话。好像还在回顾整件事情和景帆的推理，景帆在看自己的手机。

几分钟后，陆雪悦站了起来，说要去卫生间。

当陆雪悦离开座位较远时，颜言对景帆说：“景学姐，其实，我误以为是她拿了那本书，所以才弄了一本真书还回去。”

“嗯，我大概能感觉到，你的行为大概和雪悦有关。”

“我们在图书馆借书的时候，她跟我开玩笑。说我们借书那么麻烦，而且用书时间很长，不如把书偷走吧。我知道这是开玩笑，她也不是会做出这种事情的人。但后来，在我们还书的那天，她好像有意不让我拿或者碰那本书。并且，放到还书台的时候还把我支开，这让我产生了怀疑。我无论如何都想确定这件事情。”

“原来如此，那为什么你要在后来的范围4才去确定呢？如果你那么着急，应该在范围2马上就确定吧？”

“因为那天她一直拉着我学习，还有点刻意。所以，我就更加怀疑，我当时想，如果她真的对书做了什么手脚，马上被图书馆管理员发现的话，她一定是嫌疑最大的一个。而且，被发现得越早，嫌疑越大。”

“没错,可以理解你的想法。”

“于是,我非常着急,那天跟她分开后,马上就去图书馆查看了这本书,可是,却已经被霍麟借走了。我当然想去和霍麟确认,但是学校网站上,肯定是查不到借阅人信息的。只能查到预计归还的日期,以及是否已经归还。所以,我只能经常刷新网页,来查看是否归还。并且以防万一,以免有什么意外到时候准备来不及,在这个期间我俩不学习的日子,我去了好多家书店,想找这本书,可是都没有找到。最后,终于在一家小书店找到了一本。老板说,这本书发行量很少很少,也基本没有人问过,他自己也是偶然才进了一本。

“买来之后我利用手机里的照片,制作了一样的条形码、书脊上的标签和定制印章。标签和印章都还好说,因为不需要机器扫描,条形码虽说如果清晰度足够就可以蒙混过关,但是由于照片本来就不清楚,加上我的技术有限,只能尽力而为了。就算不能通过机器扫描也无所谓,因为书是货真价实的,顶多也就是怀疑,条形码老化重新弄一下就好了。磁条我没有准备,因为这样会引发报警,就算没有磁条,只要是真书,图书馆自己会处理的。”

“于是,你拿到书并且准备好之后,在范围 4 去确定书是否完好?”

“没错,但是说实话,我并不觉得书真的会有什么异样。所以,我去确定的时候,没有带着准备好的真书过去。当我发现,书已经变成假书的时候,我有点不知所措,赶紧回去拿真书。但是,好巧不巧就在我回来的时候,魏茂星正在书架旁边拿这本书,我又不能阻止他,引起他的怀疑。只能表现出我也想借,问他什么时候归还,我会直接来拿,以免再被别人借走。他跟我说,估计要到截止日期才能还了。现在想想,我当时可以直接把假书借走。还有如果当时直接替换的话,我忘了没有消磁的书籍会引发报警。但是,用这种方法的话,在魏茂星还书之后直接拿走,就不会引发报警。”

“那你就在截止日那天,哦不,应该是前几天就在那等?”

“没错,我提前两天就在等他,我在图书馆还书位置附近找了个座位。他来了我会马上知道,但是,他是按照告诉我的期限最后一天才来的。我本来打算,他放下书我再去替换的,我看到了摄像头的位置,面对还书台的话,就会背对着摄像头,而且什么事情都没有发生的话,摄像头也就无所谓了。”

“我懂了,因为他最后一天下午才来,你知道那天他必须还书。所以,你就先把书放在了还书台上,然后等他还书的时候直接把假书拿走?可是,你为什么要这么做,这是没有什么好处的。如果一个东西被相似的替换是不容易被察觉的,反而,如果从无到有,或者从有到无,却容易引起别人的注意。”

“嗯,我也是后来才想到这些,我当时很着急,就想着快点把书还回去能降低风险,确实有些不明智了。后来,书第二次被替换,被柯智杰发现并向图书馆报告后,我知道雪悦不可能是X了,因为第二次,她是没有任何机会的。那天,直到图书馆关门,我们一直都在一起。在柯智杰借走书之后也是没有机会的,他还书的时候马上就报告了。虽说没有像景学姐这样,进行严密的逻辑推导,但是,当时我也认为第一次和第二次替换书的人是同一个人,不然,这个事情就会很荒谬。”

“原来如此,所以你在雪悦一开始想要找我说这个事情的时候,想要阻止她。但是,后来你反应过来,雪悦不可能是 X。并且,她好奇想要知道事情的真相,也印证了这点,你态度就转变了,也愿意帮着一起调查。”

“没错,全被景学姐说中了。”

沉默了一会儿。

“为什么跟我说这些?”景帆看着这位学弟,他低着头。

“可能是因为,我觉得,我的行为没有起到帮助,还让情况变得这么复杂。”

“你没明白我的意思,我是说,为什么不和雪悦说实话?要特意避开她。”

颜言过了半分钟慢慢地说:“没有帮到她,也没有信任她。尤其是第二次书被替换之后,让我觉得,自己做的事情,就像是闹剧一样。”

景帆也没有说话,过了大概一分钟。

“我跟你做一些进一步的分析吧。不过,我要事先说明,这些包含很多想象和假设成分。”

“嗯。”

“如果,你什么都没有做,你觉得会发生什么?”

“发生什么?不会有第二次替换,只有第一次。”

“没错,而且,我们三个也不会在图书馆看到真书了,对吧?”

“当然。”

“这样的话,试想一下,假如一旦开始调查这件事情,我们会得到怎样的证词呢?现在我们知道了,霍麟、魏茂星、柯智杰三个人都不是 X,他们不会说谎,他们的证词一定会是:‘我拿到的书就是假书,我还回去的也是假书’。”

“没错。”

“雪悦会说,她还的是真书,因为这就是事实。”

“没错。”

“光是这样也还好,那么关键是,你觉得林姝会怎么说,她是X,她在范围2当天,是上班的。”

“X吗?她有说谎的必要吗?”

“不一定有,但是据你们的描述,雪悦和林姝一起确认了,书没有问题。我觉得,雪悦跟你开玩笑说偷走书,应该在拿到书后才会说,那样的话,会不会林姝也在呢?”

“没错,那个时候,她就在不远处,有可能会听见。”

“那就是说,这种可能性是有的。也就是,X听见了你们说偷走书的玩笑话。加上事实是,她在雪悦还书不久后,真的偷走了书。再进一步,如果X有机会,她会不会想要嫁祸给雪悦呢?”

“这要看情况了吧。”

“确实,所以我说了,这些只是无法证实的可能性。但是你看,如果万一X撒谎了,会出现什么情况?如果她说:‘我拿到还书的时候书就是假的’呢?”

“原来如此,那,雪悦……的处境就很危险。”

“对吧?调查的人会觉得,范围已经缩小到了,‘管理员从还书台上整理归还的书’,往前到‘陆雪悦借书’这段时间。再加上,后面三个借书人的辅证,这时候,再抛出雪悦之前开玩笑要偷书的话。就算没有证据证明雪悦确实做了什么,但是,她很有可能会被当作重点嫌疑对象。”

“可是后来,因为你做了这件事,导致我们在范围6看到了真书。这样,表面上书被偷,就是那之后了。X没有办法再嫁祸给雪悦。

“我不能告诉你,我说的这些假设一定会发生。但是,我可以清楚地告诉你,你的行为,抹消了陆雪悦偷书这件事的可能性。即使这样,你还觉得你做的事情没有意义吗?”

“可是,我还是怀疑她了,我本来以为我很了解她。”

“我觉得啊,两个人相处,有什么心事或情绪,都应该表达出来。特别是在对方注意到,并且发问了的情况下。两个人一起说明白,不仅能最大程度上减少误解,还能让两个人的关系更进一步,这是我的看法。”

“也许景学姐你说得是对的。”

“好了,我也去卫生间,你们先聊吧。”景帆一边说,一边站起来,还向颜言的身后瞥了一眼。

“对了,过了这么久了,她怎么还没回……”颜言一边说,一边想转头看看陆雪悦怎么还没有回来。

刚转过头,便发现她已侧坐在颜言身后的椅子上,双眼似乎注视着身前的地面,膝盖并拢,手臂伸直,将双手分别放在双膝上,嘴角挂着些许弧度,似笑非笑,眼神被温柔填满。

虽然,看到陆雪悦在身后吓了一跳,颜言还是马上镇定下来,说了句“呦”。

景帆离开之后,颜言也转过身,侧坐过来,身体轻轻靠在椅背上,两人的侧脸,相距不到二十厘米。

“什么时候回来的?”

“有段时间了。”

又是一阵沉默。

“其实我……”颜言打算先说话。

“对不起。”

“啊?”

“我说对不起,我要跟你道歉。”

“为什么?”

“我开始的时候就看出来,你可能觉得,我真的会对这本书做些什么。”

“不是,我不是觉得你会……”

“你先听我说完呀。”陆雪悦打断颜言,继续说,“我看出了你的担忧,但是,我没有跟你说明白,让你放心。甚至,还故意引导你继续这么想。我说‘咱们要不把书偷走’确实只是跟你开玩笑。

“不过后来,在还书的时候,不让你看见,也不让你碰书,也确实是故意的。包括在图书馆把你支开也是,后来故意让你一直学习,不让你去核查也是。我不知道书真的会被替换,我是想,你没核实书的情况的话,会以为,如果我真拿了,我会没有去还书,然后跟图书馆人员说,我把书丢了之类的吧。

“之后,书真的出现问题了,我知道一定不可能是你替换的。但是,隐约感觉你跟事件可能有关,而且有所隐瞒。还觉得,可能和你认为我对这本书做了什么有关。

“连我都看出来,你的表现有点不正常,我怕你被别人怀疑,所以才想要给学姐发信息,请她调查这个事情,想让你摆脱嫌疑。最开始,确实只是想跟你开玩笑,看看你担心的样子,可是后来,我又有了别的目的。”

“别的目的?是什么?”

颜言看向陆雪悦。秋日下午的阳光,从陆雪悦的另一侧倾洒过来,她侧面的轮廓被染成金色,几缕光线从散在一侧的黑发空隙中透过。有点晃眼，颜言还是眯着眼睛看着她，却看不清她的脸。但能感受到她的心情，仿佛是阳光掠过她时，传递了过来一样。那是在寒冷的秋末，触碰温暖的感觉。

“我想……让你记得我，而平淡的经历，太容易让人淡忘。所以，我试图在我们剩下的时间里，创造出一些特殊的回忆。”

“嗯。”颜言轻声回应。

“我不是一个擅长主动的人，我也知道，这种方式有点荒唐。但是，当想法或者说机会，摆在我面前，我当时还是想要这样去做了，我也不能很好地解释具体的心理过程。”

“我明白。”

“但是，我没想到，之后书真的出问题了。更没想到，你会去找真的书替换回去，要是我能跟你说明白……”

“刚才景学姐不是说了，如果我不那么做，你肯定会被怀疑。”

“你刚刚和学姐说，后悔自己没有完全相信我。但是，我也故意引导你了呀，更重要的是，你的行动也确实帮助了我，我也觉得很愧疚，但是也很开心，你为我做了这些。”

陆雪悦抬起左手，向耳后捋了捋头发，手顺着左侧的头发滑到肩膀，又放回了膝盖上。

“可能是因为，我总教你学业方面的事吧。之前，总是担心以后你自己一个人出去，会不会顺利呀。但是，后来，我慢慢发现，其实你在很多方面，都比我成熟稳重得多。对担心或者在意的事情，有敏锐的判断力和果断的行动力，这是我可能永远也做不到的。我意识到，我不是真正的担心你自己一个人，其实，是我自己不愿接受你要离开，是我离不开你。”

“我会去跟家里人商量，但是出国这个事是很早计划好的，所以……”

“不要。”陆雪悦果断地回答。“我没有这个意思,可能是我不太会表达。是现在的机缘巧合,使我想要跟你说这些,但我不想为难你。我想要你以后能开心,这一点,没有任何事情能改变。只要,无论过了多久,偶尔还能想起我,就足够了。”

“其实你什么也不用做,平淡的经历确实容易被淡忘,但也有可能最难忘。这取决于这段时光是怎样的,是和谁度过的。”

“嗯!”

陆雪悦的表情没有任何变化。但是,刚刚的回答中,却带有不易被察觉的哽咽。眼睛也有一瞬间闪烁了一下。这些都被颜言看在眼里。

景帆回来后,三个人都坐回了原位,陆雪悦问起之前她问景帆的问题,关于未来的事情是否确定。景帆也就这个自己无法解答的问题,询问过了李因的想法,景帆向两人复述了当时的通话经过:

“老师,你觉得未来是确定的吗?”

“我觉得是。”过了十几秒钟,李因回答。

“为什么?”

“我也尝试思考过类似的问题,这种问题,看似涉及玄学、科学和主观性较强的讨论。但是,也可以从逻辑和哲学的角度分析,这样将会得到更为清晰的结果。”

“我好像有点听不明白。”

“大多数人啊,都是喜欢先想到一个自己想要的结果。反过来,拿着结果去找能够支持它的证据。然而,逻辑上,正确的做法是,根据现有的事实和条件,通过逻辑推导,得出一个结果。然后,和自己的想法来进行比较。"李因说。

"嗯,大概能明白,但是,可能还是不太好理解。"

"换句话说,就像一位大师推理作家说过的,大多数人的大脑,不习惯通过细微的条件来推导复杂的结果这种思维方式。尤其是这个结果自己从没有想过,或者与自己想过的相反的时候。"

"这跟这次的问题,有什么关系吗?"

"那说说你举的例子吧,我问你,如果我说未来发生的事情,都是确定的,你相信吗?"

"不能说不信,但是,未来会发生什么没人会知道。"

"那我就理解为,你偏向,未来不确定。好,那你暂时忘了刚才的问题。你要不带偏见地回答接下来的问题:如果一个物品,或者一个情况只有一种,但是,你不知道它是什么,那么你认为它是确定的吗?具体点说,比如,我手里有一支钢笔,你不知道它的颜色,尺寸等参数,但是,你认为这些是确定的吗?"

"是的,当然。"

"好,那我们已经获得了以下事实,如果一个东西只有一种,就算不被认知,那么,它就是确定的。那我们反过来看看你的问题,我们都知道,无论未来如何发生,结果都只有一种。那么,经过简单的三段论,我们就知道了,未来是确定的,只是你不知道未来是什么。"

"啊,可是感觉不太对啊。"

"所以说,大多数人的大脑是不习惯这种思考方式的。在柏拉图的著作中,苏格拉底在与人探讨'正义'时,也曾通过先前两人达成共识的条件,和人类的常识,推导出'最称职的保管员是最厉害的窃贼'这种看似荒谬的结论。"

“这是我得到的回答。”

听完景帆的复述,陆雪悦和颜言都陷入沉思。

景帆叫来服务员买单,颜言却说,景帆探明了事件的真相,使得他们摆脱嫌疑,他们应该请学姐。

“麻烦请到吧台买单。”服务员说。

“好。”

颜言跟着服务员走向吧台。

“学姐,我想再请教一个问题。你觉得,确定是没有结果的事情,还应该继续吗?”

景帆看着陆雪悦,似乎明白,陆雪悦所提出的抽象问题,所指代的实际问题。

“我曾经有位挚友,他向我阐述过这样一个观点:他认为,你现在回忆起曾经的快乐或者痛苦,都不会像当时那样感同身受,甚至差异甚大。而‘当下’又是一瞬间的事情,‘现在’马上就会变成‘过去’。那么,我们现在感受到的快乐与痛苦,还真的那么重要吗?”

“我听不太懂。”

“其实,我也不能完全理解其中的意思。但是,我想表达的是,我认为不需要太在意应该和不应该,这之间的判断标准,是模糊不清的。应该遵从自己的想法去做,也就是愿不愿意。”

“这是活在当下的意思吗?”

“不是,我理解的‘活在当下’,是指享受当下的快乐,也就是及时行乐。这和我刚才引用的那个观点是相反的。我说的是,遵从自己的内心,当下过程和之后的结果,可能都会带来痛苦,但是,这些马上就会变成过去。

“更何况,我们刚才说,未来是确定的,但也是未知的。你觉得理所当然的事情,不一定就会有预期的结果,你觉得不可能的事情,也不一定就会没有结果。所以,我认为,做你自己愿意去做的这种主观意志为主的选择。不留遗憾更重要,追求自己内心的声音更重要。”

陆雪悦没有再说话,过了一分钟,颜言从吧台回来坐下。

“颜言,你什么时候要去A国啊?明年毕业之后吗?”景帆突然问道。

“啊,对。”颜言回答,陆雪悦没有反应。明显两个人都不愿意提起这件事。景帆却继续追问:“那雪悦你呢,你不一起去吗?”

“我可能会留在这里工作或者继续学习吧。”

“欸?你怎么不去?以你的成绩和学习能力,应该能申请到很好的学校呀。”

“学姐,我好像跟你说过了,这样的话,我上学的预算可能不太够。家里也没有提过让我去。”

“其实,不久前,我在A国的上司,也是一所知名大学的教授说,他们学校现在新弄了一个什么国际教育项目。反正,大概意思就是,让我给他推荐合适的人选。条件合格的话,可以拿到学费85%的奖学金,剩下的费用自己承担,你要不要帮我个忙,去试试?”

陆雪悦和颜言都抬起头看着这位学姐,眼睛略微睁大。接着,他们又互相看了一眼。虽然没有说话,但看得出来,他们一定互相明白彼此的意思。

陆雪悦果断地对景帆说:“我能试试吗?”

“当然,不然我对你说这些干什么。但是你要清楚,这所大学毕竟是世界名校,再加上高额奖学金这个项目的申请要求和竞争力,必然不会小。它会要求你的专业成绩、英语成绩甚至实习经历等等。”

“有机会,总比没有的好,我要试试。”

“好的,也算是帮了我一个忙了,我也能跟那边有个交代了。邮箱给我,我把资料转发给你。”景帆微笑着说。

“景学姐,分明是你在帮我们,你开头是故意什么也不说,然后那么问的吗?”

“听不懂你在说什么。”景帆神秘地说。

“无论如何,真的十分感谢。”

“期待在A国,与你们两个人再见面。”

三人告别之后,陆雪悦和颜言走在回学校的路上。

“现在去哪?饿不饿?”颜言问陆雪悦。

“不饿,但是先去吃饭。”

“为什么?”

“吃完饭去学习!中间不想暂停。”

“啊,不用这么着急,时间还早。”

“不行,重要的事情要早开始,我心里才有安全感。”

“好。”

两人并肩走着,路上铺满了深黄色的枫叶,不时有风吹过发出清脆的响声,是树叶和地面摩擦的声音。天上飘着很多云,但是,太阳依旧从缝隙中露出来,照在这两个年轻人身上。

《岁末的秋天》-完-